# 智的安

程念祺 著

SPM
南方出版传媒
广东人民出版社
·广州·

图书在版编目（CIP）数据

智的安分 / 程念祺著. —广州：广东人民出版社，2018.7（2020.1 重印）

ISBN 978-7-218-12397-4

Ⅰ. ①智… Ⅱ. ①程… Ⅲ. ①随笔—作品集—中国—当代 Ⅳ. ① I267.1

中国版本图书馆 CIP 数据核字（2017）第 305314 号

ZHI DE ANFEN
智的安分
程念祺 著

出 版 人：肖风华

策 划：肖风华 向继东
责任编辑：胡扬文
封面设计：西门媚 梁淑怡
责任技编：周 杰 吴彦斌

出版发行：广东人民出版社
地 址：广州市海珠区新港西路204号2号楼（邮政编码：510300）
电 话：（020）85716809（总编室）
传 真：（020）85716872
网 址：http://www.gdpph.com
印 刷：阳谷毕升印务有限公司
开 本：787毫米×1092毫米 1/32
印 张：11.5 字 数：210千
版 次：2018年7月第1版
印 次：2020年1月第2次
定 价：48.00元

如发现印装质量问题，影响阅读，请与出版社(020-85716849)联系调换。
售书热线：（020）85716826

# 序

收在这个集子中的数十篇读书随笔，最早的写于1992年，最晚的写于2016年。最早的那篇《道德的灾变》，是发在上海《青年报》副刊《开卷》版上的。编辑李韧常找陈克艰约稿，与我也渐渐熟悉了。一次与他聊起《万历十五年》这本书，就给他写了这篇稿子。从那时以来，偶尔因编辑约稿，会写一些读书类的随笔。现在，从前后二十多年写的这类文字中，选一些编个集子，又怎么才能起个合适的名呢！

吕思勉先生在一篇名为《论青年的修养和教育问题》的文章中，讲到人的“安分”分为两种。一种是“迷的安分”，一种是“智的安分”。吕先生认为，“一个人安于现状，却对于为什么安于现状，自己是茫然不知道的，此乃迷的安分”。我从上小学，一直到下乡插队，一直就是懵懵懂懂的。插队的时候，人家招工走了，人家把户口迁回家乡了，人家办病退了，人家被推荐上大学，我都视若无睹。自己出身不好，以为一辈子要呆在农村，就连回家探亲也不愿久住。回想起来，那时候有很多时间，可以用来学习，而我却没有。我的很多同事、朋友，都是在“上山下乡”时，开始努力学习的。我却随遇而安，偶尔读书也并不用心。这就是由于这“迷的安分”所致。当然，这样也少了许多烦恼。

1979年，我总算考上了大学。大概由于“出身”不再成为问题，我竟一连三次参加高考。如此屡败而屡战，也要归功于我的“迷”。66年毕业的小学生，中学念了一年半，学的多是领袖语录和大批判文章，却非要考大学不可，不就是由于不再“安分”，而又执“迷”不悟吗！当时哪里知道许多人都在上山下乡时读了那么多的书。知道的话，是绝不敢考大学的。

如今，对于吕先生所说的“智的安分”，我也有些明白了，懂得了先生所谓“从全体中算出自己的分地来”的道理。回想起来，大学毕业后到中学当历史老师，以后读研究生，甚至坐过机关，然后到研究所工作，自己都没有过改行的念头，一门心思要研究历史，也可以说是“智的安分”使然。一样工作需要人去做，自己恰巧做了这工作，又是喜欢的，不就应该一直认真地做下去吗。吕先生说：“学问从来没有替个人打算的，总是替公家打算的。

替公家打算，就是所谓仁。所以不仁的人，决不能有所成就。”这样的话，读来让人感到亲切。多少年来，对于读书做学问，自己从未视之为“禄利之途”，也没有另去寻一个“禄利之途”的打算，从来都觉得研究历史，再聪明的人也不至于屈才，再笨的人也会有一点点成就，不也是一种“智的安分”吗。

我研究的是中国古代经济史，读书的范围则更宽泛些。收在这本随笔集里的，有些与经济史还有些关系，更多的则全不相干。它们都是我在“智的安分”中，因现实启发而生出的历史思考。那么，这个集子，就叫它《智的安分》吧。

程念祺

2018年4月于上海

# 目　录

## 人物与历史

## 读书杂识

# 人物与历史

# 吕思勉先生的通史旨趣与“史界声光”

## “说明中国社会的总相”

我国老一辈史学家，不少都有写一部中国通史的愿望；而毕生致力于撰著一部中国通史者，仅吕思勉先生一人。然而，对于向来所谓历史的“资鉴”功能，吕先生是否认的：“世事亦安有真相同的？执着相同的方法，去应付不同的事情，哪有不失败之理？在社会变迁较缓慢之世，前后的事情，相类似的成分较多，执陈方以医新病，贻误尚浅，到社会情形变化剧烈时，就更难说了。近代世界大通，开出一个从古未有的新局面，我们所以应付之者，几于着着失败，其根源就在于此。”在吕先生看来，“资鉴”的历史观是向后看的，是照老样子做的历史观，是导致失败的历史观。而吕先生的通史旨趣，在于通过研究历史，“用以说明现社会，因以推测未来，而指示我们以进行的途径”。惟其如此，对于“偏举一端，欲涵盖全史”的治史的方法，亦即用政治史涵盖全部历史的方法，吕先生是坚决反对的。他指出：“史学所要明白的，是社会的一个总相”；“社会，实在政治的背后，做了无数更广大更根本的事情”；“社会是整个的，虽可分科研究，却不能说各科研究所得的结果之和，就是社会的总相”。

基于这样的认识，吕先生强调：必须用各种社会科学的理论，对社会的方方面面分别加以观察；而能够对社会进行“综合观察的，就是社会学”，必须用西方的社会学理论对中国历史进行综合性研究，才能“说明中国社会的总相”。吕先生说，只有这样的历史，人们读了，“才会有革命的思想……，才知道人类社会有进化的道理。……从前的人，误以为读了历史，才知道既往，才可为将来办事的准则，于是把历史来作为守旧的护符，这才是误用了历史的。若真知道历史，便知道世界上无一事不在变迁进化之中，虽有大力莫之能阻了。所以，历史是维新的佐证，不是守旧的护符。惟知道历史，才知道应走的路；才知道自己所处的地位；所当尽的责任。”

正是出于对西方社会科学的重视，吕思勉先生甚至提出，应该在中学教授社会学，使学生对社会发展略知“匡廓”，以取代通行的历史教育。他以自己为例，说早年通读二十四史一遍，却毫无心得，就是因为没有社会科学的根柢。但是，在中学教授社会学，毕竟只是一种设想。按当时教育部的规定，能够付诸实行的，只能是历史教育。于是，把社会学的理论贯彻于中学的通史教育，使通史教育成为国民教育，就成为吕先生通史旨趣的另一所在。他甚至建议中学历史教育，“不妨以社会学为之经，而历史转若为其纬，引社会学以解释历史，同时即以历史证明社会学之公例，两者如辅车之相依也”。

吕先生十五岁读史，七十三岁去世，五十八年间，写过多部针对不同读者的中国通史，如：《自修适用白话本国史》《更新初级中学教科书本国史》《高级中学适用本国史》《新学制高中本国史教科书》《高级中学用复兴教科书本国史》《高中复习丛书本国史》《初中本国史》《初中本国史补充读本》和《吕著中国通史》。这些通史，最早的出版于1923年，最晚的出版于1944年。而为了最终撰著一部能够说明“中国的社会总相”的通史，吕先生不仅在中国的断代史研究上下了大功夫，先后写出了《先秦史》《秦汉史》《两晋南北朝史》和《隋唐五代史》四部断代史，还对《宋辽金元史》和《明清史》的写作下了很大的史料工夫，并著有诸如《中国制度史》《中国民族史》，以及《中国政治思想史十讲》《先秦学术概论》《理学纲要》等著作。今天，我们读吕先生的著作，无不钦佩吕先生学问的博赡，却也应该懂得吕先生学问的博赡，概由他的通史旨趣使然。要研究社会的变迁进化之理，要明白历史上中国社会的总相，没有学问上的博赡，又怎么可能做得到呢？

## “史界声光”

仅以四本厚重的断代史而言，吕思勉先生在史学上的贡献，当世的史学家中，即少有能与之比肩者。但长久以来，论名气，吕先生却远不及当时的其他史学大家。直到上世纪八十年代，始有严耕望先生，将吕思勉先生与陈寅恪、陈垣和钱穆称为并世的史学四大家，并由此而论及吕先生的史界声光远不如另外三位先生的原因。严先生讲了三点，其大略为：一、近代史学风尚，重视仄而专的深入研究与提出新问题，发挥新意见，对于博通周赡而不够深密的学人就不免忽视；二、学界风尚特别重视新史料，以新材料作为衡量史学著作的重要尺度；三、前辈史学家能享大名、声著海内者，莫不设教于其时学术中心北平的各著名大学，以声气相求，四方具瞻，又有较高素质的学生毕业后散布四方，高据讲坛，为之宣扬。严先生指出，吕先生学问上属于博赡一途，著作主要取材于正史，且一直任教于并非学术中心的上海的光华大学，埋头枯守，默默耕耘，不求闻达，声光大不如陈寅恪、陈垣和钱穆等另三位史学大家是当然的。

## 吕先生做了许多深密的功夫

严先生的分析，讲的基本上是实情。在讲到吕先生学问的“博赡”时，严先生还特别指出：“博赡仍是为学大道。”但是，吕先生的学问是否就不够“深密”呢？如就“仄而专的深入研究”而言，吕先生的确不曾有过这样的“深密”。但是，为了能够成功地撰著一部中国通史，吕先生竟做了许多的深密功夫：四部断代史以及在宋、辽、金、元、明、清史上所下的史料功夫，是为中国通史的撰著，奠定了尽可能完整而系统的史料基础；而诸如《中国制度史》《中国民族史》的撰著，则是为中国通史的撰著确立框架，并进一步梳理、提炼史料和历史解释；至如《先秦学术概论》《理学纲要》和《中国政治思想史十讲》等著述，则意在弄清楚中国历史上与时代相关的思想。吕先生一生写过大量考释、考论性文章，上述大部分著作，就是在这些考释、考论性文章的基础上进行的。如先生《秦汉史》中关于秦汉的“儒学之兴”和“儒家之学”两节，即是吕先生有关汉代经学的大量考释、考论性文章的提炼。行文不到两万字，即把秦汉时期儒学的兴起、盛衰，其源流派别、风尚变迁和得失，讲得清楚明白。而后在《吕著中国通史》中，这些内容仅仅被概括为两千余字。

## 从官制变迁入手，揭示过度集权的弊端

一部《吕著中国通史》，其上编乃就中国文化的各个主要方面加以探讨，说明制度变迁的原因，以推求现状的由来；凡材料、布局、变迁过程、社会历史背景，乃至于立论，皆有精审缜密的把握。如先生讲述中国历史上的官制变化，重在突出政治的变迁，并概括其基本过程：秦汉官制如何从列国时代蜕化而来，又因不适合统一时代而不久即生变迁，以及由此造成错杂不整，入唐后再被整理成为一种有系统的制度，却行之不久又不能适应实际，在唐中叶之后再生变迁，然后为宋朝所沿袭，入元又加入了一部分异族因素，再为明朝所沿袭，清朝又大略沿袭明朝，至末叶因政体改变，官制随之再变。至于在这样的过程中讨论历代官制的具体变化，吕先生则通过历代内官（中央官制）和外官（地方官制）的设置及权限变化，讨论各不同时代所面临的问题和政治特点；而以内官“分事而治”、外官“分地而治”为线索，讨论历代官制变迁中的中央和地方权力的升降变迁，以及官制设置不合理而造成的行政阻隔和影响。高度的概括，结合具体的分析，是吕先生撰述通史的一个特点；而与此特点结合在一起的，则是深刻的史识。如针对外官权限被侵夺的问题，吕先生指出：“上级权威愈大，下级的展布愈难。积弊之深，和末造中央威权的不振，虽有别种原因，官制

的不善，是不能不尸其咎的。”因过度集权而造成权威不振，是中国历史上具有普遍性的问题。从官制变迁入手，以揭示政治变迁过程中过度集权的弊端，是最尖锐也最有说服力的。惟官制变化千头万绪，关系又极复杂，只有抓住过度集权与中央权威的关系问题，才能用简驭繁、博而反约，在纷繁的官制变化中，把握中国历史上官制变迁的因果。所以，吕先生学问的深密，是在更大的方向上，与严耕望先生所提到的那类“仄而专的深入”的确不能同日而语。

说到深密，还不得不说的是，吕先生治史，决不故弄枝蔓，以展示“深密”。如先生札记《汉人多从母姓》一文，讲的本是一显而易见的问题，惟其容易被人疏忽，又比较重要，先生即将相关史料特意摘录，并指出其为古代余习，以及汉人尤重母系亲亲之义的问题。又如伪古文尚书中“道心惟微，人心惟危，惟精惟一，允执其中”一语，向来认为前八个字本于《荀子·解蔽》所引《道经》“人心之危，道心之微，危微之幾，惟明君子而后能知之”之语。而吕先生指出，其中“惟精惟一”四字，亦本于《荀子·尧问》“执一无失，行微无怠”，“执一如天地，行微如日月”等语。按说，此经学史上的问题，并非无枝蔓可寻，但先生札记《伪古文尚书有本于荀子者》一文，仅用四百余字而已。1982年上海古籍出版社出版的《吕思勉读史札记》上下两册，约八十万字，凡考释、考论，皆此类要言不烦之文。

## 研究中国学问，不能脱离基本的史料

即便是严先生讲的近代史学重视新史料的问题，其实也未必是吕思勉先生的史界声光远不及陈寅恪、陈垣和钱穆三先生的真正重要的原因。近代史学重视新史料，这毫无疑问是一个事实。陈寅恪先生在为陈垣先生《敦煌劫余录》所作的序文中指出："一时代之学术，必有其新材料与新问题。取用此材料，以研求问题，则为此时代学术之新潮流。治学之士，得预于此潮流者，谓之预流。其未得预者，谓之未入流。此古今学术史之通义，非彼闭门造车之徒所能同喻者也。"陈寅恪先生这里所说的"新史料与新问题"，实际上讲的是史学研究的新领域与新发现史料的关系问题。强调新史料与新问题，这对于"敦煌学者"而言，并没有什么不对。而"预流""未入流"的说法，不过是陈先生的一时一地之论。近来个别学者引陈先生此言，放言高论"预流"和"未入流"之说，至于滑稽，这对陈先生真是极大的误会，也是对中国近代史学的极大误会。陈先生在为杨树达《积微居小学金石论丛续稿》所写的序言中指出："自昔长于金石之学者，必为深研经史之人，非通经无以释金文，非治史无以证石刻。群经诸史，乃古史资料多数之所汇集。金文石刻则其少数脱离之片段，未有不了解多数汇集之资料，而能考释少数脱离之片断不误者。”陈先生讲得很明白，研究中国的学问，虽有新发现的史料，却无论如何不能脱离中国最基本的史料。而近代史学的风气，更不会唯新史料马首是瞻。其如陈寅恪先生的《隋唐制度渊源略论稿》和《唐代政治史述论稿》，以及钱穆先生的《国史大纲》，基本上是用中国史书中最习见的材料写成的，却甚为当时的学界所推崇。所以，严先生认为吕先生之被低估的第二个原因，其实也并不很重要。反复揣摩严先生关于吕先生的史界声光远不及陈寅恪、陈垣和钱穆三先生的三条原因，不能不使人感到，严先生真正强调的是第三条。他形容吕先生“埋头枯守，默默耕耘，不求闻达”，何尝不是对那些向往“声气相求，四方具瞻”的学术地位的学者的一种批评呢？

## 以“真正的学者”自我期许

吕先生一辈子，人品清高，矢志做一名真正的学者。吕先生曾经说过：“真正的学者，乃是社会的、国家的，乃至全人类的宝物，而亦即是祥瑞。我愿世之有志于学问者，勉为真正的学者。如何则可为真正的学者？绝去名利之念而已。显以为名者，或阴以为利；即不然，而名亦是一种利，所以简言之，还只是一个利字。不诚无物；种瓜不会得豆，种豆不会得瓜；自利，从来未闻成为一种学问，志在自利，就是志于非学。志于非学，而欲成为学者，岂非种瓜而欲得豆，种豆而欲得瓜？不诚安得有物？然则学问欲求有成，亦在严义利之辨而已。”以“真正的学者”自我期许，吕思勉先生一辈子都是如此。对于一个学者而言，这样高的自我期许，与其人品、个性、学力、旨趣和识见，总是联系在一起的。严耕望先生论及吕先生的学问，说学问能够做到像吕先生那样，已“不是才学问题，而是才性问题”。说来惭愧，若非严先生点出，如我等之材，岂能体会得到这“才学”与“才性”的不同。

吕思勉先生去世已整整五十年。吕先生一生虽然撰写了好几部针对不同读者的中国通史，但是他的中国通史梦并没有完全实现。1949年以后，先生再没有上过中国通史的讲台。吕先生曾非常倔强地表示：“不佞在解放以后，是未曾讲授过中国通史的，但对于这一科的教学，却有一些意见。”他曾先后撰写《拟编中国通史说略》《拟中国通史教学大纲》《中国通史的分期》等。可以说，为能最终撰著一部说明中国社会总相的中国通史，吕先生呕心沥血至生命的最后。吾师王家范先生论及吕先生，引先哲“金玉满堂，莫之能守”语，谓“大雁已经飞过，天空不留痕迹”。其感怀之深剧，非言语所能道。吾友张耕华，为吕先生作传，书名《人类的祥瑞》，亦感人至深。

# 吕思勉先生的通贯史识与学问人生

张耕华教授选辑的《吕思勉集》（花城出版社《大家小集》丛书之一，以下称《吕集》），对于吕思勉先生通贯的史识和学问人生，做了一个极好的呈现。

治史之难，在于对史实的通贯把握。中国有绵延数千年的历史，是长时段历史研究的绝好范本。然而，上至夏、商、西周，迄于春秋、战国，经秦汉魏晋南北朝隋唐五代，及于宋元明清以至于今；期间，还经历了五胡十六国的兴灭无常和辽、金、西夏的并立；如此绵长而又纷繁复杂、变化多端的历史，要想在史实上对其有通贯的把握，真可谓是“难于上青天”了。所以，从来治中国史者，都强调断代研究。然而，凡治中国之断代史者，又皆极重视所研究断代之承前启后的历史地位，必瞻前顾后而逸出其所治之断代，以观察那一段历史的由来与走向，对诸如历史分期、社会性质、变革与转型之类的问题详加探究；而抓住断代中影响历史发展的重要方面，寻流溯源，另辟蹊径，著成一贯穿数千年的专门史者，对此类问题往往也极为重视；至于以通史为研究之旨趣者，则更力图从整体上来把握诸如此类的问题。故凡治中国史者，无论其为断代，为专门，或为通史，其所追求的对史实的通贯把握，无不沿着对此类问题逐渐深入探究的路径而延伸扩展；亦无不从中致力于获致通贯的史识，以求把握中国历史演进之大势和历史认识的深化。

历史的绵延不断，决定了在历史的运动、演变之中，必定会形成某种惯性。而通贯的史识，既来自于对历史事实的通贯把握，亦来自于对这种惯性的认识。吕思勉先生以其对通史、断代史以及各种通代的专史、专题的研究，对中国历史作了整体性的通贯把握，从而能够洞悉其惯性，并形成自己对中国历史的通贯认识。先生所著甚丰，然而读者有此一册《吕集》在手，对于先生之通贯的史识概乎可以领略了。

以下，试举例言之。

## 一、通贯的史论

关于中国古代政治的特点，是中国历史的一个大问题。一直到最近，论者仍或概言其“专制”“集权”或“极权”；反对者则谓向来是“皇权不下县”，地方则由宗族、绅权“自治”。这两类意见，虽各有依据，惜乎盲人摸象，是不能被视为“通贯的史识”的。《吕集》中收有《中国古代政治的特点》一文，概括地反映了吕先生在这一问题上的看法，“秦汉而后，幅员太大了，中央政府的权力，无论其为好坏，都不易无孔不入。即将依附之贵族、官僚、嬖幸一并算入，亦还是如此。所以秦汉以后，中央政府之影响，所能及于社会者实微”；“政府所加以干涉，求其统一者，只在一极小的范围内，而其余悉听各地方之自由”。

显然，在吕先生看来，中国古代的政治，从来都有专制和放任两个方面。“专制”，是在中央“所加以干涉，求其统一”的很小范围内；“放任”，则是在中央“悉听各地方之自由”的很大范围内。吕先生认为，国家采取放任主义，是因为“扞格不入之事，必欲强求，皆欲贯彻其主张；而其所委任者，又皆欲剥民以自利，则势必至于莓莓大乱而后已”；而“中国历代，所以行放任政策，尚可苟安于一时，行干涉政策，即不旋踵而召乱，其根源实在于此”。

根据所论中国古代政治的放任主义特点，吕先生指出：秦以后所谓“通行全国之法，不过一笼统宽阔，不许逾越之范围，并不切于实际。故当一处地方，或一宗事务大坏之时，惟有派一大员，使其就此地方，就此事务，考其实际的情形，定出相当的对策，以为合宜的处置”。概言之：法令统一，却不切实际，故具体的地方和事务上出了问题，就只能派员另行处置，而造成普遍“人治”的局面。

以上吕先生所言，一是将大一统之下政府只可能在少数方面和小范围内实现统一，在大多数方面则不得不放任“地方之自由”的道理讲清；二是将这种放任主义的“苟安”性质讲清；三是将国家如强行执法，所委任的官吏势必乘机欺压百姓而引起的后果讲清；四是将历来重人治而轻法制的原因讲清。揆诸秦汉以来的历史事实，二千年间，国家所不遗余力而“求其统一者”，无非是在官僚（包括胥吏）、军事（包括治安）、财政（包括专利）和赋税等制度方面厉行中央集权；在民政之众多方面，因统一的法令疏阔而不切于实际，只能放任而并不实行了。以这样通贯的史识分析中国古代政治的相关问题，真可如庖丁解牛一般了。

关于国家之干涉政策，必导致官吏乘机“剥民以自利”的问题，《吕集》所收入的《帝制成功，君政废坠》一文，所论亦极通透。

吕先生说：中国原始的“君政”，是在一个小群体内部，凭借着社会组织的优良，不难将件件事情办得妥帖；而在分封制的贵族政体中，“君政”的组织仍有残余，只要有仁君，仍可以希望实现仁政；惟列国兼并，世袭的贵族逐渐消灭，而代之以官僚，这种“君政”的社会基层组织“渐渐的没落而浸至于无”，“君政”因而废坠；至于帝制的成功，无非是使官僚阶级达于全盛；帝制之下，即便是向来被视为“亲民官”的县令，其“亲民”的程度已十分有限，县以上的官僚则更不具备亲民的性质。先生由此分析帝制之下的皇帝、官僚和民众三者之间的关系：官僚的性质，理论上就是“所尽的责任，减至最小的程度；所得的利益，扩充至最大限度”；而皇帝在实际事务中，只能是在处于对立的官僚利益和民众利益之间寻求均衡，把“官僚剥削平民，限于某一限度之内”；故凡公益事务，“悉废坠而无人过问，人民遂出现极萧索可怜的状态”；那种“君政”之下，“人和人相生相养之事，积极的有计划、有规模，而人不是在最小限度之下勉强维持其生存的现象，在后世确乎是不可见了”。先生因而指出，在“帝制”取代“君政”过程中，因官僚阶级的产生形成的政治上一大变迁，一方面固然是物质文明的进步，而另一方面却是社会组织的退步。这一论述，与先生对中国古代政治上放任主义的形成及其利弊成因的论述结合在一起，对于中国历史进程中与政治、经济、社会和文化变动相关的一系列重大问题，足可以形成更进一步的通解。

除了通论中国古代政治特点和官僚政治的文章之外，《吕集》还收入了吕先生通论中国历史上军备废弛与外族入侵、南北民气的强弱、文明民族之被野蛮民族征服、都城选择与民族文化、中西交通与民族文化的推进等文章，也都展现了吕先生极富观察力的通贯史识。

如先生指出，中国统一之后，腹地的人民距边境较远，人民从征的事情较少，民兵制度流于有名无实，真正当兵的多是边地归附的异族；故五胡乱华后武力始终在异族手中，隋唐时期更是如此；而分裂之时，汉族政权无论兵力如何强大，迫于眼前利害，也只是联合异族攻打本国人；至宋朝重新统一之后，又“非图集中兵权或消灭或削弱某一部分的兵力不可”；所以，中国历史上兵备的废弛与外族入侵之问题，始终得不到解决。

对于中国历史上文明民族往往不敌野蛮民族的问题，先生认为野蛮民族之文明的程度固不如文明民族，但人与人利害之争较浅，风俗朴实，因而政治简洁，社会组织健全；而文明民族人与人利害之争较深，风俗浇薄，因而政治迟滞，社会组织较不健全；故在文明程度并非悬殊而不能相敌的情况下，文明民族因社会组织之不健全，而常为社会组织较为健全的野蛮民族所败。

而关于南北民气强弱的问题，先生对司马迁所谓“夫作事者必于东南，收功实者常于西北”之言，作了具体的说明，以证明向来所谓“北强南弱”，不过是一种误解。先生指出：历史上“北强南弱”的事例，所反映的“并非在地理上南方不敌北方，乃是历史上某一时期，文明民族不敌野蛮民族”；而在民族文化和民族心理方面，“早就成了北弱南强之局”；“惊天动地的事业，其原因往往在千百年以前，……断不能说后来的伟业，与前此的伏流无关的”；此种长期形成的文化上的“根据地，虽非限于南方，但自五胡乱华以来，实以南方为重要根据地”。

论及历史上迁都与还都的问题，先生则指出：“大凡一个国家，总有一个或若干个重要地点”，为其命脉所系；“其中文化一端，尤为重要。因为这是民族的灵魂，虽无形而其力量实极伟大”；故历史上迁都还都的意义如何，皆与能否保持民族根据地相关，而不能过于偏重地理方面；“古人言治，首重风化。欲善风化，必有其示范之地，以理以势言之，故京师昔称首善之区。昔时论建都者，多注重军事政治，而罕注重于化民成俗”；然而，汉朝翼奉、唐朝朱朴、宋朝陈亮，各以风化问题建议迁都，其意义皆在于此。

说到“东洋史上的西胡”问题，先生指出，“新疆在很早的时代，就是西方文化在东方的根据地，与汉族的文化，以互不相同的性质，互相补益”；近代以前，“以政治论，中国似乎自汉以后，总控制着新疆”；然汉族同化异族之力虽大，“汉人在其地仍系少数民族”；可见“人总是人，其能力之大，总有一个限度”，不可“视政治之力为万能”；“文化的进步，正与生物的进化一样，必与异种相媾合，而其变化乃大”；故“推进自己的文化，并当先认识他人之文化，明白其真相，承认其价值，不可盲目的抱着一种优越感，而反陷于无知而已”。

吕先生的这些通贯性的论述，皆关系到中华民族历史进程中兴衰存亡的大问题；其中所蕴含着的，是对我中华民族发展过程中曾为异族蹂躏之经验教训的总结，是对历史上中华文化的强大同化力的总结，也是对中华文化在历史上民族复兴的伟大作用的总结，以及对认识异质文化之价值，并与之互相补益、媾合对于推进自己的文化的重要性的总结。

读过以上吕先生关于政治、军事、文化与民族关系的论述，即可领略吕先生通贯的史识中所蕴含着的一种非常透彻的深刻。而先生论史，惟能把握通贯的史实，从而获致通贯的史识，使二者相互砥砺，则能取精而用宏，把道理讲得通透畅达而无窒碍；用之于观察具体的历史个案，亦皆深切著明，无处不彰显出历史的通感。以下，试举两例。

先生论法家，除了讲明法家之学在先秦诸子中的新颖之处、法与术两派各自的政治主张及其与时代的关系之外，还一针见血地指出法家的“落伍之处”，在于“不知道国家和社会的区别”，“误以为国家的利益，始终和社会是一致的。社会的利益，彻头彻尾，都可用国家做工具去达到，就有将国权扩张得过大之弊”。先生因此而论秦始皇既并天下之后，仍不改变政策，是秦亡的“大原因”；“不是秦始皇个人的过失，也不是偶然的事实；而是法家之学必至的结果”。此其一。

对王莽的个人品德和改革勇气，吕先生都是赞赏的，却并不拘泥于一时一事之论，而是以自己对中国历史事实的通贯把握和认识，指出王莽改革的失败，“实在是先秦以来谈社会主义和政策的人公共的失败。因为王莽所行的，都是他们所发明的理论，所主张的政策，在王莽不过见诸实行罢了。从此以后，大家知道社会改革，不是件容易的事，无人敢作根本改革之想。如其有之，一定是很富于感情，而不甚了解现状之人，大家视为迂阔之徒，于社会上丝毫不占势力。‘治天下不如安天下，安天下不如与天下安’，遂成为政治上的金科玉律”。此其二。

像这样的精辟之论，在先生近千万字的论著中，正不知有多少！

## 二、“合同而化”的历史通感

先生说：“史事没有绝对的价值，要历史学家用时代的眼光去鉴别它有没有价值”；“书本的记载，和阅历所得，合同而化，才是真正的学问”；“阅历所及，随处可与所治的学问相发明，正不必兢兢于故纸堆中讨生活”；“读书时候所见到的许多事实，知其然而不知其所以然，百思不得其解，就自以为解，其实也是误解的，也可因活事实的参证，而知道其所以然了”。先生一生都非常看重生活与学问的关系，虽手不释卷，“埋头枯守”（严耕望语），数十年如一日，却从来不是读死书的人。观《吕集》所收，除了吕先生的学术论文和文章之外，还有相当一部分关于改革教育的文章，以及回忆、自述和游记。阅读先生的这类文字，即可发现先生对于诸如教育、语言、风俗人情、谣言和舆论、物价和工资变化、医药卫生、天灾人祸和官吏作风等现实问题，随时都在进行观察。

如关于贪污“普遍而深刻”的问题，先生指出，历史上的“变乱时期，一切无成法可循，贪污的机会就到了”；“新兴的事业，大抵皆无详密之法律可行”，“自然也给贪污者以肆行无忌的机会”；“今日贪污的现象，所以特别普遍而深刻”，“一者由于我们今日，仍在一个变乱时代，纪纲不整，暴力横行。二者则由于新兴事业之多，无法律可循，习惯可守”。而关于如何根除贪污的问题，先生认为，无论于古于今，在官僚政治之下，官员之中总是公忠体国者极少，即便都能使之居于监督地位，对贪污的行为也只能“去其太甚”，而不可能“以此而挽狂澜于既倒”；解决贪污问题，“必地方自治发达”，“以多数的人民，监督多数的官吏，使之不能作弊，不敢作弊；只有人民自己办自己的事，能定出适合于实际的办法来，使人可以遵循”；“政府所办的事情多了，恐怕非藉此（社会）力量无以善其后”。

且不论通过地方自治、人民监督来根除贪污，自有现代社会科学理论为依据，其可行性亦自有相关的史事可以印证。即对于贪污的“普遍而深刻”，史学家要了解其所以然，正不必先了解了历史才行；反而是借助于对现实的了解，再根据各种历史记载，更易推知历史上导致类似问题发生的原因。而先生对于官僚性质的认识，更与“活事实的参证”相关。先生曾说：“天下有许多事情，昧着良心措置，就容易过去；摸着良心措置，就难于过去。譬如有个土豪欺压无势力的，你帮着土豪欺压无势力的，事情就容易过去。要是帮着无势力的反抗土豪，可就易发难收了。学者往往不肯昧着良心措置事情，普通人（官是由普通人来做的）评论处置事情的好坏，大抵只问其了结与否，而不问其了结的方法如何，就觉得学者多不能办事。”像这样的“譬如”，当然不是凭空可言的。而在论及王莽改革的失败时，先生曾指出：“国家推行一种政策，势必借手于官吏。但官吏亦久已成为一种谋生的职业。人的普通性质，权力没有限制，总是要滥用的。官吏是权力在手，可利用之以牟利的人，所以做官与作弊两个名词，几乎常相联带。……以一般情形论，不论古今中外，总是一样的。”这样的认识，与先生的人生阅历，也是有极大关系的。先生曾自述其不参与政治的原因：“予本不能作官；当时政党之作风，予亦甚不以为然。”这“本不能作官”，固有性情方面的原因；又何尝不是出于先生的学者良心与官场作风的冲突？

现代史学的宗旨，是“求状况而不是求事实”。“事实原因环境而生，若不知其环境，对于事实的性质，必也茫无所知，更何论了解其经过”；“不知环境，对于任何事情，总是不能明白的，以致对于任何时代，亦都不能明白”。这里，先生所谓的“环境”，强调的是历史上各时代的“一般状况”。环境不同，人的行为也就不同。如韩信与戚继光，前者根据置之死地而后生的兵法，竟以乌合之众背水而战，后者则以练兵为取胜之道。先生指出，韩信生当举国皆兵的战国时代之后，所指挥的乌合之众，都受过战争的教育，具有战斗技艺，故能置之死地，使人自为战；戚继光生于统一时代，深知承平既久，百姓缺乏军事教育，故必先训练而后用之，可见他们在军事方面的区别，实出于各自时代“一般状况”的不同。

显然，将书本记载与眼前事实“合同而化”，不是简单的古今事实对照，而是对历史和现实各自“一般状况”的相互参证和理解，就像是将人体与猴体的解剖相互参证，分析比较两者身体机理上的异同。人体解剖是猴体解剖的钥匙，而猴体解剖也有助于对人体解剖的理解。当然，对历史这只“猴体”的“一般状况”，史学家只能是在搜辑史料的基础上，“综合各方面，使其时代的情形，大略复见于眼前”。这个“再造以往”的过程，是离不开史学家对于所处时代“一般状况”的认识的。至于各时代的“一般状况”，吕先生认为，总是当时人较后人要清楚。这就好像要了解贪污“普遍而深刻”的原因，史学家正不必先知道造成历史上类似问题发生的“一般状况”。

通过对所处时代“一般状况”的“人体解剖”，史学家对历史上的“一般状况”，以及与之相关的人物和事件的研究，自能获致“合同而化”的历史通感。

更值得注意的是，先生认为这种“合同而化”，也应成为当时普通教育的原则。在先生看来，当时社会的一个严重问题，就是“学问和事业的隔绝”，以至于大多数具体任事的人，认识不到要对其所任之事的缺点加以改良，或对其所规画的事业存有改良的愿望；社会因此而呈现盲目、因袭的状态；而仅凭少数人来承担改革社会的责任，“必至于举鼎绝膑，本来的目的未达，反生出种种祸害”。但是，究竟“如何使人人有改革的志愿，了解改革的意义”呢？先生认为，这就要在普通教育中，贯彻将书本知识与眼前事实“合同而化”的教学方法，使学生毕业后到社会上做事，也要有“学问”的眼光；学生不论所学为何，“对社会国家，都要有一个相当深刻的认识”；通过这样的教育，可以“使其影响扩大而及于全社会”，形成“教化”的力量；只有这样的“教化”，才能使做事的人都有一点“学问”，“看出当时社会的需要，决定其行动的方向与方法”。

毋庸讳言，稍有些世故的人，对于先生这样的想法，恐怕都会觉得未免太不切实际了。而先生自己，对此亦不免有知其不可为而为的无奈。抗战期间，先生回乡任教中学，曾与学生约定，每天抽一小时“不谈读书而谈书以外的事实”，意在引导学生随时将书本知识和眼前事实相互印证，“使书本和事实，逐渐地打成一片。然而，来的都是喜欢读书的人，所谈的也都是书上的话”，“因为有许多问题，离现实太远了，竟无法引而近之”。先生甚而感叹那些“会说读死书无用，学问要注重现实的人”，“较诸只会读书的人，成绩更恶劣”，“大都是没有研究性质的人”。但他仍坚持认为，这“并不能作为读死书的人的藉口”。先生一生从事教育，旨在教人如何读书，而不是读死书；教学生将书本和事实“合同而化”，也是先生要对读死书的教育进行改良的一种实践。

史学研究，在某种意义上说，当然可以纯粹是对过去的事实的发现；“旁征博引”的考据，亦足以让人佩服；至于宫闱秘事，才子佳人，阴谋秘计等等，那真是可以引人入胜了。但是，史学家所真正致力的，是获致对历史“一般状况”的深刻理解和阐释。虽然，“状况原是要靠事实然后明白的”，但史学家追求的事实，是“‘足以使某时代某地方一般状况可借以明白的事实’，而不是无意义的事实”。而这所谓的意义，在先生看来，就是“若真知道历史，便知道世界上无一事不在变迁进化之中，虽有大力莫之能阻了。所以历史是维新的证佐，不是守旧的护符”。

## 三、“学问从来没有替个人打算的”

读先生的书，深感先生不是属于过去，而是属于现在的。先生强调“合同而化”，不是发思古之幽情，而是为了把现实作为理解历史的钥匙，增进对于今天的认识。惟此，“合同而化”，不仅仅是一种方法，更是一种史观。从这一史观出发，先生认为，“学术为国家社会兴盛的根原”，并因此而强调治学精神的纯粹，批评当时的风气，“总不免有轻学术而重事功之见。而且谈起学术来，还要揭举着‘有用之学’四字。其实，学问只分真伪，真正的学术，哪有无用的呢？”先生以中国历史上的玄学、佛学与理学的兴盛为例，指出这些学说的兴盛与五胡乱华，以及辽、金、元时期的外族入侵正有莫大的关系，岂可以“不切实际”“空言误国”视之。先生举例说：“理学讲尊王攘夷，严义利之辨，重君子小人之别，遂使中国之民族主义，植下深厚根基，异族的压迫愈甚，我族的反抗亦愈力”；“试看明清之际，抗节不屈，以其心力，栽培光复的根基，全是一般理学名儒，就可知无用之用了”；而“西力东侵以来，新旧相形，情见势绌，正是我国的文化，需要一个大变动的时期”；“尽瘁于旧学的人，因时局的紧张，反有舍弃其纯粹治学的精神，而趋于应用之势”；“需要纯科学甚亟，中国近代学者的精神，其去纯科学反愈远。这是一个很严重的问题。看似无关实际，其实此为整个民族趋向转变的一个大关键。非此中消息先有转变，时局是不会有转机的”。接着这样的话头，先生高度评价蔡元培主持北大，“能使各方面的学者同流并进，而给予来学者以极大的自由，使其与各种高深的学术，都有接触，以引起其好尚之心”；“风气一转变，就无论什么事情，都转变了”；“其机甚微，而所动者大”。

张耕华教授曾比较陈寅恪先生和吕先生在史学风格上的不同，谓“陈寅恪的史著蕴含着一种惋时抚事的感伤和深沉悲凉的情怀”，而“吕思勉的史著常带有一种强烈的乐观主义”。严耕望先生评价吕先生：“无道学气，也无领导社会的使命感。”张耕华继之曰：“虽无领导社会的使命感，却有强烈的推动社会进步的责任心。”先生的女儿吕翼仁先生则谓“父亲性格坚强，所以看问题比较乐观，也总从好的方面着眼”，“有一种强烈的责任感和一种知其不可为而为之的精神”。《吕集》有《论青年的修养和教育问题》一文，谈到“迷的安分”和“智的安分”。吕先生认为，通常所谓安分的人，不过是听命于他人，而不知道自己为什么要如此安分，所以都不过是“迷的安分”；而“智的安分”，即明白自己所应尽的义务，负起自己所应承担的责任；并寄语青年：“社会制度，是不易一时改革的，青年在今日环境之中，却不可不思所以自处。”

近日随时翻阅李永圻、张耕华所编撰的将近一百六十万字的《吕思勉先生年谱长编》（上海古籍出版社2012年版，以下称《年谱长编》），只觉得先生一生治史，无论遇到怎样的困厄与不幸，都未曾稍懈。先生前后痛失三子，是乃何等的不幸！然阅此《年谱长编》可知，凡此等痛苦与不幸之时，先生仍是读书著述不辍。先生为极富感情之人。据先生的女儿吕翼仁回忆，家人得病，先生皆日夜亲自护理，无微不至，却“拿着一本书，一方银砚，一支笔，一杯茶，一管水烟袋，就坐在病人房里工作”。抗战期间，先生困居租界，而完成了《吕著中国通史（上）》和《先秦史》的写作；回乡后，贫病交迫之下，除完成《吕著中国通史（下）》之外，则继续写作《秦汉史》和《两晋南北朝史》；还发表了大量的论文和读史杂记。《年谱长编》的作者说，“此亦寓先生书生报国之深意”。

“我觉得奋斗就是生命，奋斗完了，生命也就完了。从前文人的多感慨，不过悲哀于不遇。奋斗是随时随地，都有机会得的，根本无所谓遇不遇”；“学问从来没有替个人打算的，而是替公家打算的”；凡“自私自利”“阴险刻薄”“凶横霸道”的人，若说是有学问的话，“不过是世俗所捧罢了。世俗所以捧他，则正由世俗之人未知何者谓之学问之故”。先生“强烈的乐观主义”和“推动社会进步的责任心”，除了性格的原因外，正源于对于“学问”的这种“智的安分”。“城濮之兆，其报在邲”。学问事业，虽或不能挽救时局，“正如大川之水，伏流千里，迂回曲折，卒达于海，正不能不谓之成功！”

1952年，思想改造运动开始时，先生曾在小组会上，戏言自己只研究汉学（时人以为吕先生只懂得考据），不研究宋明理学（“存天理，灭人欲”那一套“义理”），所以不懂得自我检讨，只觉得有同儿戏。这样的挖苦态度，引来了同组人员的批评。之后的记录显示，先生“经过批判检讨，把学术架子撕破了些，可是对其本身的著作仍然没有正确认识。现在仍继续其旧的著作计划”，但也“有些好的表现，复课是（时）对同学讲：‘我的学力不够’”，“对马列主义的学习，实际上是有些困难的，他自己也坦白说：‘有些地方我读不懂。’”《文集》收有先生参加思想改造运动的《自述》，谈到自己学习马列的过程和今后的打算，“马列主义初入中国，予即略有接触”；四十七岁时（1930年），于马列著作“读之稍多。于此主义，深为服膺”，“如获指针也”；“近与附中李永圻君谈及（自己对‘马列主义，愧未深求’）。李君云：学马列主义，当分三部分。（一）哲学，（二）经济学，（三）社会主义。近人多侈谈其三，而于一二根柢太浅。此言适中予病，当努力补修”。比起先生的这种磊落坦荡的学者胸襟，那种凌驾于人，自恃懂得马列的偏狭，真可以休矣！先生一生与人为善，与世无争，即“受骗上当，被人拖累”，事后却“总是说：在当时情况下，我不得不这样，这样做才心安理得。”但对于以政治地位傲人，而贬低学者的一时风气，是不屑的。1953年，先生七十，抄录旧诗赠友人，而将1943年为女儿三十岁生日时写的《再示荣女》一诗删去。此诗有云：“圣哉马克思，观变识终始。”先生记曰：“此诗今日须删，不然人视之，将与今之群儿等耳。”以表达对此等风气避之惟恐不及的态度。

英国的史学家爱德华·霍列特·卡尔说，读史书当了解写书的史学家是怎样的人，仔细倾听他们的心声，“如果你听不出什么声音，要么是你有些重听，要么那位历史学家便是个驽钝之才”。这本《吕集》所编选的吕先生的文字，对于吕先生究竟是怎样的人、是有着怎样经历的史学家，都作了比较完整的呈现。笔者读之再三，每有会意，欣然如闻其声，如见其人，而于以往读过的吕先生著述亦时有会意焉。

# 陈寅恪史学之渊源与精义

王永兴先生去世了。父亲生前不多的几个老友，均情同手足，如今大多已不在人世。十多年前，我读过王永兴伯伯写的《陈寅恪先生史学述略稿》，印象深刻。现在，为了纪念他，我又重读此书。这对于逝者，应是最好的纪念。以下，是我学习《陈寅恪先生史学述略稿》的几点认识。

## 一、陈寅恪史学与清代考据之学的根本区别

作为陈寅恪先生的高足，王永兴先生在《陈寅恪先生史学述略稿》中，首揭“寅恪先生之史学不可能出自清代经学或清代考据之学”这一问题。对此，先生引用陈寅恪先生对清代史学的评价：“虽有研治史学之人，大抵于宦成后退休之时，始以余力肆及，殆视为文儒老病销愁之具。当时史学地位卑下若此，由今思之，诚可哀矣。此清

代经学发展过甚，所以转至史学之不振也。”先生指出，“寅恪先生反复申论宋贤史学今古罕匹，清代史学地位卑下，又深知取法高则陈义高的精义”，故其治史实取法于“宋贤史学”，而与清代史学绝无渊源。

那么，陈寅恪先生对清代经学的看法又如何呢？王永兴先生指出，在陈寅恪先生看来：“史学之材料大都完整而较备具，其解释亦有所限制，非可人执一说，无从判断其当否也。经学则不然，其材料往往残缺而又寡少，其解释尤不确定。以谨愿之人，而治经学，则但能依据文句各别解释，而不能综合贯通，成一有系统之论述。以夸诞之人，而治经学，则不甘以片断之论述为满足，因其材料残缺寡少及解释无定之故，转可利用一二细微疑似之单证，以附会其广泛难征之结论。其论既出之后，固不能犁然有当于人心，而人亦不易标举反证以相诘责。譬诸图画鬼物，苟形态略具，则能事已毕，其真状之果肖似与否，画者与观者两皆不知。往昔经学盛时，为其学者，可以不读唐以后书，以求速效。声誉既易致，而利禄亦随之。于是一世才智之士，能为考据之学者，群舍史学而趋于经学一途。”

显然，在陈寅恪先生看来，史学与经学，本身就是两种根本不同的学问。首先是学问路径上的不同。史学因“材料大都完整而较备具”，而可以求真，且能“综合贯通，成一有系统的论述”；经学则因“材料往往残缺而又寡少”，只能“依据文句各别解释”，或“利用一二细微疑似之单证，以附会其广泛难征之结论”。其次是治学目标上的不同。在陈寅恪先生看来，“综合贯通，成一有系统之论述”，是治史者可能达到的目标，也是治史者所应追求的目标；而“经学一途”，本身即缺乏“综合贯通，成一有系统之论述”的可能性；至于清代经学，由于治其学者往往贪图“声誉既易致，利禄亦随之”，已失去了学问的意义。据此王永兴先生认为，寅恪先生之史学绝无可能出自清代经学。

在中国历史上，经学之盛，无如汉朝和清朝。班固著《汉书》，对汉代经师亦有如此评论：“自武帝立五经博士，开弟子员，设科射策，劝以官禄，讫于元始，百有余年，传业者浸盛，支叶蕃滋，一经说至百余万言，大师众至千余人，盖禄利之路然。”班固之鄙薄汉代经学，与陈寅恪先生鄙薄清代经学如出一辙。宜其同为史家，非偶然也。

论者或谓陈寅恪深得清代考据之旨。王永兴先生对此也大不以为然，他说：“时下研究者多称赞寅恪先生擅长考据之学，这当然是对的；并学习他的精密考据方法，取得治史成绩，这当然也是可称赞的。但这还不是陈寅恪史学。寅恪先生从来不放过小问题的考证解决，但他更看重有关历史上国家盛衰生民休戚大问题的考证解决；即或是研究小问题，也要归到有关民族国家大问题上来。”显然，在先生看来，陈寅恪先生的考据有很高的史学立意；考据是史家功夫，而非史学本身。

## 二、“宋贤著史之规模”的精义所在

对陈寅恪先生的史学思想，王永兴先生有多方面的总结；对陈寅恪先生继承宋贤，并在此基础上之创获，王永兴先生多有发明。王永兴先生说：“陈寅恪先生史学植根于华夏民族优良的学术传统之中，植根于华夏民族优良的史学传统之中，特别是宋贤史学。”特其师承有自，深通陈寅恪先生治史之旨，所论皆能具体入微。

“宋贤史学，今古罕匹”“中国史学，莫盛于宋”，此皆陈寅恪先生所言。但是，要真正理解陈寅恪先生史学渊源，还须深入理解陈寅恪先生的史学思想。先生引陈寅恪先生在《陈垣元西域人华化考序》中所言：“近二十年来，国人内感民族文化之衰颓，外受世界思潮之激荡，其论史之作，渐能脱清代经师之旧染，有以合今日史学之真谛……先生是书之材料丰实，条理明辨，分析与综合二者俱极具功力，庶几宋贤著述之规模……关系吾国学术风气之转移至大。”先生指出：“所谓‘吾国学术风气转移’即由清代不振之史学向‘宋贤著述之规模’的转变，陈援庵先生《元西域人华化考》所以‘合于今日史学之真谛’者，即因为其‘庶几宋贤著述之规模’也。”

何谓“宋贤著史之规模”？先生认为，其最根本的就是两条：

一是“求真实，供鉴戒”。如司马光撰著《资治通鉴》，“专取关国家兴衰，生民休戚，善可为法，恶可为戒者”，就是“供鉴戒”；“研精极虑，穷竭所有”，“遍阅旧史，旁采小说”，“抉择幽隐，校计毫厘”，“参考群书，评其同异，俾归一途”，就是“求真实”。亦如欧阳修所言：“自君臣善恶功过与其百事之废置可以垂劝戒示后世者，皆得直书而不隐。”先生说：“求真实、供鉴戒的主要内容为‘专取关国家兴衰，系生民休戚’之大事，其目的则是使国家富强，百姓安居乐业。”即此，则可知所谓“求真实、供鉴戒”，不仅是在一时一事的史实上求真，更在于在一长时段的历史中求一“贯通”之理，以“鉴前世之兴衰，考当今之得失，嘉善矜恶，取是舍非”；只有这样，才堪称是“宋贤著史之规模”。

一是“独立精神，自由思想”。先生认为，陈寅恪先生强调“独立之精神，自由之思想”，与“贬斥势利，尊崇气节”的宋贤史学思想有极深的渊源。其一方面固然是鄙视“侮食自矜，曲学阿世”；而另一方面则为“不忘本来民族之地位”。如欧阳修自谓：“予始得于韩也，当其沈没弃废之时，予固知其不足以追时好而取势力，于是就而学之……故予之仕于进不为喜，退不为惧者，盖其志先定而所学者宜也。”而所著《新五代史》，则斥冯道

“事四姓十君”，“视丧君亡国亦未尝以屑意”，“其可谓无廉耻者矣”。亦如司马光斥冯道“臣而不忠，虽云其智，安所用哉”，而盛赞张巡抗击安禄山，为“明君臣之大分，识天下之大义”。凡此，都与提倡“贬斥势利，尊崇气节”有关，也与“不忘本来民族之地位”有关。尤为值得注意的是，欧阳修以“始得于韩”一语，表明自己学术思想的渊源；陈寅恪先生在《赠蒋秉南序》中，也特别看重“欧阳永叔少读韩昌黎文”。先生引陈寅恪先生《论韩愈》一文中“呵诋释迦，申明夷夏大防”，“以谏迎佛骨表得罪，当时后世莫不重其品节”等语，谓陈寅恪先生的用意，即在于赞扬韩愈之“不忘本来民族之地位”的精神，并赞扬欧阳修及宋代新儒家对这种精神的继承。先生又引陈寅恪先生在《冯友兰中国哲学史下册审查报告》中所言：“至道教对输入之思想，如佛教摩尼教等，无不尽量吸收，然仍不忘其本来民族之地位。既融成一家之说以后，则坚持夷夏之论，以排斥外来教义。此种思想上之态度，自六朝时亦已如此。虽似相反，而实足以相成。从来新儒家即继承此种遗业而能大成者。”总而言之，“独立之精神，包括个人独立、民族独立两方面，就个人而言，‘贫贱不能移，富贵不能淫，威武不能屈’是为独立，此气节问题；民族独立，寅恪先生概括为‘不忘本来民族之地位’。”然则，所谓“宋贤著史之规模”，亦为一种气象闳阔的人格与精神境界。

综合上述二者，王永兴先生指出："'求真实、供鉴戒'之史学思想，其根柢亦在独立之精神，自由之思想。"先生说："吸收外来之学，要有自由之思想；不忘本来民族之地位，应有独立精神。可见'吸收'与'不忘'两方面正是独立精神、自由思想的体现。"先生又说："'不忘本来民族之地位'即不忘本来民族之独立。先生之言乃有所为而发。不以本民族之独立为出发点，吸收输入外来的思想习俗，致使本民族或民族历史的一段时期或一部分地区失去民族之独立性，因而改变历史性质以及历史面貌，非鲜见之史实也。因此，先生'不忘本来民族之地位'的史学思想，即民族学术独立及民族独立之思想。"此为先生论述陈寅恪先生史学思想的精义所在。

## 三、长编考异和神游冥想

关于陈寅恪先生的治史方法及渊源，王永兴先生举以"长编考异之法""神游冥想真了解之法""总汇贯通之法"和"时间、地理、人事之法"。其中最重要者，为长编考异之法和神游冥想真了解之法。

陈寅恪先生在《杨树达论语疏证序》中，盛赞杨树达先生的"治经之法殆与宋贤治史之法冥合，而与天竺诂经之法，形似而实不同也"，"乃司马君实李仁甫长编考异之法，乃自来诂释论语者所未有，诚可为治经者辟一新途径，树一新楷模也”。先生引此而认为“研究陈寅恪先生的治史方法，首先要了解长编考异之法”；司马光撰著《资治通鉴》，李焘撰著《续资治通鉴长编》，陈寅恪先生撰著《隋唐制度渊源略论稿》《唐代政治制度述论稿》《元白诗笺证稿》《柳如是别传》，使用的都是长编考异之法。先生指出：“宋贤长编考异之法可分为三个层次：（1）修丛目，即广搜群籍也；（2）在此基础上，比较异同，有所取舍，修长编；（3）考证是非，解释矛盾疑滞，互相参证，撰著成文。”对于前两个层次，先生均有具体的分析和总结。如丛目编撰的方法，先是设“事目”，其下依年月集注大量史料，而后由诸多“事目”集结为“丛目”，取材则“过多不害”；长编编撰的方法，则是在丛目的基础上，“事同文异者，则请择一明白详备者录之”，“彼此互有详略，则请左右采获，错综铨次，自用文辞修正之”，“宁失于繁，无失于略”。这两个层次，即所谓“长编考异”。而先生所谓第三个层次，按我的理解，即“综合贯通，成一有系统之论述”。

关于长编考异之法，以及陈寅恪先生对这一治史方法的推崇，王永兴先生举证甚详。但更为重要的是，先生具体阐明了陈寅恪先生“发展宋贤长编考异之法”。先生认为，陈寅恪先生在使用长编考异方法的目的上，“从探讨个性真实以求借鉴，发展为向更广阔、更深远的目标着眼，使用此法求得中华民族发展历程之真实，求得中华民族发展过程中的教训”。这里所谓“更广阔、更深远的目标”，就是“从多数个性真实总括而得”的历史的“通性真实”。而所谓的“教训”，亦即“借鉴的引申”，“不仅限于道德上的善善恶恶、乱臣贼子惧，也不仅限于供皇帝或官吏资治，而是关系到中华民族的历史发展，关系到华夏文化的生死存亡”。其如陈寅恪先生所强调的“吸收外来之学”与“不忘本来民族之地位”，就是一个“通性真实”的问题。此其一。在用之于长编考异的材料上，陈寅恪先生于诗歌、佛道典籍、医籍、历算、考古资料、域外资料无所不取，“广泛超出宋贤”。此其二。陈寅恪先生在《王静安先生遗书序》中总结王国维先生的治学方法：“一曰取地下之实物与纸上之遗文互相释证……二曰取异族之故书与吾国之旧籍互相补证……三曰取外来之观念，与固有之材料互相参证。”先生认为，这三个方面，在陈寅恪先生的著述中均有体现，而“不论所取为何种材料，寅恪先生皆以长编考异之法一之，寅恪先生这种多重考证，尽可能广、精、深地取材，正是他在当时的历史条件下，对宋贤长编考异史学方法的发展。”

陈寅恪先生说：“吾人今日可依据之材料，仅为当时所遗存最小之一部，欲藉此残余断片，以窥测其全部结构，必须备艺术家欣赏古代绘画雕刻之眼光及精神，然后古人立说之用意与对象，始可以真了解。所谓真了解者，必神游冥想，与立说之古人，处于同一境界，而对于其持论所以不得不如是之苦心孤诣，表一种之同情，始能批评其学说之是非得失，而无隔阂肤廓之论。”先生引此，而以陈寅恪先生关于宇文泰、苏绰制订关中本位政策的论述为例，具体而宏观地把握了陈寅恪先生对“宇文泰苟欲抗衡高氏及萧梁，除整军务农，力图富强等充实物质之政策外，必应别有精神上独立的自成一系统之文化政策”这一问题，指出：“寅恪先生通识魏晋南北朝之政策军事文化形势，洞察宇文泰苏绰等人之思想性格及心理状态，故能神游冥想并理解同情宇文泰苏绰不得不创立关陇文化本位政策之苦心孤诣。此即‘神游冥想’与‘真了解’也。”先生还以唐太宗对魏征“恩礼不终”的论述为例，具体而宏观地把握了陈寅恪先生“太宗赋予魏征的责任仅在于‘接洽山东豪杰监视山东贵族及关陇集团，以供分合操纵诸政治社会势力之妙用。苟征之行动逾越此种赋予之限度，则必启太宗之疑忌’”这一问题，指出：“寅恪先生神游冥想，真了解当时关陇及山东文武三大势力所构成复杂关系以及太宗之对策”，“故能在千余年之后，发其覆而求得历史之真实”。即先生所举之两例，可知“神游冥想真了解之法”，必须是在更闳阔的历史视野下，在相关的历史事实之间建立联系。陈寅恪先生若非对于关陇、山东和江左历史的全面把握，又如何能“神游冥想”宇文泰、苏绰确立关陇文化本位政策的苦心孤诣；若非对关陇及山东文武三大势力所构成复杂关系的把握，又如何能“神游冥想”唐太宗对魏征“恩礼不终”的莫测心思。

先生又举陈寅恪先生批评清代史学家王鸣盛为例。王鸣盛指责《晋书·王导传》“殊多溢美”，“其实乃无一事”。陈寅恪先生说：“南人与北人戮力同心，共御外侮，而赤县神州免于全部陆沉，东晋南朝三百年之世局因是决定。王导之功业即在勘破此重要关键，执行笼络吴地士族之政策”。因举王导笼络吴人的种种“屈尊”细节，而推见“导之苦心”。王先生说：“王导不惜屈尊而为之，唯寅恪先生知之，因先生神游冥想，与王导处于同一境界，同情王导，真了解王导的种种言行，一言以蔽之，求得王导之真实，故称之为民族大功臣……而王鸣盛致误如此，与史识有关，也与他的治史方法有关，他不能如寅恪先生运用神游冥想真了解之法也。”王鸣盛不能“通识魏晋南北朝之政策军事文化形势”，就《王导传》而论王导，故于《王导传》所言之“用意与对象”，自不能像陈寅恪先生那样“神游冥想”而对王导的历史功绩有一个“真了解”。先生批评王鸣盛“致误如此，与史识有关，也与他的治史方法有关”。据我的理解，先生这里所谓的

“治史方法”，并非仅指“神游冥想”。陈寅恪先生有《李德裕贬死年月及归葬传说辨证》一文，逐条引述有关李德裕贬死的时间、地理、人事等材料，以证王鸣盛对《旧唐书》宣宗大中三年九月制之失读。先生说：“从目考异是修长编的基础，在每一事目下汇集所有有关史料。李德裕贬死这一大事应为一事目，其下汇集史料中自应包括唐宣宗大中三年九月贬潮州司马李德裕制，可不致误……王鸣盛氏之误非偶然也。”即此可知，“长编考异之法”应为求真最基本的方法，是“神游冥想真了解之法”的前提。

## 四、义宁陈氏以忠义学术传家

在论及陈寅恪史学时，王永兴先生还特别注意到“寅恪先生重气节的史学思想和他的家世密切关联”。

陈寅恪先生的曾祖陈琢如，真正是位笃行君子。母亲体弱多病，陈琢如“究心医家言”，“遂以能医名”；“病者踵门求治，望色切脉，施无倦色”，则谓“无功德于乡里，而推吾母之施以及人，亦吾所以自尽也”。天下“乱机牙孽，隐伏潜滋”，陈琢如则“求思所以消弭之术，欲因以识天下奇士”。大病将终，陈琢如仍“手录李二曲《答人问学书》”，“复书‘成德起自穷困，败身多因得志’二语付宝箴”。陈宝箴（寅恪先生祖父）的母亲李太夫人，亦深明大义。陈宝箴为兴修水利，“蠲俸入万金犹不足，以告太夫人。太夫人喜曰：‘是地方久远之利，未宜以难自阻计。即吾日食所需，节缩以给用，累少为多，功幸完。’”陈寅恪的父亲陈三立，“以吏能、廉洁、气节、文章，颇负重名于当代”，后因日寇占领北平，竟绝食绝药而弃世。历述义宁陈氏之家忠义气节之史实，先生谓“寅恪自幼生长在如此重气节忠义之家，当然要成长为重气节忠义之人”，“义宁陈氏忠义之家为其史学的另一渊源也是自然的”。此亦是知人之论。

陈寅恪先生自谓：“老同涑水迂叟之迂。”先生引郭嵩焘《奉送陈右铭之官河北》“收功楹栋远，谁解诵《迂书》”之诗句，谓陈寅恪此处用典，亦深受其祖父的影响。《迂书》即司马光《释迂》一文。在此文中，司马光以种树“五年而伐之，则足以为楹；十年而伐之，则足以为栋”为喻，谓“收功愈远，而为利愈大”，因以“其道闳大而不能狭，其志邃奥而不能迩也，其言崇高而不能卑”释“迂”。先生认为，陈氏祖孙二人皆以司马光所谓的“迂”自况，亦可见其学术传承有得自家教者。先生说：“涑水迂叟之言，代表宋代史学之《资治通鉴》乃二十年夜以继日而筑成之史学大厦，至于以‘文儒老病销愁送日之具’所构成之清代史学，其非‘收功楹栋远’，则不言可以自明矣。”先生又引吴宓语：“义宁陈氏一门，实握世运之枢轴，含时代之消息，而为中国文化与学术德教所托命者也。寅恪自谓少未勤学，盖实成于家学，渊孕有自。”

义宁陈氏，以忠义传家，亦以学术传家。从来讲论陈寅恪先生之学者，于其家世影响，未有如王永兴先生这样具体而深入者。鞠养之爱，慈训之恩，从来是最具有潜移默化的情感力量的。

王永兴先生指出，陈寅恪“先生平生的志愿是写成《中国通史》及《中国历史的教训》两部巨著，即写出吾华夏民族数千年的真实，以供子孙万代的鉴戒”；而“通史与教训合起来正是通鉴之意”。先生认为，从继承宋贤长编考异之法来看，陈寅恪先生有关“西晋之末胡族侵犯，中原板荡的长时间内，河西诸儒保存汉魏学术文化不堕，终于参入汇合诸源而为隋唐制度之总源，导致隋唐特别是唐贞观开元之盛世，其基础亦为我民族独立之精神，自由之思想”的论述，以及关于道教、新儒家发展问题的论述，是为《中国历史的教训》的长编；《唐代政治史述论稿》《隋唐制度渊源略论稿》《元白诗笺证稿》《柳如是别传》及近百篇论文，是为《中国通史》及《中国历史的教训》的长编；即此而言，陈寅恪先生关于“求真实、供鉴戒”史学思想，以及“独立之精神、自由之思想”的治学理念，已“超越了鉴戒史学的局限性”；这种“超越”，即在于“通过探求历史真实所得出的对中国文化发展方向的高瞻远瞩的认识，展示了中国文化与外族交流时的发展规律”，在于“因古而知今，探索中国历史发展趋势”。先生说：“中国近代一百数十年中，吸收输入外来之学说频繁，议论颇多，惟有以独立之精神，特别是民族独立之观点，加以考察分析，始能求得其是非得失之真实。据此，陈寅恪先生提出的独立之精神并以此为依据之不忘本来民族之地位的观点，乃研究我国历史之根本史学思想也。”

王永兴先生去世了。先生阐明陈寅恪先生的史学，其用意是非常深远的。学术的传承，既是治学方法的传承与发展，也是治学精神的传承与发扬光大。先生撰著《陈寅恪先生史学述略稿》，辨析陈寅恪先生史学的渊源与精义，即希望有助于将陈寅恪先生的治史方法和治史精神传承下去并发扬光大之。

# 王道政治的理想是如何被毁弃的

公元前771年，周室东迁。从此，历史的形势转变为大国争霸，并呈现着大国吞并小国、强国吞并弱国的趋势。从那时起，一直到秦始皇统一中国的五个半世纪中，中国社会发生了翻天覆地的变化。对于这种变化，近代以来，论者多从社会形态演进、制度变迁、物质文明进步，以及思想文化上的“百家争鸣”等方面来加以阐述和赞扬；却对其中所包含的消极因素缺乏认识；对于孔子强调“克己复礼”，以恢复旧文化和旧制度的苦心孤诣缺乏同情。今天，重新审视这些变化，对于理解秦以后的中国历史，是会有积极意义的。

## 一、上古三代的王道

王道，是中国上古三代的基本制度和理念。早在三代之前，在现今中国的中原地区，众多的农业定居部落，为抵抗周边蛮夷戎狄的入侵，而联合为一个巨大的防御共同体。这个防御共同体的最高原则，一是共同体领袖要以亲亲之义去密切亲族血缘关系，进而以亲族血缘关系去维系地缘关系，然后在更为广阔的地域中扩展这两种关系，使整个共同体结成牢固的联盟，叫作“协和万邦”；二是共同体领袖必须善待周边部族，亲近共同体成员，厚施恩惠而诚信待人，使内部坏人和周边部族都无机可乘，确保安定，不误农时，使大家都有饭吃，叫作“食哉惟时”。

在中国历史上，王道实现的开端，是炎、黄结盟。当初，打得难分难解的炎、黄两族最终结盟，就是因为他们都已开始农业定居；继续打下去，不仅农业生产难以照常进行，也将导致周边民族趁机进攻中原。其后，夏、商、周三代，也都以这样的王道作为联盟存在的基础。其内部尽管也存在着大量的兼并，但通常是以地缘、血缘和婚姻关系为基础的部落联合，而非单纯的武力强迫。王道之下，在中原共同体内部，不仅各成员之间互不干涉内政；即便是作为盟主的“王”，也不允许干涉各成员的内政。“夏桀不务德而武伤百姓”，破坏了联盟内部的和平，诸侯就背叛了他。而商灭夏之后能够成为中原盟主，就是由于它承诺让中原各部落依旧“各守尔典”，不干涉它们的内政。同样，商在对东夷的战争中大伤元气，又在共同体内部招降纳叛而弄得众叛亲离，而为西周所灭。西周之所以能够成为中原盟主，也是由于它承诺让各部落依旧“宅尔宅，畋尔畋”，不干涉它们的内政。

总而言之，决定了中国上古三代历史大势的所谓王道，是以不误农时、保证吃饭这样简单的道理为出发点的；所谓“协和万邦”“柔远能迩”，乃至于“各守尔典”“宅尔宅，畋尔畋”，都是以贯彻不误农时、保证吃饭这样的简单道理为宗旨的。

## 二、霸道的本质就是功利主义

西周从昭王、穆王开始，对外变得非常好战，对内则不断干涉诸侯内政，结果是“戎狄交侵”“诸侯不睦”。周厉王时，西周的王权开始向霸权转变（童书业语），其实也就是王道向霸道转变。周室东迁，周政迅速衰弱。势力较强的诸侯，就联合了中、小诸侯起来争霸，天下也开始普遍地信奉霸道。

霸世一旦形成，在各诸侯国国内，充斥着实力比拼和阴谋诡计。春秋时期，最先起来称霸的是郑国。郑国实力有限，又不懂“尊王”“攘夷”和“睦邻”，霸业并没有成功。但是，郑庄公在国内，却是长袖善舞。他的母亲姜氏，暗中支持他的弟弟共叔段篡政。这母不母、弟不弟的，也是当时的风气。而郑庄公假装孝敬母亲，忍让弟弟。姜氏为共叔段要城要地，共叔段侵吞国家的城邑，他都听之任之。等他消灭了共叔段之后，先软禁姜氏，又颇费周折地与姜氏和好。他刻意要向天下表明，他还是个孝子。霸世之中，此类不君、不臣、不父、不母、不子、不弟，偏又假仁假义的故事，《左传》上不知记录了多少！

《左传》上另一则关于秦晋失和的故事，更耐人寻味。“乞籴”是一种古已有之的睦邻制度：部落之间谁家发生了饥荒，都可以向邻近部落求援。这正是古来流行于诸侯之间的王道。秦穆公的时候，晋国发生饥荒，向秦国求援。其时，秦晋两国，“申之以盟誓，重之以婚姻”，关系十分密切。但秦国仍有人建议，不如趁此机会去攻打晋国。显然，那时只要是为了国君，无论怎样唯利是图、不仁不义的主张，没有说不出口的。倒是秦穆公，还是坚持“救灾恤邻”的古训，答应了晋国的请求。可是，两年之后，秦国因为天灾向晋国“乞籴”，却遭到晋惠公的拒绝。大国之君，婚姻之国，竟也如此公然忘恩负义，足见当时的国与国之间，“信义”二字已无分量。晋国大夫庆郑为此曾批评晋惠公“无亲”“不仁”“不祥”“不义（利）”，虽然讲到了道德，却也充分反映了那个时代凡事惯于权衡利害的风气。

《左传》上还有宋襄公“不鼓不成列”的故事。其实，像“兵不厌诈”这样的道理，宋襄公岂能不懂；对于楚人之不讲信义，他当然也清清楚楚。楚人曾经在会盟时绑架过宋襄公，以此胁迫宋国投降。这样的事情，在一个讲信义的时代，是不可能发生的。只有宋襄公，总觉得还有比战胜敌人更重要的东西，而不愿意为了取胜就违背王道。他不会借口“你不仁我也不义”，而出尔反尔。所以，尽管战败，而且身负重伤，面对举国上下的批评，他仍强调古代战法中“不重伤”“不禽二毛”“不以阻隘”这些禁止滥杀和公平交战的王道原则，为自己“不鼓不成列”辩护。

霸道的本质是功利主义的，那就只有讲实力和阴谋诡计。讲实力，就是“以众暴寡，以强凌弱”；讲阴谋诡计，无非是谗慝诈伪无所不用其极。而越是讲实力，也就越是需要通过搞阴谋诡计来弥补实力的不足。所以，那时候所谓的“尊王”“攘夷”和“睦邻”，都不过是诸侯为增强实力、建立霸业的“假仁义”，却又做得像是要恢复王道的样子。以至于孔子都要忍不住称赞管仲助成了齐桓公的霸业。

孔子的心中，当然还寄托着激励天下诸侯以恢复王道为己任的天真。无可奈何的是，诸侯倾心奉行霸道，也都精于算计怎么样的假仁假义才对自己有用。惟其如此，无论怎样的激励，都不会使他们稍有一些向往王道之心的。那时候，天下大致也都是唯利是图、不仁不义的。所以，孔子被视之为“丧家狗”，被斥之为“四体不勤，五谷不分”之人，并没有什么可以感到奇怪的。而孔子自己，也不会感到奇怪。

霸世的常态，是事事都充满了利弊权衡和假仁假义。

霸道的本质，就是功利主义。在这样的历史中，王道的价值必被毁灭，剩下的只有唯利是图和不仁不义。

## 三、履亩而税与社会组织的倒退

从各方面的状况来看，春秋时期各诸侯国内部，君主专制集权的程度已相当之高。那时，君主要发动战争，或重用那些社会地位低贱的人，自不必顾忌贵族卿大夫的态度。尤其能够说明问题的是，无论在自己的领地，还是在贵族的领地，各国君主对所有的耕地一概都实行了履亩而税，从而在经济上形成了对贵族的绝对优势。然而，履亩而税的更深刻意义，还在于对整个社会基层组织的破坏。

上古三代，乃至更早的时期，中国社会的基层组织是村社共同体，实行的是村社共同体土地所有制。商、周时期，这些村社共同体各自从属于天子、诸侯、卿大夫等不同等级的统治者，各以耕种“公田”的方式向统治者交税。至少在大约七个半世纪里，村社共同体的耕地与公田之比，普遍是九比一。这说明，统治者的土地剥削始终被限制在什一税的范围之内。而为了保证公田能够得到良好的耕种，统治者也不能任意在其他方面征发力役。《诗经·莆田》中就描述了人民被征发到远方服劳役，造成公田荒芜的景象。但是，履亩而税之后，统治者的土地剥削就突破了公田的限制，并且使力役剥削也变得全无限制了。齐国履亩而税（相地而衰征）之后，税率甚至达到了“民叁其力（粟米、布缕、力役），而二入于公”的地步。可见，当时所谓“封略之内，何非君土；食土之毛，谁非君臣”的君主土地所有权及其政治主权的观念，是何等的残酷和霸道！而孟子将之斥之为“率兽而食人”，真再恰当也不过了。

正是在这样的霸道之下，原有的村社共同体土地所有权，以及与之相适应的村社在管理生产（主要是维持沟洫制度）、组织公积劳动、定期重新分配土地、执行慈善、主持教化和调解纠纷等方面的职能和权威丧失了；因共同体不复存在而孤立的一家一户的小农，从此在身份上直接隶属于国君；贵族制度则随之失去了存在的可能。问题在于，君主专制集权的国家体制，是以官僚来控制和管理社会的。村社共同体不复存在，村社的职能和权威的丧失，使社会的组织程度如散沙一般，国家对大多数社会事务只能予以放任。

吕思勉先生指出，秦统一后的二千年中，地方的公益事业“悉废坠而无人过问，而人民遂出现极萧索可怜的状态”，与社会在组织方面的这种退步和放任关系甚大。而村社共同体组织的不复存在，正是春秋战国时期，社会在组织上退步的一个最基本的方面。总而言之，履亩而税所造成的中国社会基层组织的倒退，给当时以及后来大一统国家对社会的控制和管理，造成了难以逾越的障碍。

## 四、兼并战争与“率土地而食人肉”

从周室东迁到春秋结束，其间差不多有三百年。有人统计，仅《左传》上有记录的战争，就将近五百次。而诸如齐、晋、秦、楚、吴、越、燕各自在边地进行的扩张战争，多不包括在内。伴随着这些拓地千里、战车数千乘的大国的出现，战争的规模也在不断扩大。偶尔出现的和平，也只不过是诸侯发动更大规模战争的前奏。

战争的规模越大，杀人也越多。大国交兵，动辄战车千乘、兵力十万。春秋后期的吴、齐艾陵之战，齐国十万大军，几乎全都战死沙场。进入战国之后，战争的规模就更大了。有人统计，战国时期较大规模的战争总共有一百八十五次。其中，秦国对各国的十次较大战争，杀敌最少的一次是四万，最多的是四十五万，总计近一百三十万，而战死的秦兵又不知多少。（路遇、滕泽之：《中国人口通史》）整整五个半世纪，仗越打越大，杀人也越来越多。这样长时期、大规模、几无间断的战争屠戮，是人类历史上绝无仅有的。

孟子诞生于孔子卒后的一个多世纪，对列国之间的剧烈兼并和杀戮，较孔子有着远为深痛的感受，对那个时代和战争的性质当然也看得更清楚。他总结道：“君不行仁政而富之，皆弃于孔子者也！况于为之强战！争地以战，杀人盈野；争城以战，杀人盈城。此所谓率土地而食人肉，罪不容于死！”这段话揭示了春秋战国时代的三大问题：一、那是一个统治者求富的时代；二、那个时代的统治者为富不仁；三、那时的统治者最为不仁的事情，莫过于为了求富而穷兵黩武。孟子还说过，“诸侯之宝三：土地、人民、政事”；“无政事则财用不足”。这两句话，一是说土地和人民为统治者求富之基础，二是说保证国家有充足的财用是统治者为政的根本。

诸侯因求富而追求广土众民，无休无止地发动战争；而为了有效地削弱敌国，滥杀更成为争取在长期战争中取胜的重要手段。惟其如此，除了在战场上杀敌，军队在战场之外也有组织地对敌国平民进行大规模地杀戮。尤其是秦国，从商鞅变法开始，就实行了上首功（以杀头论功）制度。在吞并六国的过程中，秦国的士兵无论打到哪里，必以杀戮敌国无辜百姓邀功，且无论老弱病残妇孺，被屠戮者亦以数百万计。“天子之怒，伏尸百万，流血千里”，绝非虚言！孟子因此强烈谴责“春秋无义战”，更把战国时代的那些能征善战的将领、纵横术士和提倡“农战”的改革家，一概视之为“率土地而食人肉”的罪犯，说“善战者服上刑，连诸侯者次之，辟草莱、任土地者次之”。即便是对管仲这样的人物，孟子的评价也很低，认为他得到齐桓公的重用，居官时间又长，齐国国力又那么强，却不能恢复“王道”，功劳也只不过“如彼其卑”。这与孔子对管仲的赞扬，是大异其趣了。

## 五、“仁”的托空

孔子提倡“仁”，以克服“礼崩乐坏”而恢复王道。周辅成先生认为，孔子对于“仁”的倡导与阐发，意味着中国古代的“主德”由“义”而转向“仁”，并将更多地强调主观意志的作用。

中国早期社会所谓的“利”，与社会的“公义”、“道义”是相一致的。“正德、利用、厚生”“利者义之和”“制义庶孚（建制合宜众人信服）”，这些圣人之言，讲的其实都是利与义的公共性与合理性。正如“王道”所谓的“食哉惟时”，虽然是出于“利”的考虑，可也同样是对“义”的遵从。所以，那时的“义”与“利”，客观上是统一的；王道既是统治者处理政务的根据，也是统治者自我约束的礼法，所谓“以义制事，以礼制心”；而“言义必及利”，正是当时政治和社会生活的题中应有之义。正因为如此，当义（王道）的价值被毁弃之时，孔子希望以“仁”代替“义”，而成为新王道、新主德，则不得不以激发“吾欲仁，斯仁至矣”的“主观意志的作用”为前提了。

无可奈何的是，无论孔子怎样强调“仁”的主观意志的作用，都无法克服霸世以功利为目的而造成的“礼崩乐坏”。我们知道，商鞅入秦是带了好几套改革方案去的。他给秦孝公讲帝、王之道，说明至少在他看来，秦国并非只有霸道一条路可以富国强兵。但是，秦孝公对帝、王之道根本不感兴趣，只想通过霸道迅速实现富国强兵的目的。所以，商鞅私下里对人说，孝公只对霸道有兴趣，难以“比德于殷、周”了。可见，商鞅其人，未必就是一个纯粹的法家思想的信徒，他只不过是在投秦孝公之所好而已。

这种唯君主之所好的风气，在战国策士中是最为流行的。在一个以众暴寡、以强凌弱的世界里，君主们即便心存帝、王之道，为了尽快富国强兵，却也不得不以霸道为先。而当时的学者，一味取悦于君主，则必然热衷于用急功近利的改革方案去打动他们。在这种情况下，又有谁会去对学问作纯粹学理上的探讨。至于那些对君王并无直接用处的学问，则更难得有人去问津了。故所谓诸子百家之学，虽有殷、周之世的深厚蕴藉，却难以吸引学者真正从学问原理上去探究它们。到后来，真正为统治者所重视的就是法家；而活跃于各国政治舞台上的，也总是那些善于讲纵横、逞口辩的策士。

在这种情况下，讲求事理而不讲求原理，甚至将事理当成原理，反而成为一时的风气。而政治与时代的变态，更使一些极端病态的东西，成为天经地义的法则。法家者流，到处占尽了政治上的优势。但这种优势，并非是由于他们在理论上有多么高明，而是由于他们善于以严刑峻法，投合君主“导之以政，齐之以刑”的施政方略；善于以讲求“权术”与“形势”，投合君主严密控驭、制衡臣下的阴暗心理；善于以国家利益来代表社会利益，投合君主无餍足的私欲。正是在这样的时代环境中，“仁”或能体现在某些觉悟的个人身上，或某些有权势的组织和个人对于利弊的权衡上，但在整个政治层面上只能是托空的。

不仅如此，“仁”的托空也还在整个社会层面上。商、周时期，“大道之行，天下为公”的大同思想与制度，普遍地存留于村社共同体之中。而到了春秋时期，随着村社共同体组织的破坏，这种思想与制度就失去了存身之地。在这种情况下，儒者所强调的“亲亲之义”，只是在“各亲其亲，各子其子”的亲族血缘范围之内能够做得到。但所谓爱有差等，即将人类本性中的亲亲之爱，由此及彼地渐次扩充到非血缘社会关系中去的主张，在村社共同体遭到破坏的情况下，已完全没有了落实的地方。墨家讲“兼爱”，孟子竭力反对，认为若不从亲亲之爱讲起，就缺乏合理性。然而，爱有差等并非在道理上自洽就可以实现的。所以，孟子要讲仁政。说是“仁政必自经界始”。他看得很清楚：人民的耕地要有明确的界划，人民要有“出入相友，守望相助，疾病相扶持，则百姓亲睦”的村社组织，“仁”才有落实处，仁政才能实现。

行之千年的王道价值，以及承载这一价值的社会政治结构及其基础——村社共同体及其土地所有制，因专制君主的“率兽而食人”“率土地而食人肉”，被彻底摧毁。

这在本质上，就是国家对社会利益的吞噬。在这种特定的历史环境中，孔、孟以人性善为根据而提出的“仁”与仁政势必会托空，而由孔子所推动的由“义”为“主德”向“仁”为“主德”的转变也势必会失败。吕思勉先生在论汉代的罢黜百家、独尊儒术时非常深刻地指出，当时的一个重要问题就在于“离生活而言道德”。换言之，在王道被毁弃的历史环境中，儒家道德根本就没有实现的基础。秦统一之后的二千年间，乱日常多，治日常少，盖由于国家吞噬社会利益，官与民、公与私、国家与社会总是处于尖锐的利益冲突之中。在这样的冲突中，“仁”与仁政哪里还找得到落实之处！人民本不能自治，在这样的冲突中，大多数人只能是各循其利，而不会甘心受儒家道德的约束。其结果，必定是强者奴役他人，弱者不得不受强者的奴役。惟此，国家即便施些仁政，轻徭薄赋，与民休息，也只能是放纵豪强侵凌小民，并与地方官吏夤缘勾结而成尾大之势。实际上，不仅汉代面临的问题如此，儒学在近代以前所面临的问题也一直如此。其中的原因，都必须从春秋战国说起。

# 秦和西汉的史事与人物叙议

## 天下人心不死

秦朝统一中国，在公元前221年。这是一个非常短命的王朝，公元前207年，它就“二世而亡”了。秦朝是被人民起义推翻的。这在中国历史上，是件开天辟地的大事。带头起来造反的，是陈胜和吴广。陈胜和吴广都是贫苦农民。陈胜曾经为人“佣耕”，想来他家里不是地很少，就是根本没有地。但他却对跟他一起造反的人说：“王侯将相宁有种乎？”看来，他人虽穷，却很有点气魄。

像陈胜这样有气魄的人，当时是很多的。后来做了皇帝的刘邦在咸阳服役，碰巧看到始皇帝出巡的壮观景象，就忍不住赞叹道：“大丈夫当如是也！”曾经做过西楚霸王的项羽，始皇帝东巡到会稽，渡浙江，他跑去看热闹。

看到始皇帝车被华盖，在浩荡人马护卫下那种备极尊贵的样子，也羡慕得不得了，竟然脱口而出：“彼可取而代之！”

天下虽然统一了，而天下人却并不死心，这对秦朝的统治的确很不利。

## 劳民伤财

为了巩固秦朝的统一，秦始皇做了许多事。他自称“皇帝”，暗示自己不仅主宰人间，并且还主宰神界。他在咸阳建造了巨大的宫殿，虽然是为了自己享受，但也是要向天下人显示他是独一无二的神圣。为了保证皇权独尊，他对国家实行了全部的官僚化控制。中央有朝廷，地方有郡、县和乡、里，但都听命于皇帝一人。因为防止人民造反，始皇帝制定了严刑峻法，收缴了天下的兵器，还摧毁了六国修筑的堡垒与城墙。而为了抵御外族的入侵，他在中国的北部和西北部的漫长边境上，建造起万里长城。他还修筑了四通八达的道路。有“驰道”从咸阳远抵吴、楚、齐、燕，有“直道”从咸阳附近的云阳直通九原郡治所（在今内蒙古包头附近），有“五尺道”绵延于西南边疆，有“新道”连接着湘、赣和两广。这些道路的修筑，无非是为了便于皇帝的调兵遣将、物资运输和政令传递。为便于政令的传达，始皇帝甚至还统一了文字。而统一货币和度量衡，则是他对帝国统一所作的经济上的安排。始皇帝当然不会认为，做了这些事，就足以使秦朝的统治“万世一系”了。他还焚书坑儒，以为这样就可以使那些怀念故国和旧制度的人从此死心，可以从此使天下人无知无识，顺从秦朝的统治。

这位中国历史上的“千古一帝”，还是非常怕死的。他派了许多方士出海，为自己寻仙问药，却又幻想着自己死后也能像活着的时候一样，拥有权力和尊贵。他为自己修筑的坟墓，上具天文，下具地理。墓室里不仅摆放着稀世珍宝，有水银灌注的江河大海，还排列着文武百官的位秩。

我们难以想象，始皇帝为了秦朝的万世基业，也为了满足他个人的欲望，究竟榨取了多少民脂民膏。中国的历史，自春秋而战国，战乱不已。为了这种战争，不知牺牲了多少的人力、物力和宝贵的生命。秦朝统一了，照说百姓都盼望着从此天下太平。始皇帝也曾把“黔首是富”这几个字刻在石头上，意思是说，从此要让种地的人都过上富裕的日子。但是，他又要做这么多耗费人力物力甚至牺牲人命的事，这让种地的人又怎么过得下去！据学者们估计，秦朝的时候，朝廷掌握的人口约有二千万，但每年被政府征用的，起码不少于三百万。在秦朝的统治下，除徭役之外，老百姓还要向国家缴纳各种直接或间接的税。这些税也是非常沉重的，超过了人民收入的一半。这样一来，“黔首是富”就是一句空话。所以说，这秦朝的统一，不仅没有使老百姓的日子过得比战国的时候好些，反倒是更苦了。

## 始皇帝死而地分

秦朝的百姓总盼着始皇帝赶快死掉，那些有野心的人则盼着始皇帝死后，他们可以重新瓜分天下了。公元前216年的一天夜里，始皇帝在几个武士的护从下出宫，不意遭盗匪袭击。脱险后，惊魂未定的他，竟下令在关中地区实行大搜捕，前后二十日。这样被袭击的事件，当然不止一次。韩国的贵族张良，就曾以全部家财雇佣刺客，在始皇帝东巡至博浪沙（在今河南）时伏击了他。公元前211年，有一块陨石落在东郡，马上就有人将“始皇帝死而地分”这句话刻在了上面。

始皇帝终于在公元前210年病死在东巡的途中。继承皇位的，是他的一个十分不争气的儿子胡亥。胡亥在宦官郎中令赵高和丞相李斯的帮助下，篡夺了皇位，做了“二世皇帝”。赵高是胡亥的老师，他说服李斯跟他一起伪造始皇帝遗诏，让胡亥做了皇帝，所以深得胡亥的信任。他跟胡亥一起，把始皇帝的骨肉差不多都杀了，把他们不放心的大臣也都杀了个差不多。他是个大阴谋家，秦朝的大权自然很快就落入他的手里。赵高后来还杀了李斯，最后把胡亥也杀掉了。

胡亥继承秦朝的皇位，最多是加速了秦朝的灭亡。公元前209年，那时胡亥的帝位还没有坐热，就发生了陈胜、吴广在蕲县大泽乡（今安徽宿县东南）带领戍卒起义的壮举。这支起义队伍一开始并不强大，很少像样的兵器，不过是“揭竿而起”，但起来响应他们的人却很多。据说，秦灭楚后，民间有传言：“楚虽三户，亡秦必楚！”想来，楚人对秦灭了他们的国家，是特别痛恨的。现在，起义首先就在楚地爆发，陈胜、吴广都是楚人，而起来响应他们的项梁、项羽和刘邦，也都是楚人。最后击败秦军主力的是项羽，首先率军入关进入秦都咸阳的是刘邦。这些事，好像正是应了那“亡秦必楚”的传言。

反秦起义爆发后，一个非常引人注目的现象是六国的复立。而除燕国之外，各国的国王都出自原来的王室和王族。陈胜的大将武臣，自立为赵王。武臣死于内乱，张耳、陈余就立赵国王室之后赵歇为赵王。魏国王室之后魏咎，则由陈胜的大将周市立为魏王。齐国的王族田儋，在狄县起兵，然后自立为齐王。陈胜死后，项梁找到流落在民间的楚怀王的孙子熊心，立为楚怀王。后来在韩国贵族张良的建议下，项梁又立韩国公子韩成为韩王。可见，当时在社会上，人们显然还很看重血统。陈胜攻下陈县后，他手下一个叫葛婴的将军，在率部向东进攻的途中，居然立了一个名叫襄彊的鲁国贵族的后裔为王。只是后来听说陈胜已在陈县称王，他才把襄疆杀了。而陈胜在陈县称王时，张耳和陈余就表示反对，说应该先恢复六国。陈胜没有听从他们的话，他们就耿耿于怀。后来，他们挑唆武臣自立为赵王时，还以陈胜为例，说陈胜可以称王，为什么武臣就不能称王呢！但是，等到秦朝被推翻时，情况就发生了很大的变化。项羽分封的十八个诸侯王，其中来自六国王室或王族的，不过韩成、赵歇、田安、魏豹、田市五人。

## 刘邦做了皇帝

当初楚怀王与诸侯约定，率先入关者在关中称王。结果刘邦先入关，项羽却把他封为汉王，据有汉中、巴蜀之地。项羽表面上尊楚怀王为义帝，却嫌义帝碍事，把他杀了。后来刘邦东向进攻项羽，这是两条重要的口实。楚汉战争打了五年，最后刘邦胜利了。刘邦是个普通老百姓。他在沛县为吏时，他的老婆还要带着儿子女儿下地干活。但是，他却当上了汉朝皇帝。这在中国历史上，也是件开天辟地的大事。在登上皇帝的宝座后，刘邦曾对自己的大臣们说，论运筹帷幄，决胜于千里之外，他比不上张良；论管理国家，使百姓安定，保证战争物资和兵源的供应，他比不上萧何；论带兵打仗，他也不能像韩信那样攻无不克，战无不胜；他之所以能够夺取天下，就是因为能够用好这些人；项羽之所以最终失去天下，则是因为像范增那样的人都不能信任。

刘邦得到了天下，很有点得意忘形。一个叫陆贾的书生，常在一旁提醒他，而且三句话不离《诗》《书》。有一次刘邦听得不耐烦了，说天下是自己骑马打仗得来的，干嘛非要遵循《诗》《书》上讲的那一套。陆贾反问他，是不是骑在马上打天下，就可以骑在马上治天下了呢。陆贾还借题发挥，讲了很多古今兴亡的道理，把刘邦说得心服口服。之后，陆贾奉刘邦之命，写成《新语》一书。他每写完一篇，刘邦就要来看，看了总要大加称赞，说写得好极了。《新语》这本书，流传至今。

## 郡县、分封与无为

秦朝实行郡县制，结果“二世而亡”，前后仅十五年。汉朝在地方上设立了郡、县，但也先后封过八个异姓王。他们是楚王韩信、赵王张敖、韩王信、梁王彭越、淮南王黥布、燕王臧荼（后为卢绾）、长沙王吴芮。这是郡县制与分封制的一种结合。这些异姓王所占有的土地，加起来是汉朝天下的一半。异姓王在各自的封国内，更俨然是一国之君。封国的官员，除丞相由汉朝皇帝委派之外，其他都由各诸侯王自己任免，赋税和徭役也全都由各诸侯王自己征派。然而，除了长沙王吴芮，其他七个诸侯王都被刘邦消灭了。取而代之的则是刘邦的兄弟和子侄。刘邦曾与大臣们盟誓："非刘氏而王者，天下共击之。"在他看来，血毕竟浓于水。他希望自己所分封的那些同姓王，会永远效忠汉家的皇帝。

公元前195年，刘邦病死于长乐宫，享年五十三岁。继承了皇位的惠帝刘盈，是个生性懦弱的人。而他的母亲吕后，却十分强干，有野心，并且非常毒辣。吕后用非常残忍的手段杀害了刘邦所宠爱的戚夫人，还杀害了刘邦与戚夫人所生的儿子如意。对刘邦与另外几个妃姬生的儿子，她也不肯放过。惠帝死后，吕后甚至把他与宫女所生的儿子，也就是她自己的亲孙子都杀害了。为了使刘姓江山有朝一日能够改姓吕，吕后不仅残杀刘氏骨肉，还大封吕姓的人为王。当时朝廷中掌权的，也都是姓吕的人。刘吕两家，从此也结下了血海深仇。

不过平心而论，吕后的为非作歹，不过是在宫门之内。刘邦死后，她继续任用萧何为相国。萧何死后，她又任用曹参为相国。这都是遵照刘邦的遗嘱。经过战国、秦朝和楚汉战争，天下老百姓都已精疲力竭，都渴望能得到一点休息。那时社会上普遍信奉"黄老"，崇尚"清静无为"。汉朝的统治者接受了这样的思想，认为管理国家，统治人民，也应该一切从简，让老百姓得到休息和恢复，能够安居乐业。萧何任相国，根据这样的原则定立了制度。曹参认为萧何所定立的制度顺从了民意，也就一切遵守。所以，尽管当时宫廷之中充满了血腥，但天下的百姓，日子却过得还算安稳，虽不富裕，却也可以温饱。这就是“萧规曹随”的历史佳话。

吕后死于公元前180年。她一死，当年跟随刘邦打天下的老臣周勃和陈平等人，就把吕氏满门杀尽。于是，朝臣们迎立代王刘恒，是为文帝。刘恒为刘邦的薄姬所生，为人仁慈、孝顺、宽厚，而他的母亲和舅家人也都是谨慎善良之辈，所以才被朝中的老臣们看中。文帝死后，太子刘启继位，是为景帝。

文、景时期是西汉的盛世，历史上称为“文景之治”。那时，各王国境内的事，都由诸王自己处理，中央政府及所设的郡县，政事一切从简，而且也不打仗，皇帝又非常节俭，所以国家支出很少。文、景时期，国家的田税不过三十分之一，但国库里还是放不下，只好任其暴露野外白白烂掉。那时，按国家规定，百姓除了交纳人头税之外，还要负担各种徭役。人头税必须用货币交纳，各种徭役通常也折合成货币来征收。所以，种地的人不得不把他们的收获物拿到市场上去换钱，然后再交给国家。这些钱被串成一贯一贯的，大都堆放在仓库里不用，锈得不成样子，串钱的麻绳断了，钱币散落，不知其数。

朝廷富了，各王国更富。文帝时，王国已有十八九个。于是有一个叫贾谊的书生提出，把诸侯王的土地分给他们的兄弟和子孙，王国多了，但缩小了，就没有力量跟中央对抗。文帝接受了贾谊的建议，但并不能真正实行。到景帝时，一个叫晁错的人，也是个书生，建议朝廷可以找借口削减王国的封地。公元前145年，景帝接受了晁错的“削藩策”，结果引起吴、楚七国起兵反叛。反叛者借口是要“清君侧”，即清除皇帝身边的奸臣。景帝信以为真，就密令将晁错在长安市上斩首示众。但处死了晁错，反叛的七国并不肯退兵。可是三个月之后，这七国的叛乱就被朝廷镇压下去了。从此，各王国的官吏统一由朝廷任免，王国的军政和民政也一律由朝廷掌管。到汉武帝在位时，朝廷又规定，除了嫡长子继承王位之外，诸侯王的其他儿子，也可以在王国的封地之内分得一部分土地为侯。这一制度，就叫作“推恩”。这样一来，西汉的王国就被越分越小了。

## 儒术与酷吏

公元前141年，汉景帝刘启去世。继承皇位的是太子刘彻，时年十六，就是汉武帝。武帝的老师卫绾，是个儒生。武帝因此深受儒学的影响。武帝继位的当年，即根据卫绾的建议，“卓然罢黜百家，表章六经”。而此前不久，一个叫董仲舒的儒生也向武帝表达过“推明孔氏，抑黜百家”的同样意见。那时，朝野上下支持独尊儒学的人很不少。汉兴以来，各种学派的思想，在黄老“清静无为”的环境中，得以放任自流。现在，独尊儒学的呼声高了起来，一个“清静无为”的时代要结束了。

汉武帝从一开始就赞成尊儒。不过，他并不是那种对尧、舜、禹、汤、文、武、周公心怀敬意的人。他只是想成为一个积极有为的君主，而不使汉朝的一切到了他手里，还是继续放任下去。于是，他放弃了对匈奴的“和亲”政策，对匈奴开始了连年不断的战争；他也不再像他的前辈那样，对民间追求财富的行为听之任之，而是对经济实行了非常严厉的国家管制；他甚至还把从来都属于丞相的权力，置于自己的直接控制之下。

汉朝人的骨子里，始终有一种浪漫。汉武帝时有一个叫张骞的，是宫廷里的一个郎官。那时，汉武帝张榜征召使者去西域，联合大月氏国夹攻匈奴。张骞想要为国立功，欣然应征。他第一次出使，前后共十三年。其中十年被扣押在匈奴，在那里娶妻生子，却还是逃了出来，继续西行。直到找着了大月氏，张骞才回汉朝复命。后来，他又说服汉武帝再次派他出使西域，说是要让西域的那些大国东迁，占据匈奴故地，成为汉朝的睦邻。张骞两次出使西域，都没有达到目的。但正是这种浪漫，引导他走到了葱岭以西、一直远接罗马的西土，并且有了惊奇的发现，从而激发了中西文化与物质的交流。大司马骠骑将军霍去病，是皇后的外甥。武帝为了让他能立功受封，派他去打匈奴。后来，他立了大功，汉武帝为他修建了宏大的府宅，让他去看看。他却说：“匈奴未灭，无以家为也！”想来他也同样具有这种浪漫的气质。

也许，汉武帝的好大喜功，确实迎合了汉朝人骨子里所具有的浪漫气质。但是，当时受到信任的，也常常会是那些心怀叵测的小人。武帝喜欢任用“酷吏”，汉朝的“酷吏”也就一下子多了起来。那时有个叫杜周的酷吏，有人指责他为天下执法，却不遵守朝廷的法律，而以皇帝的好恶来判案。杜周对指责他的人说，这朝廷的法律从来都是根据皇帝的旨意制定的，皇帝一时一地的好恶就是法。所以，凡是由皇帝交办的案子，杜周一定要牵连很多人。因为这种案子被他逮捕的人，前前后后有六七万。建议武帝“推恩”的主父偃，也是个很凶险的人，许多大臣为了避害，暗中给他送钱。而他自称辛辛苦苦游学了四十多年，却一直贫穷困厄，父母不当他是儿子，兄弟们不肯收留他，没有人愿意跟他交朋友，现在自己已是日暮之年，要想得到尊贵，就必须“倒行逆施”，而不能按常理来行事。当武帝之时，朝廷中类似杜周、主父偃这样的人，是很多的。他们还相互提携，相互为用。

## 武帝晚年的忧虑

武帝晚年信任一个叫江充的人。此人十分阴险毒辣，知道武帝有更立太子的念头，就乘机陷害皇太子，结果被皇太子杀掉，但皇后、皇太子因此背上了谋反的罪名。皇后被迫自杀，皇太子带着全家逃匿民间，后来还是被官府发觉，也自杀了，全家除皇曾孙外全部遇难。此后，武帝决心立皇子弗陵为皇太子。弗陵就是后来的昭帝，当时才七岁，他的母亲是武帝所宠爱的钩弋夫人。可是，为了防止吕后故事重演，武帝就狠狠心把钩弋夫人杀了。

武帝晚年，心中充满了忧虑。由于他的好大喜功，搞得国库空虚，人民贫困，天下很不安定，西汉的统治已由盛转衰，开始走下坡路了。为此，武帝曾下罪己诏，公开承认自己的过失，希望以此来安定人心。然而，更使他忧心的，是年幼的皇太子如何才能坐稳汉家的江山。经过反复的观察，他选中了霍光作为辅政大臣。霍光是霍去病同父异母的弟弟，靠了霍去病的关系，在宫廷中任职，而且步步高升。不过他为人稳重，小心谨慎，因此深得武帝信任。

## 昭宣中兴

昭帝继位时才八岁。从那时起，霍光以大司马大将军的身份，掌管一切朝政。他权势欲很重，却并没有要篡政的念头。与他同时受命辅政的，还有金日磾、上官桀、桑弘羊等人。上官桀是个有野心的人。他妒忌昭帝对霍光的信赖，勾结武帝的大女儿盖长公主等人谋反。这件事，使曾经为汉武帝主持盐铁官营的桑弘羊也被牵连进去了。这以后，昭帝似乎对霍光更加信任，在行过十八岁的成人礼之后，仍把一切朝政都委任于霍光。不过他是个短命的皇帝，二十岁时就病死了。昭帝没有儿子，霍光就立武帝的孙子刘贺为帝。这个刘贺是个顽劣放纵的人，做事情也不知轻重，只过了二十多天的皇帝瘾，就被霍光废掉了。当他被送出皇宫时，才恍然大悟地说："我真是愚戆之极，哪里就能做汉朝的皇帝啊！"

这以后是宣帝继位。宣帝刘病已是故太子刘据的孙子、汉武帝的曾孙子。当年，他因为尚在襁褓，得以幸免一死，但还是作为犯人被关入长安狱中。在狱中，他曾受到一个叫丙吉的人的照顾和保护。出狱后，他先是住在外祖母家，不久又被收入宫中监养。长大后，他娶了宫中的一个低级官员的女儿，搬到民间去住了。这个刘病已很好学，也很好交游，身上颇有些侠气，对民间的各种人等，对国家治理的得失，都有切身的感受。他自己不平凡的遭遇，也使他深知人间冷暖，而且有很深的城府。当霍光在世时，他事事都不敢作主。但霍光一死，他就想方设法，把霍家人在皇宫、京城内外所掌握的兵权都解除了。最后，霍氏被满门抄斩，受牵连者有上千家。

昭、宣两代，因为不再像汉武帝那样好大喜功，对老百姓的剥削减轻了，对经济的管制也放松了，社会生产得到了一定的恢复，这就是西汉历史上的“昭宣中兴”。但是，武帝时所形成的问题是严重的。比如酷吏的问题，就是一个顽症。昭、宣时期，这个问题得到了一些缓解，但还是很严重。宣帝重用过一个叫严延年的人。此人在河内郡任太守时，因为好杀，当地人都叫他“屠伯”。昭、宣之后，酷吏问题更趋严重，一直到西汉灭亡。酷吏的问题长久不能解决，也说明天下并不真正安定，而统治者对造成不安定的种种原因，似乎也想不出更好的办法。

## 武帝的遗产之一：相权虚置

武帝对相权的削弱，对西汉的历史也产生了致命的影响。宣帝时有个叫黄霸的人，曾经二度出任颍川郡太守。因为政绩第一，朝廷又提拔他做了京兆尹。京兆尹是京城地区的长官，地位要高于郡太守。黄霸在地方上做官做得很好，但却做不好这个京兆尹，不久就被朝廷发落回颍川重新做他的太守去了。这次他在颍川干了八年。据说当时的颍川，民风非常纯朴，儿孙孝顺，兄弟友爱，妇女贞洁，种田人之间也不再有田界之争，孤寡老者有人抚养，穷人也可以得到赡助，监狱里甚至没有重刑犯人，无论官吏还是百姓都心向教化，表现得都跟君子一样。后来，黄霸被任命为太子太傅，不久又官拜御史大夫。最后，他竟做了汉朝的丞相。但是，像丞相这样的大官，是管官的官。做丞相与做郡太守，是不一样的。汉代郡一级的地方长官，与朝廷三公以下的大臣，差不多平级，都是二千石；郡、县的其他官吏，品级从一千石至二三百石不等。所以，郡太守治自己属下的官，一般不会受到什么钳制。这就容易在治民上做出成绩。黄霸在郡守任上，治绩全国第一，是因为他能治民。但作为丞相，要治官，而且差不多是与自己平级的官，黄霸几乎不知道做什么好。更何况这丞相的权力，在武帝时已被大大削弱了，并不是一个能真正有所作为的官职。做不来丞相，就只好什么也不做。就这样，黄霸在丞相这一位子上碌碌无为，一直到死。

## 武帝的遗产之二：中朝专政

汉武帝削弱了相权，另外建立“中朝”，来帮助自己决策施政。“中朝”高居以丞相为首的“外朝”之上。“中朝”制度的建立，为外戚和宦官的专权，提供了制度条件。昭帝和宣帝时，霍光能以辅政大臣的身份长期控制西汉政权，关键就在于他掌握着中朝。宣帝死后，历元、成、哀、平四世，西汉朝廷就是在外戚和宦官迭相擅权中度过的。汉朝最终亡于王莽之手，与此有很大关系。

王莽的姑母王政君，是汉成帝的母亲。因为王政君的关系，王氏一门先后有十人封侯，而王政君的五个兄弟曾同日封侯。王莽是在汉成帝时当上了汉朝的大司马的。虽然哀帝继位后，王氏一门有过短暂的失势，但哀帝一死，王政君就立即收了皇帝玺绶，将朝政全部交给王莽处理，并和王莽共立了九岁的平帝。这以后，王莽就利用自己对中朝的控制，开始篡夺汉朝的权力。他先是当上了汉朝的“安汉公”。平帝十四岁早夭，他又立了宣帝的一个两岁的玄孙为皇太子，自己则“居摄”皇位。不久，他又自称“假皇帝”。公元8年，王莽终于改国号为“新”，做了新朝的皇帝。至此，西汉的历史就结束了。

## 末世景象：对虚伪的容忍与欣赏

尽管西汉的灭亡与中朝有很大关系，但还是有许多更深层的原因值得追究。大概还在汉宣帝时，天下就已有了关于改朝换代的神秘传言。而“中兴”一经过去，富者田连阡陌，贫者无立锥之地的状况，更是愈演愈烈。从那时起，破产的农民往往沦为奴婢，甚至像牲口一样被圈在栏里。人民处于水深火热之中，许多人不得不铤而走险，为盗为匪而求活命。社会如此不公正、不安定，人们对汉朝也就越来越丧失信心，而有关改朝换代的谣言自然是越传越盛。正是在这种情况下，那时的读书人，甚至汉朝的宗室和功臣的后代，因为受了王莽的恩惠，也都起来为他的改朝换代制造舆论，认他为真命天子。

毫无疑问，王莽还是一个最大的伪君子。由于父亲早死，未及封侯，他本是王氏子弟中最孤弱的一个；但是，他除了博学（汉人对这一点是非常注重的）之外，看上去还具备了一个君子所必具的一切美德；而且，官做得越大，他的口碑就越好。他当了汉朝的大司马，可他老婆待客时的穿着，竟有如一僮仆。当时人们对此除了惊讶，却并不感到是个问题。他的种种虚伪的行为，不仅没有引起人们的警惕，却还得到许多的赞美。

对虚伪的容忍甚至欣赏，也可以被认为是西汉灭亡的一个非常重要的原因。武帝时，一个叫公孙弘的人，当了御史大夫，享受着很高的俸禄，却还盖着布被子，以表示自己具有节俭的美德。一个叫汲黯的人实在看不过去，就当着武帝的面批评他虚伪，沽名钓誉。公孙弘内心是个很忌刻的人，但迫于压力，只好承认自己的确虚伪。可令人感到悲哀的是，武帝并不以为意，反觉得公孙弘的气量很大，从此对他的为人更信任了。

这种对虚伪的容忍以至于欣赏，导致了假人假事的司空见惯。元帝时的丞相匡衡，是当时的名儒。元帝宠幸宦官石显，匡衡就对石显阿谀奉迎。到了成帝时，石显失势，匡衡又马上站出来揭发他的种种罪行。又比如一个叫张禹的人，成帝时为丞相，也是一时名儒。此人对什么样人，就有什么样的态度。他有两个好学生，一个叫戴崇，一个叫彭宣。戴崇为人随和，少规矩，张禹引以为知音，经常请他在相府的后堂饮酒，有妇人陪伴，有乐人演奏；而彭宣平时表现得恭敬俭朴、谨言慎行，张禹跟他在一起，觉得不投机，就只是谈论学问，心里却很疏远他。后来戴崇和彭宣都做了高官，两个人都觉得自己跟老师相处得很舒服。匡衡和张禹，身为名儒，又是一朝丞相，却都是这样首鼠两端而八面玲珑。那么，对于当时的读书人和官场风气，我们也可以想见。实际上，既然虚伪可以获得普遍的容忍和欣赏，西汉的一切堕落就都不可挽回了。

# 汉武帝与宫廷政治

中国宫廷政治的历史，可以追溯得很远。君王越是专权，宫廷政治的支配力量就越大；宫廷政治的支配力量越大，误国的可能就越大。在中国历史上，因宫廷政治误国的，比比皆是。

宫廷政治严重到某种地步，就无所谓“朝政”了。“朝政”是中国古代政治的正宗，是治国的正宗，是君王通过大臣对国家的治理。秦始皇统一天下，实行高度的君主集权，但仍旧以丞相为百官之首，来贯彻皇帝的意志。但到了秦二世，重用宦官赵高，凡事都由赵高作主，把宫廷政治搞大了，秦朝的朝政就完了。

朝代的兴亡事小，制度的存废事大。秦朝不行了，自有汉朝的兴起。刘邦宠幸戚夫人，却有吕后和一帮丰沛老臣来限制他，所以朝政不废，宫廷政治也发展不起来。刘邦死后，吕后再怎么厉害，把汉家的宫廷搞得血腥污秽，但是有萧规曹随，汉家的朝政还在。当时的天下，仍是清静无为，休养生息。等吕后死了，周勃、陈平等人要做的事，就是把吕氏满门抄斩，重新立一个皇帝。那时，大臣们对于选谁做皇帝，是有一番计较的。之所以选中代王刘恒，有一条重要的理由，就是刘恒的舅家人比较本分。所以，文帝的时候，宫廷之中是比较安静的，宫廷政治发展不起来。文帝初继位，因为平定吕氏时将军周勃立了大功，就重用周勃，让周勃代替陈平出任右丞相，右丞相当时是主管朝政的。而不久之后，文帝发现周勃并非治国之才，真正的治国之才是陈平，于是任命陈平为丞相，而且不再设左丞相了。可见，文帝是非常重视朝政的。

景帝的时候，宫廷政治发展了。景帝的母亲窦太后疼爱景帝的弟弟梁王刘武，总想要刘武来继承皇位。景帝据说是个孝子，总想让母亲高兴，有一次口不择言，说将来要将皇位传给这个弟弟。一个叫窦婴的人，是窦太后的堂侄，听了此话觉得很不顺耳，当场顶撞说，天下是高皇帝的天下，从来都是父子相传的。窦太后一怒之下，就把自己的这个堂侄驱逐出窦家。这件事可以看作是当时宫廷政治的一种发展。窦太后干预朝政最严重的一件事，莫过于对汉武帝时期“罢黜百家，表彰六经”的否定。老太太是相信黄老清静无为的那一套的。儒生袁固在她面前说《老子》讲的都是奴仆之言，气得她把袁固放到兽圈里去跟野猪搏斗。丞相窦婴、太尉田蚡、御史大夫赵绾和郎中令王臧，这四个人都是讲儒学的，窦太后对他们很不喜欢。后来赵绾上书，说大臣不必向东宫奏事，意思是说窦太后不必再干预朝政了，气得窦太后把这四个人都罢了官。这些事情说明，当时的宫廷政治已有严重的发展。

女后干预朝政，是宫廷政治的一种。在皇帝制度下，能够干预朝政的，还不止是女后。实际上是皇帝私底下宠幸谁，谁就可能干预朝政。所以，最重要的是皇帝的权力不能太大。始皇帝创造皇帝制度时，大概没想到皇权竟是这么大的。但汉武帝觉得还不够，他住在宫中，想的是天下的事，觉得天下的事一定要拿到宫中来办，才够他放心。那么，有什么办法可以达到这样的目的呢？那就是虚设丞相。田蚡是武帝的舅舅，武帝任命田蚡为相，希望藉此增强自己的权力。没想到田蚡以外戚的身份为相，权力更甚于一般的丞相，任命官员总是他一个人说了算，弄得武帝老大不高兴，于是收回了丞相的用人权。田蚡死后，武帝再也不让外戚当丞相了。

武帝削弱相权的另一项措施，就是改变以往任相必先封侯的惯例。公孙弘六十岁时被地方推为贤良文学，无所作为而辞官回乡，至七十岁再次受到推荐。他没有什么背景，也没有真正的本事，却极能揣摩武帝的心思，弄得武帝很开心。武帝于是一反汉朝任相必先封侯的规矩，对公孙弘先拜相、后封侯，但不让他参与决策。对此，公孙弘也很知趣，从来没有异议，给武帝减少了许多麻烦。之后，武帝的历任丞相，都是碌碌无为，相府也荒凉了，许多地方都成了废墟，相府客馆都改成了马厩、车库或奴婢居室。但丞相名义上的“百官之长”还在，出了事情还是要负责的。一个叫公孙贺的武将，颇有些军功，一听说武帝要他做丞相，吓得直落眼泪，说什么也不肯接受，但最终还是被迫接受了。人家问他为什么。他说自己负不起重责，从此危险了。武帝时的丞相，很少有善终的，公孙贺后来是被灭族的。

如果说，文帝、景帝时，当年打天下的功臣势力还在，那么到了武帝时代，这样的势力已凋落尽净。这是武帝之所以能够最大限度地削弱相权的关键所在。但是，从本质上讲，君权是不受抑制的。历史上的宫廷政治之所以能够存在，就是因为有这样不受抑制的权力存在。问题在于，武帝在削弱相权的同时，还建立起了一套制度，把原来的朝政变成宫廷政治的一部分。即由中书和尚书控制朝政，而中书全由宦官掌握，中书长官负责尚书事务。

朝政的宫廷化，是武帝时期宫廷政治的一个特点。这样的宫廷政治，可以说是危机四伏的。稍有风吹草动，就会有人借机发难。武帝的时候有个人叫江充，在京城担任直指绣衣使，负责捕捉京畿盗贼和纠察奢侈违制。江充执法，不避皇亲国戚、达官贵人，连皇太子的差人犯禁也照抓不误，并且拒绝太子求情。江充后来也犯法罢了官，他见武帝老了，担心有朝一日太子继位对自己不利。那时，一种名为“蛊”的巫术很流行。这种巫术，是用木头或其他什么材料做成偶人，代表被诅咒者埋入地下，再不断对它进行诅咒，据说可以致人死命。江充于是上书武帝，说武帝患病，就是因为有人在施展蛊术。武帝信了，启用江充来侦破此案。江充是个很阴险狡猾的人，吃准了武帝对卫皇后的宠幸已衰，也不再属意太子刘据，而以李夫人为首的李氏集团和以卫皇后为首的卫氏集团之间也是矛盾重重，就想利用这种矛盾来搞掉卫皇后和太子。江充利用整治巫蛊案，不断地制造恐怖气氛。每到夜里，他的爪牙们就四处出动，捕捉巫蛊罪犯。他们到处给人栽赃，用严刑峻法折磨被他们栽赃的人，逼他们相互诬陷，牵连了数万人。越是如此，武帝的疑心越重。武帝此时宠爱钩弋夫人，更觉得钩弋夫人为他生的小儿子弗陵“类己”，想要更立太子。看准了这点，江充终于胆大包天地把巫蛊案查到了太子刘据身上。刘据知道来者不善，而且在劫难逃，于是一不做二不休地杀了江充，在京城里造起反来。当时，武帝不在长安，丞相刘屈氂率军与刘据血战了五天。皇帝不在，刘屈氂凭什么跟皇太子作战呢？原来，刘屈氂是得到了内宫侍卫军支持的，他与将军李广利是儿女亲家，李广利是李夫人之兄，即江充本人也与李氏集团有比较深的渊源。

显然，这是一次阴谋已久的政变。政变之所以发生，根子就在宫廷政治为此提供了舞台，又被江充作了最充分的利用。最后，刘据战败逃出长安，后又自杀。但不久之后，武帝即得出结论，认为太子刘据是受了冤屈，搞阴谋的是丞相刘屈氂和将军李广利。

武帝的晚年，是在充满忧虑中度过的。他最担忧的，是他所宠爱的太子弗陵年龄还小。为了不使吕后的故事重演，他借故杀了钩弋夫人。但是，谁可以托孤呢？想来想去，武帝想到了霍光。霍光为人谨慎，出入宫禁二十余年，从没有出过差错。武帝临终前，封霍光为大司马大将军。这是一个总领宫廷内臣的高位。从此，汉朝的宫廷政治，进入了一个大膨胀的时期。从这时起，汉朝的皇帝，没有谁能牢牢把握住属于自己的皇权的。汉昭帝弗陵到了掌权的年龄，仍坚持把一切大权交给霍光。汉宣帝在霍光在世时，也要求臣下凡事先上奏给霍光。霍光死后，霍氏虽遭清算，但汉朝的宫廷政治继续膨胀，朝政几乎没有了，天下也不想要了。成、哀、元、平四世，基本上是在宫廷政治下度过的，主要是在外戚专权下度过的。终于有一天，王莽夺取了西汉的皇位。但在实际上，王莽并没有得到西汉的天下，而只是得到了西汉的宫廷。西汉之后，经历了多少朝代，用了多少努力，皇帝们都设法在制度上强化内朝的权力，历朝历代的朝政也随之越来越宫廷化。所以，历史上政治的主角，除了皇帝，往往是皇亲国戚和阉宦，再就是近臣。这其中许多故事，都可以从汉武帝说起。

# 西汉亡于宫廷，王莽亡于豪强

王莽于公元8年篡位做了皇帝，建立“新朝”。王莽是想做一番大事业的人，要对社会来一番彻底的改造，而非仅仅做上皇帝就心满意足了。他的政策不切实际，这是古往今来所有的人都公认的；他也做了许多表面文章，而为后人所耻笑；至于他的个人品质，往往为后人所诟病。篡权也好，虚伪也罢，这些事后的议论和批评，对于一个像王莽这样最终的失败者而言，自是免不了的。

然而，在王莽所处的时代，皇位可以“禅让”，是一种比较流行的思想；连汉哀帝本人，也曾起过把皇位让给宠臣董贤的念头。这样看来，王莽的篡位，自也有顺理成章的一面。王莽的儿子王获，杀了家奴，被王莽责令自杀。像这种事情，也不是“虚伪”二字就可以一言以蔽之的。长安大侠郭解，外甥被人杀了，郭解认为曲在自己的外甥，就没有为自己的姐姐复仇，因此为世人所推崇。汉人重名重义，是普遍的风气，王莽也是沾染了这种风气的人。

著名历史学家吕思勉先生对王莽是很有同情的。他认为“在前汉之世，政治家的眼光，看了天下，认为不该就这么苟安下去的”，王莽“只是代表时代潮流，出来实行改革的人”；而王莽改制的失败，遂使后来的政治家“专求所以适合社会者，而不复思改革社会矣”，“自东汉至今二千余年，可谓误入歧途”。所以，从长时段来看，王莽的锐意改制，更具有历史的价值。

## 一、宫廷成为政治大本营

王莽之所以能够篡夺西汉的皇位，制度上的原因，就在于西汉政治的宫廷化。这是从汉武帝开始才有的事情。汉初，宫廷斗争对于西汉的政局影响是不大的。刘邦死后，吕后专政，宫廷争斗极为血腥，但当时社会上却风平浪静。萧规曹随，清静无为，人民得以休养生息，成为那一段历史的佳话。其背后，除了“无为”的政治理念之外，更有政治制度上的保障。

那时，宫廷归宫廷，政府归政府。皇帝的家事，对国家政局的影响是非常有限的。国家的领袖是皇帝，政府的领袖是丞相。陈平曾经说过，丞相的责任，就是辅佐皇帝，按照天地阴阳和四时流行的自然法则来治理国家，使万事万物都各得其所，使邻近部族畏威怀恩，使天下百姓亲近顺从，使拥有“卿”和“大夫”之爵位者获得合适的任用。

陈平是何等谨慎小心的人物！丞相的权力，若非制度上的赋予，他是绝不至于夸这样的海口的。那时的丞相，身为“百官之长”，凡事“无所不统”。曹参继萧何为汉朝的丞相，郡守和王国丞相的任免都一个人说了算，凡事都按萧何立下的规矩办，也不请求皇帝的意见。汉惠帝对曹参是很不满意的，认为曹参故意轻视自己。曹参却对惠帝说：“高皇帝和萧何共定天下，法令已制定得明明白白，如今皇帝只需安坐皇位，我和大臣们按规矩办事，不是很好吗？”这样的口气，的确有些教训惠帝的味道。

身为开国功臣，曹参是有些自负；但作为丞相，他也确实有这样说话的分量。文帝时的丞相申屠嘉，资历已远不及萧何、曹参和陈平，封户只不过五百。但申屠嘉入朝奏事，只因为文帝的宠臣邓通对他有所“怠慢”，即将邓通召至相府教训。他对邓通说：“这个朝廷，是高皇帝的朝廷啊！你邓通不过是个小臣，在宫殿之上这样没有规矩，罪属大不敬，理当斩首。”若不是文帝及时派人解救，邓通就被这位申屠丞相杀掉了。

文帝和景帝对于丞相权力太大的问题一直耿耿于怀。文帝曾故意刁难丞相周勃，逼得周勃不得不主动让位于既能干又乖巧的陈平。陈平死后，周勃再次出任丞相，但不久就被文帝找借口打发回封地去了。周勃的儿子周亚夫，在景帝时也做了丞相。周亚夫总是干涉景帝行事，景帝罢了他的官不算，最终还要了他的命。文、景二帝，对丞相权力太大，都心存疑惧。

至汉武帝在位时，开始从制度上削夺丞相的权力。武帝利用中书和尚书控制朝政。那时，中书传达政令，是国家的“枢机”所在；朝廷百官的任命，则由尚书负责。这样一来，汉朝的宫廷，倒成了政治的大本营，成为地地道道的“宫廷政治”了。

武帝雄才大略，以一人之力，运筹于宫廷，而指挥天下。但是，问题也随之而来。宫廷政治之下，外戚、阉宦和宫廷弄臣，反而成了政治的主角。吕思勉先生曾经就此说道：武帝临终顾命，把国家大事都托付于一个不学无术的霍光，而同受顾命的金日磾、上官桀，皆为“小廉曲谨便辟侧媚”之流。“小廉曲谨”，就是貌似谨小慎微；而“便辟侧媚”，就是擅长邀宠取媚。这样一些人，显然都是只知道听从皇帝命令，而心怀叵测的“小臣”。当武帝死后，西汉的宫廷，就落入了这样一群小臣手中。昭、宣、元、成、哀、平六代，基本上是外戚专政，间或亦有一些宦官和佞臣掌握了大权。成帝在位二十余年，王氏亲属先后有十人封侯，五人拜将，占据着宫廷要津；刘姓的江山，实际已由王姓当家。成帝死后，哀帝继位。哀帝对满朝王氏一概斥退，而重用祖母傅氏、母亲丁氏的家人。但哀帝在位只有六个年头，傅氏、丁氏又先他而死，两家皆不成气候。故哀帝一死，身为太皇太后的王政君，就召回王莽，重掌宫廷。这时，对于王莽来说，篡取皇位本身已不是一件难事。宫廷政治之下，谁控制了宫廷，谁就控制了政治的机枢。就这一点而言，处心积虑要篡夺皇位的王莽，实在是一个历史的幸运儿。

## 二、上用“小臣”，下用“小材”

但是，王莽其实是一个很不幸的历史人物。他篡夺了西汉的皇位，但那不过是一个权力的空壳。以他所处的环境而言，他其实是什么事也做不成的。那时，天下遍布豪强，与西汉的地方官勾结在一起，早就不再听命于朝廷。这件事，也须从头说起。

汉初，郡的权力甚大。但郡守（景帝时改称郡太守）的选任取决于丞相，丞相对郡守亦握有监察与制裁之权。另一方面，丞相的选任既取决于皇帝，皇帝对丞相亦拥有监察与制裁之权。就总体而言，西汉在武帝之前，皇权与相权之间，是有制衡的；而中央与地方之间，也是有制衡的；西汉的中央集权，正是建立在这种权力制衡的基础之上的。武帝削弱相权，则使郡一级权力，成为皇权的直接延伸。郡太守的选任一出于尚书，实际是皇帝的亲自任命。故对于郡太守的监察与制裁之权，从此只能由皇帝直接行使。

另一个问题，就是选什么样的人为郡太守。按汉朝的规矩，贵戚和二千石以上官员的子弟，拥有入宫充任郎官的特权；财力雄厚人家的子弟，也可以花钱买一个郎官做。这些人，久在宫廷行走，或官至郎中、中郎，有身份有地位，却也渐渐养成了“小廉曲谨便辟侧媚”的性格。那时，官员的任命，已由尚书负责。这些郎中、中郎，与皇帝最为接近，也最易于为尚书所注意，遂被大量委派到地方充任郡太守。董仲舒曾经向武帝提出，这类人不过是“小材”；委任他们做太守，会把做太守必具的品德和能力标准都颠倒混淆了。而进一步的问题，则是汉朝的郡太守有权任命各级属官；而太守若“小材”，则其选任的各级属官，也大都不会称职。这样一来，汉朝的地方治理，就成了大问题。

宫廷政治，上用“小臣”，下用“小材”。而“小臣”“小材”一旦大权在握，就会败坏国家大事（“秉君威，以害正事”）。如武帝实行盐铁和商业官营，结果是权贵、官吏与富商大贾勾结在一起，“私作产业为奸利”，“攘公法，申私利，跨山泽，擅官市”，“积货储物以待其急。”其他方面，也是一样。这样的问题，武帝最初是想用酷吏来解决的。但是，酷吏大都非常势利，无非是看武帝的眼色行事。得势者，即便犯法如山，酷吏一般碰都不会去碰他们；失势者，即便是贵戚，酷吏也不会放过他们。

## 三、豪强“与郡县通奸”

对于地方豪强势力，武帝是尤为重视的。武帝曾用杨可推行“告缗”法，把地方“中家以上”大都搞得家破人亡。然而，这些只是缺乏权力背景的豪强。那些真正拥有权力背景的豪强，因与朝廷权贵和郡、县官吏勾结，却迅速膨胀起来。为此，武帝于酷吏之外，又设置刺史，以强化朝廷对地方的监察。监察的内容，一是豪强兼并，欺凌百姓；二是郡太守违法乱纪，营私聚敛；三是郡太守滥施刑赏，苛刻暴虐，妄言吉凶；四是郡太守任人唯亲，贤愚颠倒；五是郡太守子弟不法；六是郡太守勾结豪强。概括而言，就是要通过法律监察，解决豪强与郡太守在地方上违法乱纪和相互勾结的问题。

然而，宫廷政治之下，一切权力的设置，在本质上都具有皇权专制的性质。行政系统如此，监察系统也是如此。在这种情况下，官员被赋予的权力越大，权力的滥用就越严重。以宫廷政治为核心的专制皇权，既不能从制度上限制权力的滥用，则刺史之设绝无普遍、长远的监察之效。其时，各地的郡太守普遍作奸舞弊（“天下郡太守多为奸利”），而具有权贵背景者尤无忌惮。武帝之后，问题就更严重了。到处因“多豪强”而“难治”，或因“多贵人宗室，难治”。在一些地方，豪强甚至成为真正的领袖，地方官吏甚至宁愿得罪郡太守，也不愿得罪豪强（宁负二千石，无负豪大家）。长安天子脚下，豪强违反王法，扰乱吏治，如入无人之境。汉元帝曾哀叹：百姓受豪强欺压，刺史、太守却不能为他们伸冤！其实，那时的郡太守，如没有什么背景，稍有小过，亦难免被刺史举劾。他们为官一任，不求有功，但求无过；而其中品行低劣者，凡事只是从私利出发。按照法律，太守如果不敢执法，或疏于势法，是有"放纵"之罪的。但是，法不治众，这项罪名最后也只好撤销。

上面说过，王莽想要对社会来一番彻底改造。他推行"王田"和"五均六筦"，照吕思勉先生的说法，就是要平均地权，节制资本。平均地权，真正的豪强是没有人敢动的。史书上说，"王田"推行后，天下一片愁苦声，许多人都遭受刑罚。真正有势力的豪强，显然是动不了的；愁苦之声显然来自那些没有势力背景的中小土地占有者，受刑罚处分的显然也是他们。这显然是官吏营私舞弊造成的。而"五均六筦"导致豪强"与郡县通奸"，同样说明王莽为节制资本，在工商业方面实行的官营政策，也被利用为豪强与郡县官吏勾结牟利的工具。

## 四、天下"麻沸"，豪强打劫

地方上，官吏与豪强勾结之势已成，王莽真是什么事也做不成。为重建中央对地方的控制，王莽想重新规画地方行政。他想要通过设立州牧，作为更高一级地方行政，重振郡县，却难挽狂澜于既倒。有一位荆州牧在上任之前，说到了地方唯一可做的事情，就是放弃改制，轻徭薄赋，与民休息。这与王莽要他强化对于荆州的控制，可谓大相径庭。王莽一怒之下，就把这位新任荆州牧撤掉了。那时，天下乱极，造反者层出不穷。用王莽自己的话说，就是天下“麻沸”，即人民造反如乱麻沸汤一般。然而，对这样的造反，郡县官吏一概敷衍塞责，“县欺其郡，郡欺朝廷”，瞒报少报，态度极为消极。所以，对造反者的镇压，王莽派出的军队虽然也打过一些胜仗，但造反者此起彼伏，只能眼看着蔓延而为搅动天下的绿林、赤眉。许多豪强都组织武装，加入造反的队伍。公元23年，昆阳之战，王莽四十余万精锐，竟不敌更始军一万多人的夹击，全军溃败。新朝之不堪一击，暴露无遗，从此四面受敌。当更始军进攻长安、洛阳之际，遍地乘势而起的豪强风从响应，起兵杀州牧，杀郡太守，“旬月之间，遍于天下”，遂将天下割据完毕；而当更始军进攻长安时，长安“大姓”纷纷拥众追随更始军向王莽进攻。

回顾王莽“从成功走向失败”的这一段历史，当初正是西汉的宫廷政治，为王莽提供了篡汉的条件。从这一意义上说，西汉之亡，是亡于宫廷小臣之手。而这种宫廷政治，在其发展过程中，因权力无法制衡，亦无从监督，为天下豪强势力的膨胀，提供了政治上和经济上的可能。另一方面，强大的豪强势力，因反对王莽推行的政策，而坐视他陷于灭顶之灾，最终又趁火打劫，与起义的农民一起将他推翻。从这一意义上说，王莽之亡，实际上是亡于豪强。

王莽覆灭之后，刘秀建立了东汉，花了近二十年的时间将遍地割据的豪强武装消灭，才真正统一了天下。但东汉照著名历史学家范文澜先生的说法，亦不过是一个豪强政权。整个东汉，就是在宫廷政治下度过的；东汉末年的天下分裂割据，其基础也是豪强。之后数百年，虽有西晋的短暂统一，但总体上是一个天下分裂的形势。

# 郑和下西洋：难解的中国历史之谜

明朝的历史，带给中国人的历史创痛，是非常之深的。讲起汉、唐，人们无不将之视为秦以后中国历史最辉煌的时期。当然，它们比不上上古三代，那是讲“王道”的时代，是中国历史的黄金时代。讲到了宋代，中国就是“积贫、积弱”的了；不过，近些年来行情看好。看好的原因，一是宋代的经济远逾前代，特别是“商品经济”，再就是陈寅恪先生关于“吾国文化造极于天水一朝”的话头，以及宋朝的“养士政策”。明朝是不大争气的，明亡的教训很多，可以说几乎集历代亡国教训之大成。但话说回来，明朝的机会也很多。明朝最大的机会不是明朝本身的，而是李自成进京。以至于三百年后，郭沫若先生写《甲申三百年祭》，来总结李自成为什么会失败。那一年是1644年，那时候，中国已经有了“资本主义萌芽”，而稍早的1640年的英国资产阶级革命，已标志着世界“近代史”的开端。很显然，对李自成失败的惋惜，其目标是指向“近代化”的。因为按照“历史规律”，既然资本主义的“萌芽”都已经生长出来了，它的生长与发展当然也就成了题中应有之义，李自成的“农民革命”则很可能代表着某种进步的方向。而回首两个多世纪之前郑和下西洋的历史壮举，由于“近代化”意识的观照，确实也可以使我们想入非非：假如当初竟在偶然中实现了“地理大发现”，整个世界历史恐怕都要改写。这样的假设，一方面使我们扼腕，一方面却又激发了我们的想象。虽然，历史不是一门“假如”的学问，但历史学家对于假设，却总有一种抑制不住的冲动。克娄巴特拉的鼻子假如稍长或稍短一些，据说世界历史都可能为之改观的。而按照郑和船队所显示出来的远洋能力，当初他也完全有可能率领这支浩荡的船队，绕过好望角，驶入大西洋，甚至再进入太平洋。总而言之，欧洲人后来用比我们小得多的船和船队所能完成的壮举，我们当然也可能比他们更早地完成。然而，也正是因为这样的如果并没有发生，决定了郑和下西洋成了一个非常有魅力的中国历史之谜。郑和为什么要下西洋，于是就这样“历史地”成为一个“中国历史之谜”了。

曾几何时，人们最愿意相信郑和下西洋，是为了寻找逃亡的建文帝。建文帝的生死，是明史上的一个谜。据说，明成祖朱棣率兵“靖难”，攻入南京后并没有发现建文帝。如果这是事实，那么按照活要见人死要见尸的原则，这建文帝是必须用大力气去找的。为了防止建文帝复辟，朱棣不但要派人到西南深山中去找，也绝对更有理由派人到东南海外去找。要知道，支持建文帝的很多是江浙一带的人。江浙一带，熟悉大海的人很多，建文逃匿海上绝对是有可能的事。更为严重的是，当时东南沿海的海盗闹得很凶，其中除了真正的“倭寇”外，有很大一部分是张士诚、方国珍的旧部。他们以浮海贩卖为业，与明朝则是敌对的；另一方面，因为贸易的原因，他们与倭寇和其他海盗的关系十分密切。可以想见，如果建文帝没有死，并且得到了他们的支持，其卷土重来的力量不可小看。所以，对于朱棣来说，派郑和下西洋与西洋各国通好，就不仅仅是一个宣扬国威的问题；如果建文帝确实逃亡于这一带，但只要这些国家都与明朝通好，就能有效地阻止建文帝与当地海盗勾结，并且使他很难在这些国家立足。即此，郑和带了那么多礼物，带了那么多军队，一次又一次地远航西洋，就不能被看成是徒劳无功的，更不能视之为明成祖的好大喜功，而远航本身是否具有商业目的反倒是次之又次的问题了。

然而，如果当初并不存在寻找建文帝的问题，那我们又将如何看待郑和下西洋的这一壮举呢？

首先，可以肯定地说，即便这次航行具有商业目的，但商业绝不是主要目的。那么多人，那么多船，浩浩荡荡，带了大量的金银货币，以及瓷器、丝绸、锦绮等东西，可都换回来些什么呢？不过是珍珠、宝石、珍禽异兽和大量香料。这绝不像是一次以商业为目的的远航所带来的结果。研究这一问题的人说，当时带出去的东西，大都作为礼物送人了，显示了天朝的富裕与慷慨；而从此外国贡使纷纷来朝，收到了怀柔远人，四夷宾服的效果。可是，明成祖因靖难而登皇帝宝座，其迫切要解决的是天下人心向背的问题，跑到海外去宣示国威，这恐怕也有点文不对题。

研究明史的人大概不会不知道，明朝建国的基础是比较薄弱的。历经唐末、五代，乃至金、元的接二连三的破坏，中国的北部和西北部，社会生产已非常落后，只有江南地区在这数百年的历次战争中幸得偏安，而成为中国当时唯一富庶的地区。当年，朱元璋是仰仗江南地区的经济实力，才得以实现其北伐大计的，否则就没有明朝的建立。而从此以后，明朝的中央财政，主要是依靠江南财赋来维持的。洪武时，全国夏税秋粮总计约两千九百四十万石，其中江南约七百二十万石，约为全国税粮的四分之一，是明朝中央财政的主要家底。靖难之役打了四年，明朝北部地区的社会生产复又雪上加霜，其中央财政更不得不主要依靠江南。然而正是在这种情况下，明成祖朱棣却决定将首都由南京迁往北京。为此，他不得不耗费大量的人力和物力。比如，为了使江南的物资能够大量“京运”，明朝不得不重新开通运河，并修造大量运船，其耗费至为巨大。而北京城的营建，耗费更巨。周长十八里的皇城和周长四十五里的京城，所用木材都采自于四川、湖广、江西、浙江和山西等地。仅此一项，又不知要搜括多少民脂民膏！在这种情况下，还要搞那么大的船队下西洋，对于明朝的百姓无疑只能是敲骨吸髓了。

1421年，当时还是太子的仁宗被从南京召回北京。北上途中，他经过山东布政司地界，亲眼看见的是饥民遍野，百姓家家锅底朝天。那时，国库虽然还算充实，甚至还有腐烂的粮食，但天下百姓却是穷困已极。所以，三年之后明成祖去世，仁宗一登基立即就中止了派船队下西洋。明朝历史上有所谓“仁、宣之治”。仁宗在位不到一年就去世了，宣宗在位不过十年。在这十年多的时间里，明朝究竟能“治”到个什么程度呢？无非是将朝廷对江南的赋税政策作了一些调整，以使江南这一明朝中央财政的赋税重地，能够继续保持其长期以来的繁荣。从这件事上看，如果仁、宣两代持续不断（郑和曾第七次下西洋在宣德六年）地让郑和率领船队下西洋，明朝就不可能调整它在江南的赋税政策。那时，江南百姓实际上已经被搜括尽净了。据当时官员的一份报告中说，仅苏州一府，在宣德统治的四年之中，就欠赋八百万石。试想，如果继续派船队下西洋，这些欠赋的绝大部分恐怕是免不掉的，更不要说明朝还对江南官田税额进行了大约百分之二十至三十的减免。那样的话，明朝的经济势必崩溃。可见明成祖派郑和下西洋，政治上担了很大的风险。历史上，秦朝短命而亡，是因为大一统初建，制度费用过高所致。但即便是像筑阿房宫和修骊山墓这样的事，其实也与宣示皇帝的尊威有关。隋朝的短命而亡，也是因为大一统重建而制度费用过高所致。后人批评隋朝修大运河而国亡，但修大运河对于隋朝而言，确是当务之急。郑和下西洋，对明朝究竟有什么实际意义呢？可惜的是，由于历史学家们的兴趣几乎都集中到了诸如航海技术、船队规模、海外贸易、地理发现等问题上，对这样的问题倒视而不见了。

历史学家无不赞叹郑和远洋所表现出来的航海能力，但当时中国的一般航海能力究竟如何呢？明成祖迁都北京而重开南北大运河以实行漕运，原因是“海道险阻”，船只经常“漂没”海中，成本也高于漕运。据我们所知，当时漕运的绝对成本非常之高。嘉靖时的大臣徐贞明在江南做过地方官，据他的估计，从江南运一石粮到北京，必有数石之费。如果把漕船和漕军也考虑进去，这个漕运成本就更高了。永乐时，漕船约五千条。后来达到一万一千七百余条。最多的时候，达到过一万六千条。漕船三年一小修，六年一大修，十年后就要换新的。这要用多少船料，又要用多少工匠？船料最初从各地科派，造船的工匠也是从各地征用。后来，无论造船，还是采办船料，都交给漕军去做。漕军最多的时候，有一百万人。此外，为了管理漕运和保持运河畅通，明朝还设立了专门的机构。做这些事情，也都是有高昂成本的。明朝漕运成本究竟高到什么程度，不得而知。但当时有人说过，“神京北峙，而财赋全仰于东南之漕”，“江南之民命竭于输輓（漕运），大府之金钱靡于河道”。即便如此，明朝却始终没有改漕运为海运的魄力。这只能说明它的航海能力其实很弱。

中外的一些历史学家，非常善于把中国与欧洲作比较。比如，郑和下西洋的庞大船队，不仅在当时，就是在日后的百年之中，也非欧洲可比。但是，欧洲有很多国家，中国是一个国家，这样的比较恐怕不能成立。比如，葡萄牙是一个很小的、在地图上并不起眼的国家，却是一个以商业立国的航海国家；而中国虽然很大，却是一个以农业立国的非航海国家，两者能够相比吗？中国可以不计成本地集全国的人力和物力，建造庞大船队下西洋；而以商业为目的的葡萄牙船只的航海，却必须计算成本和收益。葡萄牙亲王“航海家”亨利（1394—1460），大约在十五世纪二三十年代就创办了航海学校，以推动“地理大发现”。更重要的是，亨利的事业并不因为他的去世而告终，而仅仅是葡萄牙人致力于海上开拓的一个部分。葡萄牙国王约翰二世在位期间，甚至派人乔装成阿拉伯商人，到东方考察香料市场，为葡萄牙开拓东方市场做准备。所以说，地理大发现，本质上是欧洲那些以商业立国的航海国家的事业；它是一个持续不断的历史进程，而不是一个偶然性的历史事件；它的动力来源于对利益的追求，而这种追求本身是离不开对成本和收益的计较的。

虽然，当时发生在中国东南沿海的私人海上贸易，同样也离不开对成本和收益的计较，但是此类贸易都是走私贸易，主要是将中国的货物售出，而换回大量奢侈品和金属货币。前者只是促进了中国国内的一种极不健康的消费，并且导致地租和赋税剥削的上升。因为，这些奢侈品的消费者，无非是那些直接或间接的地租剥削者。他们中相当大的一部分人，是靠国家赋税供养的官僚，以及皇帝本人和他的庞大家族。这样的贸易，利润越丰厚，往往对农民的损害越大。据我们所知，由于明朝采取了禁用金银货币、并且采取禁用铜钱和不铸铜钱的政策，明朝当时市面上的金属货币严重短缺。而为了消灭民间的金属货币，明朝自洪武年间就开始了田赋折收一定比例的金属货币，还长期禁止民间开矿。所有的这些政策，使唐宋以来所形成的“钱重物轻”的情况进一步严重。所以，尽管当时的私人海上走私贸易，造成大量的金属货币流入中国国内市场，但是在“钱重物轻”非常严重的情况下，这也不过是杯水车薪。总体而言，当时东南沿海的海上贸易，并未显示出有利于当时中国国内商业发展的迹象。东南沿海的商人在当时海上的走私贸易中获利，并不能说明这种贸易对中国是有利的。我们还知道，郑和七下西洋，白银总共带了七百余万两。这大量的白银，无非出自明朝的库藏。明朝皇帝为推行大明宝钞，不许国内市场使用金银交易，却并不妨碍用金银在海外市场上购买奢侈品。可笑的是，这些金银更多的是买了过多的无用之物。比如，明成祖在世时，已不得不用采自海外的胡椒、苏木之类，折充官员俸禄。这样的中外贸易，实在是乏善可陈！

历史是很有趣的。明成祖朱棣派郑和下西洋，或许纯粹是出于好奇，或许还结合着以更多的海外珍奇充实自己在北京修建的宫殿的目的。显而易见的是，这么大规模的航海，如果没有一个正当的理由，肯定是会遇到臣子们激烈反对的；然而，如果换一个寻找建文帝的借口，就会是派船队下西洋的绝妙理由。建文帝的逃亡，或许就是明成祖故意制造的假象。对于这位篡位的皇帝来说，也许没有比这更有利的了。这样做，除了可以使皇帝本人的好奇心得到满足之外，更重要的恐怕还在于可以使皇帝因此而逃避“弑君”的指责，而“清君侧”的功劳也足以使他的继登大宝变得合理合法，所谓“篡逆”也就不攻自破了。总而言之，有关建文帝的下落无论真假，于明成祖朱棣都是有百利而无一害的。所以，当天下到处都流传着有关建文逃亡的传说时，明廷听之任之，毫不顾忌天下百姓对此深信不疑，以至于很久之后，竟真的有人冒充流亡在外的建文帝，而叩响了明朝的宫门。

传统时代，当历史学家的兴趣尚停留在有关建文帝的下落方面，它自然会被说成是郑和下西洋的原因。时过境迁，当历史学家在新的时代里，认识到资本主义萌芽是那么重要，自会去重视郑和下西洋与诸如东西方贸易、地理大发现的关系问题，从而把建文帝的下落看得无足轻重了，哪怕建文帝出亡确有其事，明成祖派郑和下西洋的真正动机就在于寻找建文帝。同样的历史事件，猜它的谜底因时代的不同，自会有不同的路径，猜出来的东西也不会一样。这里所表现出来的，不是历史认识的加深，而是历史解释的变化。历史学，在此变成了“猜”的学问，郑和下西洋也就成了中国历史的谜了。而谜底已经猜出，历史却需要重新解释。

# 废相之后明朝专制政治的走向

明朝皇权制度，是明史中研究得比较多的问题，成果也比较显著。方志远先生的《明代国家权力机构及其运行机制》一书，将明朝国家机构各项制度与组织的关系，以及来龙去脉条分缕析，使读者得窥明朝国家制度的精心建构。特别值得关注的是，该书对明朝皇权的把握相当完整。继王天有等人的研究之后，该书在明朝中枢权力结构的研究上，不仅更为细致深入，也有更好的视角与问题。比如作者指出，在明朝的权力中枢，宦官是“皇帝的代表”。从这个角度去理解和把握明朝废相之后专制集权的走向，是可以发现许多饶有兴味的问题的。

## 从皇帝兼宰相到文臣入阁

明朝废相，是在公元1380年，即洪武十三年。在中国历史上，类似于后世宰相的权力设置很早就出现了，诸如

“尹”“冢宰”“大宰”等名，皆为国家行政官之首。春秋战国时期，此类职位又以“相”“丞相”“相国”之名出现，或称“执政”。秦统一后，历朝皆设宰相一职。汉武帝虚置相职，而将相权基本纳入内廷。从此，历代总是通过对相权的分解，以增强皇权对中央行政的控制力。但是，作为中央行政的中枢，相权始终是存在的。而明朝废相之后，这一历时数千年的宰相制度便不复存在了。

然而，废相之后，洪武皇帝并没有真正废掉相权，而是一身而兼二任，既当皇帝，又当宰相。那时候，朱元璋平均每日要处理二百多份文件，四百多项事由。为了提高工作效率，他不得不命令臣下把所有的奏章都写得短而又短，并规定了统一的格式。他还设立了殿阁大学士制度，让一些读书人跟随左右，随时咨询顾问，以解决阅读上的困难。但他严禁大学士们议论朝政，以防他们干政。对于历史上的宦官和外戚干政，他深恶痛绝，再忙也不让这些人插手。

凭着自己的威势和治政经验，朱元璋大致可以将“日理万机”做得不差。然而，这种一身而兼二任的办法，却让继位的建文皇帝感到心有余而力不足。年轻的皇帝难免贪睡，上早朝晚了，就会有大臣进谏，说朝政被耽搁了，要求他能像太祖皇帝那样，天不亮就起床，太阳未出就朝见群臣。碍于祖训，建文并不敢恢复宰相制度，却将六部的权力进一步加强。以至于后来篡位的叔叔、明成祖朱棣指责他："欲将部官增崇极品，掌天下军马钱粮，总揽庶务。虽不立一丞相，反有六丞相也。"

但是，建文再怎么加强六部的权力，都不可能弥补作为中央行政中枢的相权的缺失。实际上，建文即位后，即召方孝孺"参预机务如内相"。1402年，当朱棣的军队攻占京城时，发现建文已在内廷设立了内阁机构，并备有特制的文渊阁印。这与他的祖父只以殿阁大学士随从顾问的情况大不相同。方孝孺主张君、相分权，恢复古典的冢宰制度。而比方孝孺更长一辈的明朝开国文臣刘基，也非常强调丞相制度的重要性。他曾把后世分解相权的做法，比喻为把不成材的"小木"束在一起充作栋梁之材，是撑不起中央集权这座政治大厦的。

如果不是朱棣篡权成功，方孝孺、刘基关于相权的主张，是否会影响明朝政治体制的走向不得而知。明成祖篡位后，尽管对建文时期"变乱法制"的做法一概"革除"，却悄悄地保留了建文时期设置的这一"内阁"，并立即召文臣入阁参预机要，开始改变原来由皇帝兼任宰相的做法。由此，相权开始融入皇权，成为明朝的皇权一部分。这与刘基和方孝孺的想法，是完全背道而驰的。

## 宦官成了皇帝的代表

洪武皇帝禁止宦官议政，为此还立下不许宦官读书识字的规矩，将严禁宦官干政的命令铸成铁碑立在宫中。在他看来，宦官的事情就是宫中杂役，或者奉使传令。但是，既要用大学士入阁参预机务，又要防止皇权沦于权臣之手，其最方便之法门，就是让宦官与阁臣对掌机要。明成祖在位时，宦官开始大量地受到重用。《明史》上所谓“宦官出使、专征、监军、分镇、刺臣民隐事诸大权，皆自永乐间始”的讲法，大致是不错的。无独有偶，朱棣借口“训女官”，下令让已有子嗣的学官自愿净身，入宫教书，破了洪武皇帝不许宦官读书识字的规矩。朱棣的“好圣孙”宣宗即位后，则干脆在宫中设立“内书堂”，“专授小内使书”。这更是青出于蓝而胜于蓝。显然，要重用宦官，则不得不使他们具有相当的文化知识。

明朝宦官接触朝廷机要，是从文件收发上开始的。朱元璋于废相前两年，即洪武十一年，曾下令“奏事毋关白（禀告）中书省”。从那时起，京官奏事，一律改由“皇极门（后称会极门）实封奏闻”，而不再通过中书省。此外，明朝地方官的奏疏，原本汇集中书省，但自洪武十年朱元璋设通政司后，若非事涉机要，即由通政司直接送往六科。六科是皇帝监督六部行政的机构。朱棣在位时，命令通政司：“凡书奏关民休戚，虽小事必闻，朕听受不厌倦也。”越来越多的奏疏要直达御前，宣宗时就设立了文书房，隶属于司礼监（洪武十七年设置），统一汇集内外官奏疏。文书房的另一项任务，就是登记、整理和抄录往来文件，而由司礼监呈递御前。司礼监掌握着最充分、重要的信息，又服侍在皇帝身旁，帮皇帝跑腿办事，传递信息，俨然是“皇帝的代表”，最适合用来制约、压制内阁，其权力和地位于是迅速上升。

## “面议”制度的废弛

内阁参与机要，原本无非是阁臣与皇帝“面议”朝政。这在洪武皇帝治下，是严厉禁止的。那时，凡事“听自上裁”，官员奏疏概由朱元璋批答，即亲笔写出处理意见。建文时，“临朝奏事，臣僚面议可否，或命孝孺就扆前批答”。足见其时臣僚已可以与皇帝面议朝政，为皇帝执笔批答。成祖、仁宗时，朝政的处理通常也是与阁臣面议，批答则由皇帝亲力而为。朱棣晚年精力不济，才经常委托阁臣代他批答公文与官员奏疏。宣宗在位时，处理官员奏疏，改由阁臣先用“小票墨书”代他批答，称“票拟”或“条旨”，贴在相关奏疏的封面上，送司礼监后誊抄，再交皇帝批准。如果事关重大，宣宗还是会当面与大臣商议，议定后亲自批答。

能够与皇帝面议朝政，是阁臣所期望的。阁臣如果不能与皇帝面议朝政，意味着他有限的建议权也不存在了。更令人扫兴的是，在没有面议的情况下，阁臣票拟必须严格按照“九卿之成案”和“司礼监粗写事目”进行。“九卿之成案”，即内、外廷臣在各自主管的范围内，就具体问题的解决，向皇帝提出的具体处理意见。“司礼监粗写事目”，即司礼监根据“九卿之成案”，为阁臣规定的票拟提纲。就这样，阁臣票拟完了，还得皇帝用红笔批示。同意的，交司礼监用红笔誊清，送文书房抄送相关机构执行。然而，由于疏懒，更由于要压制内阁，皇帝总是把批红的事交给司礼监去做。

“票拟”成为惯例，始于英宗即位。英宗那时还是个九岁的顽童，批答之事由阁臣代劳，而一切都听王振教唆。王振掌司礼监，对阁臣票拟总是指手画脚。土木之役，英宗成了蒙古瓦剌的俘虏，皇位被景帝取代。也许是因为有过这样的惨痛教训，英宗复辟之后对宦官的宠信有所克制，比较注意控制阁臣与宦官之间的平衡，“每事与内阁面议然后批行”。但是，宪宗继位后，经常是直接让宦官替自己批答官员奏疏。可见，内阁票拟不是皇帝必须遵守的制度；司礼监作为“皇帝的代表”，甚至可以直接代表皇帝批答。所以，方志远先生说，司礼监就像是内阁中的内阁。

孝宗继位后，更多的则是让阁臣票拟。但他却发现，阁臣对此颇有怠惰，而让阁员代拟。他传旨说，要注意保密，内阁大学士必须亲自动笔拟旨，亲自印封，然后密送皇帝。对于孝宗的这一要求，大学士刘健非常婉转但又倔强地表达了自己的不满。他说内阁票拟的确事关机密，所以从来皇帝找阁臣议事，也都是亲临内阁，或在便殿秘密召见，照例是要避开他人耳目，对阁臣面授机宜的；现在除了例行活动，阁臣根本见不到皇帝，连司礼监的人也见不到；圣旨由司礼监传达至文书房，再由文书房通知内阁；内阁票拟也要经过文书房、司礼监，才能呈至御前。刘健提出，要么恢复皇帝与阁臣“面议”朝政的老办法；退而求其次，也应让阁臣看到皇帝的亲笔；再怎么不济，也应由司礼监“口传圣旨”。他用这种方式，来表达他对凡事都要由司礼监，甚至下属的文书房来传达的反感。对于刘健的婉转批评与倔强，孝宗是容忍的；但对他的请求，照例是敷衍了事。此后六年间，孝宗与阁臣“面议”朝政，不过数次而已。内阁与皇帝的沟通，还是要由宦官来充当代表。

武宗即位之初，就有大臣批评他“批答章奏，以恩侵法，以私揜公”，并指出这是由于阁臣“不得与闻”机要，而奉侍在侧的宦官“阴有干预”造成的。之后不久，刘健也批评说，阁臣身在内阁重地，不过“徒拥虚衔”，朝廷的圣旨下来了竟然还不知道；本来由阁臣票拟的东西，随便就改掉了。等到刘瑾执掌了司礼监，刘健等阁臣被罢官为民之后，这种情况就更为严重了。那时候，官员的奏疏，刘瑾都是带回家与亲友幕僚一起“批答”，然后请内阁大学士焦芳帮助润色。刘瑾倒台后，大学士李东阳揭发说，自己为皇帝拟旨，不是被刘瑾驳回，就是被改窜；改窜了的东西誊抄后，还要逼他抄一遍，作为原稿“落底”存档。

## 内阁权力扩张与政治失衡

明人谢肇淛指出，明朝的宦官“体统尊崇，常居百僚之右。辅臣（阁臣）出入，九卿避道，而内监小竖，扬扬驰马，交臂击毂而过。前驱不敢问，辅臣不敢嗔也”。可见，在明朝的权力中枢，宦官的地位尊于阁臣。盖宫廷政治既已彻底制度化，宦官因为最接近皇帝，其地位上的这种“尊崇”，若非皇帝本人有意加以裁抑，是不可避免的。与此同时，阁臣身在内廷，毕竟联系着整个官僚系统，若非严格地加以屈抑，难免使相权死灰复燃。制度的精神如此，明史上内外臣僚对宦官的普遍千依百顺，就不仅是个道德问题，也是制度之使然。所以，在《明史》上我们可以看到一个有趣的现象，即一直到嘉靖之前，尽管是宦官专政，但整个明朝权力中枢和官僚系统大体上是稳定的，阁臣已甘心并习惯于屈居宦官之下。

然而，从武宗去世到世宗登基的三十七天皇位空缺期间，事情却发生了变化。在这三十七天里，首辅杨廷和竟破天荒地总揽了朝政，宦官不得不听由内阁主持朝廷中枢。等到朱厚熜入京，杨廷和为他起草登基诏，将武宗时许多弊政都宣布废除了。为此，文书房的宦官找到杨廷和，说诏书有几处写得不合适，要删。杨廷和怒斥道："过去有什么事不合你们的意，你们动不动就说是皇帝要如何如何。现在要删改诏书，难道也是新皇帝的意思？那就等我们上朝祝贺新皇帝登基时当面奏请，还要问清楚究竟是谁要删改诏书！"这件事，内阁胜利了。它表明，作为"皇帝的代表"，明朝宦官的权力和地位，完全依附于皇帝个人，不具备独立行事的资格和能力。短暂的皇位空缺期间，司礼监的"皇帝的代表"身份不能成立，阁臣则获得了独立行政的权力。

世宗登基之初，兵部一位叫霍韬的官员上书说："阁臣职参机务，今止票拟，而裁决归近习。辅臣失参赞之权，近习起干政之渐。自今章奏请召大臣面决施行，讲官、台谏班列左右，众议而公驳之。宰相（阁臣）得取善之名，内臣免招权之谤。"当此宦官与阁臣的势力此消彼长之际，霍韬已然看到今后约束内阁权力的必要性。尽管他没有忘记批评前朝的宦官的专权，却特别提醒皇帝今后不要因为压制了宦官，而放任阁臣超越权限。他提醒世宗，只有恢复皇帝与阁臣"面决"朝政的制度，宦官与阁臣才能各安其位，皇帝对明朝权力中枢的控制才能保持平衡。

后来以首辅地位专权的阁臣张璁，当时对内阁势力扩张的危险性，也表示了深刻的担忧。他向世宗皇帝表示，根据《洪武祖训》，朝廷罢宰相，设五府（军事机构）、六部、都察院、通政司和大理司，分理军政、民政、司法和监督诸事，使它们“彼此颉颃（抗衡），不敢相压”，朝廷才能总揽大局，政治才能稳定；而阁臣向来少有善终，就是因为身处“易生嫌疑”之地，并负有“易招非议”之责（代言拟旨）。张璁提出，朝政要么按照“祖宗之制”由皇帝自己决断，要么召“廷臣集议”，也就是与阁臣“面议”，才能“建国家久安长治之策，以全君臣始终相保之道”。他说来说去，就是强调内阁的作用不能超出“止备顾问”的限度，否则将引起阁臣与皇帝之间的冲突。

世宗登基之初，就对臣下说，如今章奏都是由他自己亲自批阅后交由内阁拟旨的。实际上，直到晚年，世宗“虽修玄西内，而权纲总揽，夜至五鼓，犹览决章奏”。终嘉靖之世，四十五年之间，世宗始终不让批红之权落入宦官之手。也就是说，宦官的“皇帝的代表”身份，被嘉靖皇帝取消了。结果是内阁的权力愈益扩张，阁臣为争夺内阁首辅之位斗得也愈来愈凶，且各自与内外行政官和监察官（科、道官）勾结得愈来愈紧密。其时，内阁首辅虽“无宰相之名，而有其实”，“天下事未闻朝廷，先以闻政府（内阁）”。期间，严嵩先后两次出任内阁首辅，为时十五六年，更将爪牙遍布朝廷。这样的情况，造成明朝皇权控制的越来越不平衡。以至于徐阶为首辅之后，提出“以威福还主上，以政务还诸司，以用舍、刑赏还公论”，使内阁的作用回归本位。

## 明末朋党政治与“阉党”的形成

在这样的背景之下，穆宗继位后，恢复了嘉靖以前倚重宦官的政策。穆宗在位六年，虽然高拱和张居正仍各以勾结部、院和科、道官为能事，但张居正最终从高拱手中夺取首辅之位，还是由于他与司礼监掌印太监冯保的“深相结谋”。《明史》上说，神宗继位，高拱要求将司礼监的部分权力归还内阁，并驱逐冯保，结果却是他自己被驱逐了。及神宗继位，十岁孩童尚不能亲政。十年之间，在宦官得到重新重用的情况之下，因为有了冯保的支持和配合，张居正始能有所作为。神宗皇帝当然不愿意看到嘉靖以来所养成的那种“阁臣而假天子之威福”的情况无休止地继续下去。张居正去世后，他一方面组织清算张居正的“专权乱政”；另一方面就是完全恢复以司礼监压制内阁的老办法，使“内阁所撰诏旨，必由中官先写事目送阁”。

穆宗、神宗两朝，宦官重新成为“皇帝的代表”。这老一套的办法，若非存在着严重的朋党问题，是可以有效制约阁臣的。可惜的是，朝廷其时已布满朋党，且因利益固结而变得牢不可破。宦官重新成为“皇帝的代表”，适足以激化朋党之间的争斗。此后的历史说明，无论是东林，还是浙、楚、齐、宣、昆诸党，他们的命运皆与皇帝重用的宦官有关。曾几何时，东林党的得势，是由于司礼监秉笔太监王安的支持；而王安的失宠、被杀，则成为东林党人的噩梦。而对于反对东林的其他党人来说，司礼监秉笔太监魏忠贤的得势，无非是使他们都一概成了“阉党”。那时候，满朝的“阉党”，“知有忠贤，不知有陛下”；魏忠贤甚至可以不经过内阁，直接以皇帝的名义发布“中旨”。末代皇帝崇祯继位后，一力清除了魏忠贤及其余党，并重新启用东林党人。然而，崇祯最终却认为，天下事大都是被士大夫们搞坏的。明亡前的最后一年，崇祯甚至命令收葬魏忠贤遗骸。皇帝临死都认为，不是宦官而是“诸臣误朕”。他所谓的“诸臣”，当然就是指朋党。

不得不承认，明朝所精心构建的皇权中枢，就其保证皇帝的专制集权而言，确实达到了很高的制度水准。它通过将批答之权分解为票拟和批红，使内阁和司礼监对掌中枢；通过“九卿之成案”和“司礼监粗写事目”对阁臣票拟的双重制约，严格限制了内阁参与朝政的程度和范围；通过让司礼监代行批红、甚至批答之权，有效地监视和压制住了阁臣。总之，宦官所行使的一切权力，都是以“皇帝的代表”的身份进行的。明朝二百七十六年的统治，自仁宗、宣宗之后，皇帝的疏懒、荒唐和昏庸是惯常现象。然而，皇帝不仅没有被权臣、宦官颠覆的可能，而且随时都可以拿下他们，从不存在皇帝受制于人的现象。可是，像这样精心构建的制度，却连使阁臣与皇帝面议朝政都保证不了。显然，在对待权臣、宦官、朋党等问题上，明朝的中枢权力建构，更多的是错误地吸取了历史上的经验教训。

# 中国历史上皇权的持续强化

## 一、大一统的形成

中国历史上，有两种统一的模式。一种是夏、商和西周的“天子—诸侯”模式。按照这种统一模式，那时候的天下，是天子、诸侯各治其民。天子为“天下共主”，从大的方面来说，就是统领天下诸侯，抗衡周边蛮、夷、戎、狄的侵扰，并维持内部的和平。商征服夏，固由于军事上的胜利，但真正让诸侯承认其取代夏之“共主”地位的，是向诸侯承诺“各守尔典”的原则不变。同样，周灭商之后，能让诸侯承认其“共主”地位的，也还是向诸侯承诺“宅尔宅，畋尔畋”。可见，夏、商、西周各自的“天下共主”地位，主要针对的是外部入侵，内部则是诸侯自治。

但是，夏、商、西周时期，这种统一体内部，兼并战争也在不断进行，并且愈演愈烈。夏禹时的“诸侯万国”，到了商灭夏，已是“诸侯三千”；再到西周灭商，则是“诸侯千八百”；而到了春秋初年，只剩下“二百二十四国”；及战国之世，列国不过十余，而以齐、楚、燕、赵、韩、魏、秦为强。

兼并战争最终破坏了社会原有的组织，基层的村社共同体解体了，世袭的贵族领主制度荡然无存。而在这一过程中，社会的道德风尚也被摧毁；其中最严重，对后世影响最深刻的变化，就是“矜（恃）势力与尚诈力”，成为社会上下的普遍行动准则。而各国君主则越来越专制，为达到集权于一人的目的无所不用其极。西周时，“溥天之下，莫非王土；率土之滨，莫非王臣”的观念，还仅仅是周天子对天下的一种主权宣示。但是到了春秋中期以后，所谓“封土之内，何非君土；食土之毛，谁非君臣”，反映的则是各国君主对土地和人民的实际控制。盖其时，诸侯“政事”的最终目标，就是追求“广土众民”。于是乎兼并加剧，争霸彻底地演变为吞并，“统一”的目标不再是做“天下共主”，而是“并诸侯，吞天下”的“大一统”。此中，自然而然就埋伏着一种由一人专制天下的趋势。

## 二、皇权总是趋向专制的

秦始皇统一天下，实行由皇权专制的中央集权政治制度。这种统一模式的结构特点，就是天下为郡、县的官僚化统治。于是，历史上的分封制被彻底废除了，“陛下有海内而子弟为匹夫”。这样的制度设计，显然是借鉴了历史的“经验教训”。而其立意，表面上是追求天下大一统，本质上却是追求皇权的排他性，彻底消除对皇权任何可能的觊觎与竞争，以使其皇位可以平平安安地“二世、三世，至千万世，传之无穷”。从此以后，即便是分裂时代，无论国家大小，皇权总是趋向于专制的。

然而，“螳螂捕蝉，黄雀在后”。始皇帝的“以史为鉴”，对历史上诸侯、卿大夫擅用天子的“礼乐征伐”之权，以及天子、诸侯、卿大夫子弟争权并酿成祸患的经验教训是记取了，但是对诸如“陪臣执国命”这样的历史事实就重视得很不够。所以，当时设计的皇权专制的中央集权政治制度，对如何从官僚制度上彻底消除对皇权的觊觎与竞争的可能性，可以说是考虑得极不充分。结果，丞相李斯和宦官赵高的一次勾结，就改变了始皇帝的临终遗嘱，逼死了本该继承皇位的长子扶苏，却让少子胡亥篡夺了帝位。

后人对于秦亡的原因讲得很多，却往往忽视皇权专制的中央集权政治制度本身对秦朝的短命所起的作用，是十分令人遗憾的。而秦亡之后，从汉唐一直到明清，朝代的兴亡或由于外族的入侵，或由于人民的揭竿而起，或由于政治体制内化生出来的异己力量的篡夺；这三个方面，除了入侵的外族正处于鼎盛状态之外，致乱之源更多的是来自于皇权专制本身。二千年间，中国的政治制度，就是在不断的朝代更替之中，寻找如何有效地强化皇权专制的办法。

## 三、削夺相权与地方势力扩张

秦朝创制的中央集权政治制度，其本身的设置原则，是皇权专制。秦如此，秦以后中国历朝历代所有的政治制度改革，无非是在原有的政治制度上增加使皇权变得更为专制的保护性措施。这种专制的总趋势，一是不断地削弱宰相之权；二是不断地削弱地方之权。中国历史上向来有所谓宦官、外戚专政。究其原因，就在于皇帝为削弱相权，在内廷设置各种机构，侵夺原属于宰相的职权，而用宦官、外戚来主持；皇帝还在内、外廷建立各种机构，设官任事，以分相权。然而，以外戚、宦官分掌相权，固然可以使皇权更为专制，却难免使皇权沦于外戚、宦官之手。西汉外戚专政，结果是王莽篡政；东汉宦官专政，招致袁绍举兵入宫诛杀宦官，董卓进京废立皇帝。

两汉专注于削夺相权，却未能有效节制地方，而使郡一级权力成为皇权的直接延伸。这是当时制定制度的人，因迷信“中央集权”而导致的疏忽。惟其如此，皇权愈专制，则郡县官愈专横。西汉设刺史监察郡县，但无法改变“天下郡太守多为奸利”局面；东汉在郡县之上设州，则更导致了天下“知有牧镇而不知有朝廷”的状况。

两汉的州、郡、县官，与地方豪强朋比为奸，造成了地方豪强势力的长足发展。三国两晋南北朝时期长达两三百年的分裂，其实都是拜两汉之所赐。期间，只有西晋出现过昙花一现般的短暂大一统。这一时期，分裂各国虽不断强化皇权专制的中央集权政治制度，惟对地方豪强势力毫无办法，以致隋朝重建大一统，地方豪强却时时与中央抗衡。隋末各路反隋武装，其基本力量仍是地方豪强。到唐朝再建大一统，豪强的势力才差不多在隋末的战争中厮杀殆尽了。

唐朝强化皇权专制，在中央无非是将两汉以来削弱相权的做法进一步制度化。为了防止地方势力久而坐大，唐朝将地方权力分得很细。惟其对中央委任的各种监察地方事务的官员授权颇重，遂使之逐渐演变成为更高一级的地方行政，地方之权反而又加重了。由于地方分权太细，不便行政，唐朝还在边防各军事重地设置了总揽一切事务的节度使。“安史之乱”以后，唐朝在地方遍设节度使，集一方军政、财政与民政于一身，结果形成割据之势，不再受中央控制。至于唐朝中央，宦官专政较东汉末年更有过之而无不及，等到藩镇举兵入京剿灭宦官，唐朝也随之覆灭。

历史清楚地表明，怎样在削弱相权的同时强化对地方的控制，是皇权专制之下的中央集权政治制度所面临的一个更严重，也更为复杂的问题。

## 四、科举制釜底抽薪

隋唐时期所采取的科举制，在削弱和抑制地方势力上，是具釜底抽薪的作用的。

当初秦灭六国，建立皇权专制的中央集权政治制度，在秦始皇看来，天下从此只需“以法为教，以吏为师”，即可保万世太平。至二世皇帝，仍十分自信地认为，天下总不会有人敢于造反，捣乱的终不过是些“鼠窃狗盗”之徒。皇帝顾忌的，不是戎狄，就是六国孑遗，哪里想得到连“黔首”也会有“王侯将相宁有种乎”的思想。

两汉世家豪族势力的发展，以及魏晋士族制度的形成，大有使政治权力固化的趋势。“上品无寒门，下品无士族”，说明贵族制度虽已被废除，却也还可以重新长成。惟隋唐实行科举选官的制度，则无论予富予贫、予贵予贱，从此都由皇帝来操控；而那些没有士族门荫的人，这才普遍有了跻身于统治阶级的希望。对此，唐太宗看得非常清楚，所以才会得意地说，有了科举选官的制度，“天下英雄尽入吾彀中矣”。从此，历代官僚子弟虽或仍享有某些“门荫”特权，但做官总还以科举为正途。由此，中国社会的权力和财产的转移速度加快。一方面是“仕者多起自草野”；另一方面则是“千年田换八百主”。其结果，就是两汉以来的那种世代为官的士族豪强，在中国社会彻底绝迹。天下皆以科举进用，然则富贵与贫贱移势，不过转瞬之间耳。

唐末五代割据一方的藩镇，与魏晋以来中国北方的那种集政治、宗法、军事、经济和文化为一体的世家豪族的坞壁，已不可同日而语。藩镇在政治、经济和文化上的力量都相当薄弱；骄兵悍将拥立无常，“国擅于将，将擅于兵”；政权像是无根的浮萍，兴灭如走马灯一般。赵匡胤轻易地篡夺后周之后，之所以能够顺利地重新统一天下，依次翦除藩镇，其实正是拜科举制所赐。盖科举制之下，汉魏以来所形成的那种世家豪族势力既已绝迹，社会也就不再有割据者扎根的基础。

科举制实行了一千四百多年，直到清末才废止，可以说是行之百代而不易了。由于科举取士，唐以后所选拔的官员，大多是会读书却不一定能够做事的人，所学又不切实际，以至于官府胥吏的行政作用越来越大。唐、宋、元、明、清各朝，“胥吏专政”的情况越来越严重，皇帝甚至被认为是“与胥吏共天下”，官员的行政权亦由此而被更进一步地分解和弱化。与此相对应的，则是在唐太宗眼里的“英雄”们，到了宋朝或还受到优礼，但到了元朝就沦落于“九儒十丐”的境地了。明太祖曾颁布律令：“寰中士大夫不为君用，是自外其教者，诛其身而没其家，不为之过。”当时还有一种专门用来对付大臣的刑罚，就是在朝廷上摁住了打屁股，称“廷杖”。“彀中英雄”一至于此，可见科举制之下，天下读书人哪里还有半点英雄气概。

## 五、专制需要统一

自秦汉以至五代十国，将近一千二百年之中，“治日常少而乱日常多”，完全的分裂差不多四百年，半分裂状态也超过两百年。统一本身已不再成其为可以避免天下“树兵”的理由，也不再具有使天下安宁的意义。所以，到宋朝统一的时候，大一统本身已不再具有任何神圣价值。赵匡胤对之所以要统一，讲得非常露骨：“卧榻之侧岂容他人鼾睡！”这句话所表明的仅仅是：无论天下是怎样的“治日常少而乱日常多”，哪怕统一并不需要专制，但专制却需要大一统。

从宋朝开始，的确可以说，历史已为专制和大一统铺平了道路。一方面，皇权专制在制度和经验上已经有了相当完整的积累；另一方面，科举制最终造成了地方势力再无可能崛起的社会基础。故自宋而下，中央集权的官僚制度，在分散相权和地方之权方面，实行起来远比前代要有效而且容易得多。

在宋代，军政、财政、司法、监察和言路都独立于相权；宰相不止一个，轮流掌印，而且设副相予以牵制；从中央到地方，除了基层的县域，办事的权力被分解成许许多多的条块，形成了一个由皇帝直接控制，相互制约和监督的非常复杂的官僚系统；皇帝则有学士院作为自己的办公机构。

元、明、清三代，中央集权的政治制度，也都不外乎是按照这样的方式来构建的；无非是强化中央的派出机构，使整个官僚系统的条块更加整齐有序，相互之间的牵制力也越来越强。然而，在皇权专制之下，只要皇帝稍有疏忽，专制的权力就可能沦于皇帝所宠幸的臣僚之手。权相擅政的问题在两宋转趋严重，性质上虽非相权的重新扩张，其人却因皇帝的宠幸，得以将原来因分拆而被削弱的相权集中而强化之，逸出皇权专制的法度之外。有鉴于此，明朝干脆彻底废除宰相之职，将相权并入皇权；用司礼监和内阁两套机构共同辅政、对掌机要，并使这两班人马始终处于相互监督和制约之中；中央各部则纯粹成为执行机构；又设专职，监察各执行机构；并以直接听命于皇帝的厂、卫军事组织，执行京城内外一切有关维护皇权的特殊任务。阁权在明中期以后又有扩张，势头压过司礼监，造成皇权控制的失衡。清朝对宦官限制颇严；内阁也不再参预机要，只处理一般政务；另设军机处，权力在内阁之上，作皇帝的核心工作班子，属员和职权都出于皇帝的随时差派。

上述中国历代政治演变的过程，按吕思勉先生的概括，就是“务集权于一人，但求其便于统驭，而事务因之废弛，则置诸不问”。说得更具体一些，就是事权越分越细，任何部门、任何个人掌握的权力也都越来越狭窄；而部门和部门之间，官员和官员之间，始终是互相钳制着的，整个官僚系统便因此而不脱皇权的掌握；有关民生的事业，有没有人去办，办得好不好，甚至办不办，反而无足轻重，一切放任了。惟其如此，在这样的专制体制之中，任何动作稍大一点的“改革”，都会引起体制的失衡，引起政治动荡，不利于皇帝专权。所以，“变乱成宪”的事情，就像人体对于器官移植一样，必然会引起强烈的排异反应。于是，“守成”就成了必须恪守的基本政治道德，而对于一切弊端却可以放任。

明朝自“仁宣之治”之后，内乱外患不止，国势迅速衰颓，军备废弛，民生凋敝，宦官专权，党争乱政，官吏贪渎，世风日下，一发而不可收拾。但是，这些看上去非常严重的问题，与维护皇帝专制的独一无二性来说，都不过是枝节。所以，像张居正这样的人，无论其所进行的改革如何“起衰振颓”，必然会被认为是包藏祸心而受到清算。然而，恰如黄仁宇指出的那样，当张居正被清算之后，申时行因顾全大局而备受攻讦；戚继光、李成梁重整军备的努力亦归于失败；至于像李贽这样有“异端”思想的人，身陷牢狱自不足惜；而海瑞这样坚持旧道德、廉洁奉公、执法不阿的“模范官僚”，也令人如芒刺在背，同样不合时宜。其时，有大臣上疏：“今天下之势，乱象已形而乱势未动；天下之人，乱心已萌而乱人未倡。今日之政，皆播乱机使之动，助乱人使之倡者也。”总之，“变乱成宪”固然不可接受，由“成宪”所造成的问题却必须听之任之。因为，这不仅符合官僚们阳为道德，阴为私利的处世原则，也有利于皇权专制对于政治平衡的需要。可就是在这样的状态之下，凭着制度的惯性，明朝仍得以继续坐稳江山。若非明末由河南、陕西连年饥荒导致的大规模民变，绝不至于引起像李自成攻入北京这样的事变发生，满族的军事力量也就未必有入关的机会。

## 六、强化皇权专制的心理动力

仔细想来，二千年间，中央集权的政治制度，以加强皇权专制为宗旨，结果就是使专制越来越深刻。唐以后，直到近代以前，这种皇权专制的中央集权政治制度，已基本杜绝了从体制内被篡夺的可能：宦官、外戚和嬖臣的专权擅政虽不免发生，其实完全处于皇帝的掌握之中；各层级和条块上官员威势虽重，所谓“官大一级压死人”，也绝无专擅的可能。另一方面，在当时社会上，缙绅之家或能在乡里举办一些兴利除弊的事业，却影响甚微，成不了什么气候。

这一历史时期，要说最具危险性的，是来自境外异族的入侵，宋、明都因此而亡国。宋朝总是以“岁币”与辽、西夏和金人议和。当时主和的人，虽或有使人民免于兵燹的良苦用心；却也懂得皇帝害怕战败，且又不愿意人家战场立功的心曲。而主战的人，多数也不愿担上“幸兵以自取重”的罪名。宋朝的寇准，因“澶渊之功”，一度为真宗皇帝所厚爱，但皇帝转念之间又以为受了“城下之辱”，而将他一贬再贬。这种爱与恨的微妙变化，正反映了皇权专制非常深刻的复杂性。在皇帝的“猜防”之下，外敌似不足道，“内敌”却遍布朝野。

另一个例子，是关于明成祖朱棣的。明初在长城以北设东胜、大宁、开平三卫，构成抵御蒙古的第一道防线。大宁后来撤卫建藩，为宁王朱权的封地。蒙古兀良哈部归附明朝后，朱元璋便在兀良哈故地设泰宁、朵颜、福余三卫，由宁王节制。“靖难”兵起，朱棣夺了宁王兵权，兀良哈成为“靖难”之师。功成之后，明成祖即允许兀良哈入据大宁，不惜隔断东胜卫与开平卫之间的联系。之后，东胜卫和开平卫不得不先后内迁；遂使大同、宣府、蓟州三座拱卫京师的军事重镇，与辽东之间的联系也就此阻绝；北京因此而“孤悬绝北”，先后处于蒙古、满族铁骑的逼迫之下。这种军事上缺乏远见的举措，很大程度上也是囿于明成祖对“内敌”的顾虑。

清朝的武功是空前的，即便到了鸦片战争时，以当时中国军队的实力，未尝不能与隔海而来的英军争胜。然而，清廷和战无定计，几番战败之后，就轻易地割地赔款。个中缘由，未尝没有顾虑英人勾结“内敌（汉奸、奸民、丑类）”的因素。据记述，当时沿海各战，无不有汉奸为英军效力。从那时开始，清朝总是稍经战败，就接受不平等条约，其中自亦含有对内忧的考虑。故所谓“宁与友邦，不与家奴”，虽或出于臆测，亦非空穴来风。

揆诸历史，则也不仅清朝如此。当年宋高宗宁可杀岳飞，豁出半壁江山也要与金人议和，目的就是要阻止金人送徽、钦二宗回国，威胁自己的皇位。相反的例证，则是明朝景泰皇帝拒绝与瓦剌议和，结果导致英宗被送回，致有南宫之变。“与友邦”，或可偷安下去；“与家奴”，变生肘腋亦未可知。其中的因与果，皆与此种皇权专制的性质有关。“公与私”“恶与善”“利与弊”，在政治上颠过来倒过去，不过系于皇帝一念之间对于“内敌”之猜防。

专制的性质既然是“务集权于一人”，皇帝的“猜防”当然不会有尽头。明清两朝的文字狱泛滥。对皇帝歌功颂德用了一个“则”字，与“贼”谐音，那就是污蔑皇帝曾经是盗贼；科举出了个“维民是止”的题目，则“维止”二字就怀有将“‘雍正’砍头”的莫测居心。明明是自己牵强附会，却断定他人含沙射影。皇帝的心理有多阴暗，则天下人的心理就有多阴暗。猜防之心到了这样的程度，无论什么微不足道的事情，都足以引起皇帝的警惕。以至于身边臣僚们比自己睡得早些起得晚些，或远在数千里之外的“江南富足翁”睡到“日高丈五犹披被”，皇帝也不能释怀。大臣不过劝皇帝读《大学衍义》，就被怀疑是在讥刺皇帝没读过《大学》，连家带口把人家打入监牢五年。专制的心思就这样越来越变得无微不至，皇帝的猜防之心自亦深入骨髓，无处不在，无孔不入，无所不用其极。

二千年的历史经验证明，这样的专制体制除非变得更加专制，否则皇帝就会担心自己的权力被削弱。所谓两千年所行之政皆为秦政，实在是秦政的一个个的加强版。而猜防是皇帝专制心思的本质，是强化专制的心理动力。皇帝的“猜防”越甚，专制心思也就向着强化专制的方向自然而然地用力。

# 盐业，牵动历史的大局

已故郭正忠教授主编的《中国盐业史（古代编）》，历述中国先秦至明清时期的盐业和盐政，“举凡历代盐政及其以外的各个方面——诸如生产技术、社会经济、思想文化等，无不力求给予充分重视和综合论述”。鸿篇巨制，读者尽可以见仁见智。然而，此书最为重视的，还是历代盐政的变化与社会经济的关系。其中最引人注目的问题，则是国家对盐的垄断，往往牵动着中国历史的大局。

食盐的生产和垄断，是中国历史的一个大题目。此书的作者强调，中国古代国家的盐业垄断，是以各种专卖形式出现的：“专卖的直接目标既是垄断性盐利，官府便力图将盐民的生产和销售活动统统置于其控制之下。盐利的源头固然在于盐民，其兑现却须借商人之手。这种情况，又决定了官府同商人（以及盐民同商人）的微妙关系。官府和商人，既有相互为用的一面，又有勾心斗角的一面。一般地说，专卖制下的官、商关系，是主从分明的。但具体而言，两者又有互相贴近或某种一体化趋向。这种趋向，表现为商人的官僚化和官僚的商人化。”

我们总是说，在中国古代，国家是抑商的，却往往忽视了“商人的官僚化和官僚的商人化”这一历史事实。其实，中国古代所谓的“抑商”政策，并非是国家处心积虑地抑制商业，而是国家处心积虑地抑制商人。其目的，无非是国家自为商人，或者强化与商人分利。总体而言，国家是重视商业的；市场往往是国家利用来支持其财政的工具。而在食盐专卖问题上所反映出来的官商关系，不仅微妙，也最具有本质上的意义——国家对商业利益的垄断。

盐是人之生存所必需。盐极易开采，便于贮存和运输，不会败坏，所以成本低廉。盐的储量极大，却又不是到处都有。不像粮食，只要有土地和水就能生产。盐之成为一种可以垄断的商品，正与它的这些特性有关。在遥远的上古，或有专门从事商业的部落，或有依附于某些部落首领的商人。最初从盐的运销中获利的，一定是这些部落和部落首领。在中国，大概到了春秋时期，比较独立的商人出现了，而盐的运销是当时商业中最大宗的商品。那时，商人贩盐，吃盐的人都是隶属于国君和领主的臣民。国君和领主在他们所控制的区域内，拥有向商人征取盐税的特权。一般而言，商人卖盐，向国君和领主缴税越轻，所获的盐利就越厚；缴税越重，所获的盐利就越薄。另一方面，商人在限定的区域之内售盐，销量的波动是不大的。因此，商人想要增加盐利，就必须抬高盐的销售价格。同样，国君和领主想要获得更多的盐税，则只有提高税率。

通常，君主、领主是不会坐视商人在食盐销售上赚得盆满钵满而无动于衷的。日益扩张的财政需求，往往会促使他们排挤商人，独占盐利。《管子·海王篇》上就讲了由国家直接经营食盐的巨大财政意义。说国家征房屋税，等于是毁掉房屋；征树木税，等于是砍掉树木；征六畜税，等于是杀掉牲畜；征人口税，等于是禁止生育；而由国家经营食盐，人民“十口之家，十口食盐；百口之家，百口食盐；……万乘之国，人数开口千万也”，任是用什么办法都无法逃避。这种由国家垄断盐利的理论，实际意义是很大的。如秦国在秦穆公的时候，开始授予商人在秦国运销食盐的特许权，从中获取食盐专卖税。到了商鞅变法时，随着这种特许制度的加强，竟使国家获利“二十倍于古”。

国家以特许的形式让商人经营盐业称“专卖”或“专利”，国家自己经营盐业则称“官营”。其实质都是国家垄断。在垄断的形式下，食盐价格较之在自由贸易的形式下，有了大得多的上涨空间。国家向商人征缴专卖税，商人则以增加盐价的方式向消费者转嫁专卖税。当然，随着国家专卖税的不断提高，商人增加盐价的空间会不断缩小。在这一过程中，盐价若不达于极点，商人是不会停止向消费者转嫁专卖税的。有的时候，盐价竟会高得令百姓只好尽量少吃盐。《史记》上说，汉高祖刘邦要废太子刘盈，叔孙通表示反对，要刘邦不要忘了当年吕后与他“攻苦食啖”的日子。“啖”即“淡”，“食啖”是说刘邦与吕后曾经连盐都买不起，要省着吃。足见得秦朝建立之后，由于国家征缴食盐专卖税过高，商人亦将盐价抬得更高，普通百姓只好少吃盐。

如果采取官营的形式，盐价也会高到令百姓吃不起的地步。汉武帝穷兵黩武，把汉初六七十年休养生息的积累都用光了。于是，汉朝为增加财政收入，对商业实行全面官营。其中最主要的一项措施，就是改变食盐专卖制度，实行食盐官营。官营无疑会推动食盐的产、运、销成本大增；盐官从官营中牟私利，加剧了官营成本的上涨，同样会导致百姓因买不起盐而“淡食”。

中国历史上，百姓因为盐价太高而“淡食”的情况并不鲜见，大多与国家对食盐的垄断有关。

国家垄断盐利，在中国古代，还有更深刻的原因。“履亩而税”之后，农业税就像是脱缰的野马，一路狂奔。“民叁其力，二入于公”，成为普遍的状况。以至于大大小小的土地占有者，都想尽一切办法，隐瞒他们实际的土地占有。秦始皇虽然统一了天下，但在清查土地占有的问题上却不能有所作为，只好下令让天下“黔首自实田”，即由人民自己申报占有多少土地（以百亩为底线），作为国家赋税的依据。这种征税方式，表面上是“税地”，其实却是“税人”。

从秦汉到明清，国家对于编制户口都非常重视，主要的目的就在于通过各种方式“税人”。但是，“税人”也有问题。最大的问题，就是人的贫富程度不同；不清查土地占有状况，就不可能公平赋税。汉朝“税人”，起点是“百亩”。许多贫苦农民，虽然只占有三十亩地，却也必须按百亩的基数缴税。随着国家税率的提高，那些不堪负担的贫苦农民，干脆依附于那些拥有免役免税特权的贵族官僚地主，种他们的地，向他们交租，受剥削略轻一些。久而久之，贵族官僚地主隐占的人口越来越多，国家可税之人越来越少，财政问题就变得越来越严重了。

这种情况，历代不绝。国家可以采取的办法，就是清查土地和人口。清查土地的工作量太大，技术手段又不足，成本也很高，面临的阻力很大，总是事倍功半。何况土地占有状况随时都在发生变化，国家不容易掌控，随查随乱。相对而言，清查人口则比较容易进行，但是也难以彻底，总还有很多遗漏。有的时候，国家甚至连清查人口都做不到。在这样的情况下，强化食盐专卖，甚至实行食盐官营，则是国家“税人”的方便法门。总之，人或能不在籍，却不能不吃盐。

食盐垄断，形式上是征商，本质上仍是征农。国家通过实行食盐专利，可以使大量逃避赋税的人口，因食盐而间接地向国家缴税。唐朝“安史之乱”后，人口大量从国家户籍上流失。唐朝为了增加财政收入，开始实行食盐官营。原来盐不过十钱一斗，实行官营后，每斗一百一十钱。此后，刘晏改革盐法，实行食盐专卖。官府抽税，商人卖盐；官府增盐税，商人增盐价。有的地方盐价高达每斗三百一十钱，乃至三百六十钱，甚至三百七十钱。食官盐而间接地向国家缴税的人口，甚至达到与国家直接控制的人口相等的程度。唐朝的盐利收入，也达到了“中央实际总收入的二分之一或至少达到五分之二”。而商人的盐利收入，更远远高于官府的盐税收入。

进一步的问题是，国家一旦把盐控制在手中，更创设了很多重要的影响国计民生的制度。比如，国家要解决边境驻军的物资供应问题，就让商人往边地运粮，或组织屯种，以换取领盐发售的凭据。这种制度，在明朝实行得非常广泛，不仅用于军饷的供给，而且用于赈灾和发放俸给之急需。而出卖盐钞、盐引等等票据，以增加国家财政收入，甚至成为一项重要的国家财政制度。

盐的需求量是稳定的。国家为增加财政收入，难免以种种方式溢额出售盐钞、盐引。至于将此类领盐凭据大量用于赏赐，也无疑会使食盐供应量增加。与此同时，大量的走私盐，因其价格上的优势，势必排挤官盐的销售。这几种情况，都会导致国家垄断利润的减少。为了保证财政收入，国家于是又反过来通过对人口和土地的控制征收盐税。明朝一边实行食盐垄断，一边对所控制的人户征收“盐粮”和“盐钞（大明宝钞）”，或折收其他实物，后来则统一折收白银。可见，在食盐垄断上，中国古代的国家，从产、供、销，直到消费的终点，都形成了一整套的制度。

然而，垄断的利润越高，食盐的走私就越难阻止。无论是专卖和官营，其垄断性经营所导致的高昂盐价，必然引起食盐走私的盛行。在宋朝，从事私盐贩运的，几乎包括了社会各个阶层。平民下户、豪民上户、达官胥吏、军官士兵，乃至店铺牙人，都有从事私盐贩运的。而其中最严重的，就是武装走私和官商勾结走私。武装走私食盐，在唐、两宋和元等朝代非常严重。实际上，行贩私盐稍有规模，则必须借助武装自卫。唐末的王仙芝、黄巢都是私盐贩子。他们一开始就能聚众数千造反，足见得都是有自己的武装团伙的。吴越钱鏐和前蜀王建，曾经也都是私盐贩子。北宋时，江西、福建、广南三路交界地区，武装贩盐延绵百余年而不绝。南宋时，食盐的武装走私，在这一带曾四度发展为大规模的武装暴动。参与暴动的人数，多达十万，甚至数十万。元朝贩卖私盐的活动也非常猖獗，“动辄百十，结连群党，持把器杖，专一私贩。每遇巡捕，拒伤官兵”。到了元末，有的私盐武装走私队伍甚至“横行山东、河北，若蹈无人之境”。反元起义中，浙东的方国珍一向在东南沿海一带从事海上私盐武装走私，拥有各种船只一千余条；张士诚出身盐户，而以“兼贩私盐”为生；在红巾军徐寿辉的队伍中，更是充斥着此类私盐贩子。

明清两代，随着国家在各个环节上加强了对食盐走私的军事镇压和法律制裁，一般的食盐走私和武装走私在总体上趋于缓解。但是，凭借特权走私食盐的情况，则与国家的食盐垄断相始终。明朝有许多贵族官僚的子弟家人，以各种各样的借口，利用特权获取领盐凭据，行销私盐。此类凭据还大量地被朝廷用于赏赐，让那些贵族势要大发横财。清朝的食盐走私，则以军队走私、官吏走私和盐商走私最为严重。

根据以上所述，中国古代由食盐垄断所牵动的历史大局，至少已包括这样几个方面：一、它决定着国家重视商业的基本态度；二、它决定着国家与商人的基本关系；三、它决定着国家控制财源的基本方式；四、它严重地影响着国家的兴衰。

《中国盐业史（古代编）》一书指出：“中国古代有一种十分盛行的观念，即：人们将官府直接运销的专卖形式称为‘榷禁’，而将官府控驭下的商人分销或包销形式视为‘通商’。……然而……史籍中所谓‘通商’开禁，毕竟不能等同于近代意义的自由贸易。无论何种形式的商人分销或包销，都不曾逸出专卖的范畴。……官商一体化趋向的后果，是十分严重的。首先，官僚可假商人之手而中饱私囊。其次，商人可倚官僚权势而牟取暴利。第三，在官僚和商人携手登闳的情况下，社会大众日益贫困。古人屡倡重农抑商之道，而每一次实行的结果，却总是商未抑而农先困。其中的道理，多少可以从专卖制下的官商关系中试作探究。”

这样的提示，是值得我们深长思之的。盐虽然不起眼，却为人之生存所必需，又是适合产生垄断利润的商品。国家对于盐的垄断，即能如此深刻地多方面地牵动历史的大局，亦足见垄断的深刻作用。在这一方面，似有很多历史的经验教训值得我们注意。

# 被误读的宋朝“故事”

吴钩先生在他最近的一篇文章中，一口气给我们讲了四个故事，以说明宋朝不是一个专制王朝。文章名为《宋朝是一个专制王朝吗？》，四个故事，讲的都是“皇帝无法由着性子‘做快意事’”。讲完了这四个故事，吴先生又以“中国式的分权与制衡”，讨论了宋朝理学家所希望建立的“虚君制度”和“宰相治理”，以及“执政（宰相）与台谏”“相制”而不能“相胜”的政体结构。而吴先生更进一步的创见，则是提出了宋代具有“史上独一无二的‘立法民主’机制”，而且有了明显“法治的意识”和“司法独立”的见解，甚至也已经建立了“独立审判”的制度。吴先生因此认为，所有关于“宋代君主专制得到强化”的论断，都是不能被认同的。

为了不至于误会了吴先生的意思，笔者再三读了吴先生的这篇文章。这篇文章的好处，是有论有据；但不足的地方，是对论据的误读；而误读的根源，则在于对“专制”一词的误解。

## 吴钩笔下的宋朝故事

以下是吴先生所讲的四则宋朝故事。

第一个故事。宋初，范质等三位宰相同日辞职，太祖于是任命赵普为相。但诏书没有宰相签名副署，不具备法律效力。太祖说可以由他来代为副署。赵普认为，这是宰相的事，不该皇帝来做。最后，由同平章事（宰相官衔）、开封府尹赵匡义签名副署，太祖才签发了任命诏书。

按宋朝的规矩，皇帝的命令，凡是由中书（相府）执行的，概由中书按皇帝指示起草诏书。其程序是：宰相从皇帝那里接受指示（取旨）；命中书舍人（相府属官）按皇帝的指示依式起草诏书；再由宰相在诏书上签名副署；然后呈交皇帝签名生效。可见，吴先生所谓宋代“诏书表达的通常就是政府的意见，皇帝只是照例批准”，“诏书没有宰相副署，不具备法律效力”的讲法，无非是把相府的工作程序当成决策程序，完全是由于误读所致。

第二个故事。神宗因为陕西用兵不利，下令将一名转运使处斩。宰相蔡确认为，这会坏了宋朝不杀士人的规矩，不同意杀。而门下侍郎章惇，则以“士可杀，不可辱”为据，连神宗要将此人刺面流放的旨意也坚决反对。

他还告诉神宗："如此'快意'事，不做得也好。"

蔡确坚持的是"祖宗家法"，章惇强调的是士大夫尊严。二者都是以宋朝的"文治"理念为依据的。忠臣谏诤，明君纳谏，是中国人历来强调的政治传统。做臣子的维护祖宗家法和文治理念，谏止皇帝的任意胡为，显然与宋朝是否专制无关。将这样的故事，作为宋朝不是专制王朝的证据，又不知是出于怎样的一种误读。

第三个故事。陪孝宗下棋的赵鄂向孝宗要官。孝宗惮于外廷的阻挠，就让赵鄂自己找外廷官推荐。赵鄂找到"恩公"中书舍人葛邲相求，但遭拒绝，说哪怕是皇帝降旨，也照样要驳回。

宋朝封官，虚衔虚职泛滥。官员只有受皇命"差遣"，才真正有职有权。赵鄂因为陪孝宗下棋，获得了"武功大夫"这一中级武衔，和"浙东路钤（即钤辖）"这一地方警备官虚职。对于一个棋手来说，待遇已经不低。凭技艺得官，属伎术官一类，按规矩也只能得到武职。太祖、太宗时，以一技之长行走于宫廷的伎术官，近水楼台先得月，由武职迁任文职的事很多。后来，真宗曾下令禁止伎术官像京官那样考核升迁，仁宗也曾下令禁止伎术官请托辅臣和宗室荐举为行政官。这两条，估计都与伎术官多有由武职转文职有关。鉴于汉唐之失，宋朝对外戚和宦官限制得很严。此类对伎术官的限制，用意也无非如此。赵鄂估计也是想迁任文职，以便有机会得到"差遣”。但孝宗让赵鄂找外廷官推荐，更像是一种婉拒。记载此事的张端义，就称赞孝宗：“非特处君子有道，虽处小人亦有道也。”而葛邲坚持“祖宗家法”，固然是为官的本分；但从他称赵鄂为“我家里人”，也不难看出还有避嫌的意思。总之，以这样的例子来说明皇帝“不敢私自封官”，也还是出于误读。

第四个故事。给事中谢深甫，每每敢于缴驳光宗提拔近臣的私旨；中书舍人楼钥，对光宗不合法度的私旨同样“缴奏无所回避”。

吴先生讲这个故事，还是要说明宋代皇帝不能任意提拔官员，而且皇帝必须尊重臣下缴驳的权力。虞云国在其所著《光宗传》中指出，韩侂胄因为是嘉王（后来的宁宗）夫人的曾叔祖，“短短四年竟升迁了二十七年磨勘（历练与政绩考察）才能达到的官阶，光宗还准备超授他四阶，又相当于二十年的磨勘转迁，后因给事中尤袤缴驳才作罢”；而品行为人所不堪的耶律适嘿，光宗任命他为承宣使，“给事中尤袤一再缴驳，光宗以御笔宣谕他书行”，即签字同意，尤袤只好照办了。尤袤是光宗做太子时候的旧僚，曾因讽谏光宗不要任用私人而被逐出京城，他的上奏也曾被光宗撕碎泄愤。尤袤后来积忧成疾，上表光宗，请求致仕，光宗也不予理睬。可见，在皇帝能否任意提拔官员，是否尊重臣下封驳之权的问题上，并不存在不可逾越的制约。这两个例子，正好可以用来反驳吴先生的误读。

## 宋朝专制的制度化水平高于汉唐

我们所说的中国古代的中央集权制度，其集权的最显著特点，就是皇帝的专制。由秦到清，二千年间，中央集权制度的不断强化，就是以强化皇权专制为核心的，其特点之一就是越来越理性化。这个“理性化”，从制度设计来说，就是使集权、制衡与监督机制不断完善；从对皇帝的政治品格的要求来说，就是使他纳谏而不是拒谏，以及近君子而远小人；而对于大大小小的官僚来说，就是从制度约束和教育入手，使他们不忘忠君爱民。在这个理性化的过程中，以汉唐与宋相比，前者专制的制度化水平较低，皇权受到的制度约束较少；而后者专制的制度化水平较高，皇权受到的制度约束较多。由汉至唐，因为皇帝所受到的制度约束较少，所以就出现了诸如皇帝与外戚、母后、宦官、膏粱子弟（如西晋司马氏诸王）“共天下”的问题。这些都是由于皇帝可以任意将权力赋予他人，却收不回来造成的。

宋朝是非常重视皇权专制的理性化的。如上面所讲的第一个故事，其中有过这么一个细节。当时有人建议效法唐朝甘露事变之后，因宰相缺席，而让尚书仆射（尚书省的副长官）“奉行制书”的“故事”。但反对的人说，这种事情发生于“非承平之时，不足为据”，因此提议由“同平章事”的赵匡义来“副署”，以完成正常的工作程序。这样的细节说明，宋朝士大夫非常重视程序和原则，对于决策和行政上的“权宜之计”对制度的破坏性抱有高度的警惕。这正是专制集权制度愈趋理性化的反映。而上面讲的另外三个故事中所强调的“祖宗家法”，也都包含着强烈的按制度办事的理性化特征。

从具体的制度设置而言，宋朝的专制集权有这样几个主要方面：一是把军、政、财权都收归中央；二是将内、外廷行政系统分权制衡与监督制度进一步完善；三是科举选官制度的普遍实行；四是对恩荫的严格限制。对于这样的理性化，宋朝君臣自有种种不同的表达方式。如宋太祖所谓“宰相须用读书人”；北宋宰相文彦博所说，是皇帝“与士大夫治天下”；南宋高宗则谓，宋朝“设科取士，本欲得贤以共治天下”。显而易见，这是一种基于“文治”理念的理性化。一方面针对的是五代“国擅于将，将擅于兵”的局面；另一方面针对的是皇帝与外戚、母后、宦官、膏粱子弟“共天下”的问题。在这一理性化的制度创建过程中，宋朝的行政、军事、财政和监察等中枢权力，都分别集中于皇帝。所谓“权在人主，下无专政之嫌”；“朝廷以一纸下郡县，如身使臂，如臂使指，无有留难，而天下之势一矣”；“一兵之籍，一财之源，一地之守，皆人主自为之也”。

## 君权主导下的分权制衡

强化皇帝的专制集权，这是根本前提。至于理学家的“虚君”共识，即便有，也不过是一厢情愿。富弼反对神宗事事亲批，说哪怕每件事批得都对，也不符合为君之道；何况总也会有批错的，日积月累就是一大堆。他特别提醒神宗，正当变法之时，皇帝应该洞烛小人趁机生事的本性。他这里讲的是“为君之道”，是人君南面之术，而不是什么“虚君”。即凡事让臣下去做，错了当然都是臣下的错，皇帝心里想什么，臣下并猜不透。如果事事亲力而为，皇帝心里想什么，臣下都了如指掌，小人就有机会夤缘作奸。皇帝如果出错多了，不仅会丧失“神圣”的权威，也等于是授人以柄。而陆九渊所谓“不参以己意，不间以小人”，无非是说君王不要暴露自己的好恶，也不要被小人所蒙蔽，讲的也是人君南面之术。只不过他认为这样反而可以使臣下做起事来不受束缚，尽心尽责。中国的古人，讲人君南面之术，总是讲“垂拱”，讲“无为”，其实都是讲君王不要把自家的心思暴露在臣子面前。讲得更甚的，就是“以其昏昏，使人昭昭”。是说人君装糊涂，放手让臣子们去说去做，才能洞烛臣子内心的想法。诸如此类的问题，张舜徽先生的《周秦道论发微》，早已讲得清清楚楚。看到要君王“垂拱”“无为”这些词儿，就以为是“虚君”，实在是太不切实际了。

关于宋代的相权，吴钩先生引用了《宋史·职官志》“佐天子，总百官，平庶政，事无不统”，以及《宋会要·职官》“掌邦国之政令，弼庶务，和万邦，佐天子，执大政”的说法，以说明相权虽然被多个机构分割，但宰相所统率的政府，权力并不亚于汉唐，只不过相权本身是被分散了。我们权且不讨论这样的表述在逻辑上是否有欠通处。问题的关键在于，宋朝仅仅是宰相对皇帝负责，还是宰相、枢密使、三司使（掌盐铁、度支、户部）分别对皇帝负责？事实上，北宋大部分时期，宰相、枢密使和三司使，互不统属，各自独立对皇帝负责。其时，中书省与枢密院称“二府”，对掌文武；而三司称“计省”，独掌财政。“元丰改制”之后，三司撤销，财权统归户部，置于宰相的控制之下。但宰相的权限固然扩大了，同时也加强了副相（参知政事）与宰相的分权。到了南宋，宰相或兼枢密使，又获得了处理部分军政的权力，但也使副相与枢密院副使互兼。这种做法，固然是出于宋金战事的需要，也是为了限制和防范各军事将领势力的膨胀。所以，表面上是宰相权力的扩大，实际上是新形势下保证皇帝继续专制集权的举措。由此看来，说宋朝宰相“事无不统”“执大政”之类的话，其实都有些说过了头；只有“佐天子”三个字，是说得准确的。总之，在宋代，皇帝控制政府的方式与汉唐有很大不同，宰相的权力范围与汉唐也不一样。

吴先生还以宋代台谏对皇权和相权的制约为例，来说明宋朝政体的“二权分立”，即君权与相权的分立，以及政府与台谏的分立。这显然也是错误的。关于君权与相权的分立，吴先生的证据，一条是讲“权归人主，政出中书”，一条是讲君臣“各有职业，不可相侵”（朱熹语）。可是这两条材料，无非是说要分清权力的性质，使君相各司其职。尤须指出的是，所谓“政出中书”，其合法性，就来自于“权归人主”的制度设计。既然如此，皇权与相权就不是“分立”的，而是从属关系、主从关系，是行政权从属于而不是独立于决策权的关系。

而吴先生所谓“政府与台谏的分立”，程度也非常有限。关于宋朝宰相有权任免台谏官，史书有清楚记载。惟其如此，宋代台谏官迎合宰相的事情，十分严重。如南宋宰相韩侂胄专权，而“言路皆侂胄党”，于是“台谏迎合侂胄意”，纠举“伪学逆党，得罪者五十有九人”。台谏官迎合韩侂胄，说到底，就因为他是宁宗皇帝的宠臣。虞云国先生在《宋代台谏制度研究》中，论证了宋代台谏制度的设立，虽有监察君主失误的用意，但“台谏监控机制中君权的独尊，与分权制衡的立法精神是根本冲突的”；“君权的失误便为相权染指并进而控制台谏系统开启了方便之门”的问题。虞先生认为，宋代君主、宰相和台谏的分权制衡系统，仍是以君权的独尊和主宰为前提的。对于这样的事实，吴先生一概不予注意，津津乐道于宋代“分权制衡”的“精妙”和“优良”，说“君主不要专制，是作为宋朝的一项宪则惯例传承下来的”。这样的一厢情愿，是非常让人遗憾的。

## “防弊之政”意在专制

为了说明宋朝不是一个专制王朝，吴钩先生又大谈所谓宋朝的“‘立法民主’机制”，说宋朝记录帝王言行的《宝训》《圣训》，均为“士大夫的集体塑造”。写得兴起，他又结合宋朝立法有向朝野征求“众人”“诸色人等”意见的程序和方法，有根据“官吏民庶”意见修改已颁布法令的规定，强调宋朝“已建立了一套比较完善的‘立法民主’机制”。他还引述宋人“法者，天子所与天下共也”的话头，认为这就能证明宋朝已出现了“法治的意识”和“司法独立”。

宋人好讲大道理，这样的话自然讲得不少。我们的古人，也从来都是这么讲的。中国历朝历代，皇帝没有不立法的。立法的初衷，也是要人遵守。若说是这样的“法治的意识”，不要说宋人，从来也都是有的。吴钩先生的独特之处，就在于通过汉朝廷尉张释之轻判惊动御驾的乡下人的故事，以及宋人对这一故事的法治意义的讨论，一方面要读者“深入理解这一传统”；另一方还要读者认识宋人在这一问题上的“非凡见解”。

张释之的这个故事很简单。汉文帝坐马车经过一座桥的时候，有个乡下人唯恐“犯跸”，就躲到桥下。等了许久，他以为皇帝的马车已经过去了，就从桥下跑出来，却正好惊到了文帝的马，险些伤着了文帝。文帝一怒之下，把这个乡下人交张释之处理。但张释之的判决，是建议罚金。文帝说自己差一点就被摔着了，这样的判罚太轻。张释之说，如果皇帝当时把这个乡下人杀了，自己这个做廷尉也管不了；但既然交廷尉审判，就只能依法定罪。然后，张释之跟文帝讲了一番法律是“天子所与天下公共”的大道理，文帝听了口服心服。

就这么一个故事，却引得喜欢讲大道理的宋朝人拿张释之开涮：怎么可以说皇帝把人杀了廷尉也管不了呢？吴先生抓住这个问题，引宋人洪迈的话，说张释之这是“启人主径杀人之端”；他还介绍了陆九渊根据“尚书”所谓偶犯，但不是故意的，犯了大罪也不可杀的施法原则，认为张释之的错误就在于没有跟文帝把这个道理讲清楚。他认为，陆九渊在这里阐发的，是“司法独立”的“非凡见解”；皇帝应当接受这些古老而永恒的法理；所制定的法条也应符合这样的法理，司法才能独立，并避免法家的“任法之弊”。但是，在我看来，张释之为天子执法，明确告诉汉文帝廷尉的责任就是依法判决，是很有道理的。他哪里想得到，他的一句加强语气的话，竟成了喜欢讲大道理的宋代士大夫吹毛求疵的口实；他当然更想不到，这样的吹毛求疵，到了吴先生这里，就成了“司法独立”的佳话。吴先生为什么不能想一想，陆九渊所讲的《尚书》上的那条“古老永恒的原则”，若真的实行起来，较之法家的“任法之弊”，必有过之而无不及。西汉的张汤，判案子就总喜欢引经据典，使之符合儒学的教义，却逃不脱“酷吏”的恶名，不就是一个最好的例子吗！

宋朝对内对外，都不是一个进取的王朝，惟于“防弊”上深有心得。此所谓“防弊”，防的就是臣下夤缘为奸，而皇帝不能专制之弊。而吴钩所谓“民主立法”，其实也是宋朝皇帝“防弊”的一种措施，是为皇权专制服务的。所以，不能一看到征求“诸色人等”的意见，就以为是民主立法。征求意见，属于“兼听”，与“民主”风马牛不相及。这里还不妨请教一下吴钩先生，宋太祖篡位之后实行强化专制集权的种种措施，究竟是出于他本人的意思，还是出于宋朝的“士大夫集体塑造”？这个问题，想来吴先生在心里应是问过自己许多遍的。然而吴先生王顾左右而言他，以宋朝政府“权力与汉唐宰相机构并无不同，只不过宰相个人的权力没那么集中”这样的表述，来否认宋初有专制集权措施，以避免与他的宋朝权力运行机制并不专制的论点撞车，不仅文不对题，且失之于掩耳盗铃。邓小南教授在其所著《祖宗之法：北宋前期政治述略》一书中指出：宋代立法原则，就是太祖所谓“以防弊之政，为立国之法”。对于这一立法原则，邓小南引太宗皇帝“事为之防，曲为之制”之语加以解释，道出了有宋一代专制制度的本质和意义。

## 宋朝官僚张咏的“故事”

好在吴先生对于宋人已有“司法独立”的见解不过点到为止。他笔锋一转，就泛泛而谈宋朝的“独立审判”制度。从字面上看，这些审判制度的设立，其“防弊”的功夫做得很细致，也很“独立”，无非是防止官员越权和舞弊，为的就是保证皇权专制。而笔者由这种“独立审判”，自然而然想起一个叫张咏的人来。此人在太宗和真宗时期做官，政绩和政声都很不错。这里，却不妨举几件他做得不堪的事。

张咏任崇阳县令时，遇一村民居然从市场上买菜吃，而不是自己种菜，就断定人家是“惰农”，对人家动用了鞭刑。张咏总是喜欢这样凭推论审案。在崇阳，有一次检查仓库，他发现某库吏左鬓头巾下夹着一文钱，态度还不老实，很蛮横，就以“一日一钱，千日一千，绳锯木断，水滴石穿”为判词，亲自将此人斩于阶下。张咏知杭州时，一个做弟弟的，与姐姐打财产官司。原告的姐夫告诉张咏，岳丈去世时，这个小舅子才三岁；丈人遗命他掌管家产，将来十分之三的家产归这个小舅子，十分之七归他们夫妇。张咏听了即断言，他岳丈深知如果不这样分，这小舅子就会死在他这个做姐夫的人手里，命令他马上将十分之七的财产分给小舅子。张咏后来到益州做知州。在益州任上，据说张咏有一个小簿子，记的都是谁谁谁有怎样的“阴事”“细过”。张咏每次办案前，都要翻开这小簿子“默记”。之后，不是杀人，就是动刑，“不皆究实”。这样的判案，想来也是推论的居多。他甚至还因为私愤杀人。如他手下的一名吏员，因为言语冒犯，他就给人家上了枷。那吏员不服，说“有种你就杀了我，否则就让我永远戴着这枷”。张咏一怒之下，就把这吏员给杀了。还有一则故事，听起来则令人发指。说张咏在官衙，见一军卒与小儿在廊下戏耍。不知怎的，那小儿被惹恼了，忽然怒扯其父。张咏大怒，叫来众人，说益州人好犯上作乱，都是习俗使然；幼儿已如此，等长大了怎么会不造反呢？然后，竟把这个小孩儿杀了。

按宋朝的法律，知县有权对人用刑，却无权杀人。张咏在崇阳擅杀库吏，曾上书“自劾”。“自劾”的结果虽不得而知，但肯定没有受到什么重罚，料想他自己也不认为触犯了重禁。而他后来到益州去做知州，因为得到“便宜从事”的授权，就敢于凭推论断案，大开杀戒，甚至因私愤而杀人，亦不惜以残杀幼童来震慑大乱（王小波、李顺造反）之后的蜀地民心，却实实在在地反映了皇帝授权之下的“专制”性质，以及这种“专制”所可能达到的暴烈程度。这些听来让人不堪的“故事”，可都是在吴先生所谓的“独立审判”之下发生的。

## 专制不是无法无天

中国历史上的专制主义，是在春秋战国时期逐渐形成的。而在秦汉三国两晋南北朝隋唐五代，这种专制主义逐渐地摆脱自身的非理性化倾向，而趋于深入地转向理性化。可以认为，理性化是历史上君主专制主义政治发展的必然趋势，而君主专制必然以其自身的理性化为目标。总之，专制要想能够有效、持久，就必须是理性化的，而不是无法无天的。一位法国的历史学家，对于欧洲近代新专制主义的兴起，曾这样写道：“王权是神圣的，它是仁慈的。它是专制的，它是合乎理性的。”这与中国专制主义制度下君王的追求并无二致。

而吴钩先生心目中的专制，即皇帝完全不受约束的“专制”。很难想象，完全不受约束的皇帝专制究竟是怎样的。我们在宋以前的中国历史上看到，皇帝所受到的制度约束越少，则来自于诸如外戚、母后、宦官或膏粱子弟专权乱政的事情就越多。这些问题的发生，都是由于皇帝将权力赋予私人，却不能收回而造成的。宋朝的太祖、太宗对此看得很透，“以防弊之政，为立国之法”，“事为之防，曲为之制”，在整个国家制度的设置上强调“使臣下无专制之私”，以保证专制之权收放自如。虞云国指出："前代治乱的经验教训，渐趋圆熟的统治思想，再加上政治制度的自身演进，促使宋代统治者迈出了分权制衡的重要一步"；但它的前提必须是"以君主为主导"的。然而，因为"与士大夫共天下"，宋朝也出现过许多"与奸臣共天下"的局面。其实，这种情况在之前的朝代，又何尝少见。宋代"分权制衡"的结果，无非是诸害取其轻。所以，关于宋代的"分权制衡"，或许应该更加注重的，是皇权的主导和专制与这种"分权制衡"之间的关系。但是，我们的吴钩先生却相信，凡是不让皇帝及其臣僚越权违制的种种制度约束，不是"虚君"，就是"中国式的分权与制衡""立法民主""法制的意识"和"司法独立"精神。就这样，他把他的这种误解，赋予了他所精心挑选的那几个宋朝故事，从而发现了一个他理想中的并不专制的宋朝。

# 美化商鞅变法有违史实

作家孙皓晖的小说《大秦帝国》第一部，以《黑色裂变》（以下简称《裂变》）为题，用了上下两卷的巨大篇幅，对商鞅和商鞅变法作了尽情的讴歌。很可惜的是，作者对历史的态度是虚无主义的，完全无视历史的真实性。小说作者无非是要向读者灌输这样一种历史观：秦是中华文明的正源；秦的强大是由于商鞅变法；商鞅变法贯彻的是法家的治国理念；所以，法家的治国理念是最优秀的。小说的作者为了宣扬他的这种历史观，对有关商鞅和商鞅变法的历史，作了全面的篡改。

## 一、对商鞅个人经历的篡改

《史记》上说，商鞅由魏入秦，因为景监的推荐，才得以见到秦孝公。景监是什么样的人呢？是个阉宦。但是，《裂变》的作者为了使商鞅的伟大形象无可挑剔，不仅要把景监的阉宦身份隐去，还要把他描写成一个了不起的人物。在《裂变》中，景监在秦孝公继位前，已是打了十几年的仗的“前军副将”了，而且是他为秦孝公发现了商鞅这样一位杰出的法家，他自己也成为秦国变法的主要支持者。总之，商鞅是一个高大全的人物，推荐商鞅的景监也必须完美无缺。

对于商鞅对秦孝公先讲“帝道”，“帝道”讲不通又讲“王道”，“王道”讲不通再讲“霸道”的历史事实，《裂变》的作者也予以否认。他说商鞅对秦孝公讲“帝道”和“王道”（作者统称为王道），都是为了试探秦孝公，看看他是否与自己的政见一致；若不一致，他将毅然决然地离开秦国。《史记》上记得很清楚，商鞅在发现秦孝公只对“霸道”感兴趣时，对景监说：“帝道”和“王道”的实现，需要很长久的时间，秦孝公等不及；只有讲可以速效的“强国之术”，才符合秦孝公的心意，但秦国从此不会有殷、周那样的成就了。对这样重要的历史事实，《裂变》的作者根本弃之不顾。他无非是要把商鞅塑造为一个信念坚定的法家，而非班固所说的“挟三术以钻孝公”的投机者。

变法初期，商鞅曾于一天之内，就在渭水边处死囚犯七百余人。这些人具体犯什么法，史载阙如。《裂变》的作者却说，他们都是因为私斗才被处死的。而更为荒唐的是，《裂变》的作者说，那些私斗的主犯，在即将行刑的时候，竟然大喊："秦人莫忘，私斗罪死耻辱！公战流血不朽！"而其他犯人也都"挺身而起，嘶声齐吼：'私斗耻辱，公战不朽！'"于是，"四野山头的民众被这闻所未见的刑场悔悟深深震撼，竟然冲动地跟着喊起来：'私斗耻辱，公战不朽！'"鉴于死刑犯们均已认识到自己是罪有应得，商鞅收回不允许家属"活祭"的成命，下令："临行悔悟，许族人祭奠，回故里安葬。"这样一来，那些犯案者的家属，"冲进法场，大哭着向高台跪倒，三叩谢恩"。

制造一个私斗的罪名，来为商鞅的滥杀开脱；还要编一个故事，说那些被处决的人，临刑前都已认罪伏法；连罪犯的家属们对商鞅允许他们"活祭"临刑的亲人，都感恩戴德。更有意思的是，《裂变》的作者就此写到，商鞅对那些死刑犯家属的"三叩谢恩"很厌恶，说："人犯临刑悔悟，教民公战，略有寸功。祭奠安葬，乃法令规定，卫鞅有何恩可谢？今后不得将法令之明，归于个人之功，否则以妄言处罪。"这一方面是要表明，商鞅在执法问题上，完全是大公无私的；而另一方面，则是在为商鞅后来惩制不同政见者作辩护。

《史记》上说，新法施行的第一年，反对的人很多；商鞅遂以太子犯法为由，对太子傅公子虔施以刖刑，对太子师公孙贾施以黥刑，因为这些人都是反对变法的；这样一来，"秦人皆趋令"了。钱穆先生认为，这件事发生的时间有问题。因为按年龄推断，变法实施之初，太子（约生于公元前356年）尚幼，根本还没有能力犯法。《史记》上还说，公子虔后来又因为“犯约”，而被处以劓刑。钱穆先生推断，所谓公子虔因太子犯法而受刑，应该是这一次。但这一推断仍是有问题的，兹不论。问题在于，《裂变》的作者在采纳了钱先生的说法之后，竟编造了一个有关太子在封地滥杀无辜的情节。这样一来，对太子傅公子虔和太子师公孙贾用刑，都是他们罪有应得，而与他们是否反对变法无关，因为“秦法是诛行不诛心”的。不仅如此，《裂变》的作者还将公子虔说成是变法的主要支持者，并赋予他一个非常尊贵的身份——秦孝公同父异母的哥哥。惟此，商鞅又被塑造成为一个执法不论亲疏的人物。

对于商鞅利用自己与魏军主帅公子卬的旧交，骗公子卬前往秦军大营议和，将公子卬俘获，而后对魏军实施偷袭，将其全歼的毫无信义的历史事实，《裂变》的作者一概予以否认，并刻意设计了这样的战争情节：魏军主帅公子卬写信给商鞅，请他到魏军大营议和，决计在商鞅不同意退兵时，当场将他擒杀，然后一举击溃秦军；而商鞅则将计就计，引公子卬率军进入伏击圈，明确告诉他自己从来不耻于跟像他这样的人为友。有趣的是，当秦国收复河西，把被俘的公子卬释放回国时，商鞅对公子卬说：“告诉你一个秘密。你我只是相熟，不是朋友，更非挚友。卫鞅放你回去，只是因为有你当权，对秦国有好处。记住这个秘密。”篡改历史，还这样“幽默”，实在让人绝倒。

秦孝公死，公子虔等人告商鞅谋反，惠文王下令逮捕商鞅。在逃亡途中，商鞅连住宿都找不到地方，因为按照新法的规定，旅舍如果容留没有住宿证明的人，是要坐罪的。为此，他不禁感叹道：自己制定的法令，竟让自己不堪到如此地步！不得已，他又逃往魏国（魏此时仍保有河西部分地方）。但魏国人拒绝接受他，并不许他借道魏国逃往别的国家。走投无路之下，商鞅再返秦国，回到自己的封邑，发动自己的徒属和邑兵造反，结果兵败身死，尸首被车裂，而且满门抄斩。对这些历史事实，《裂变》的作者也一概不承认。在他的笔下，商鞅自始至终都不曾造反，而是挺身前往咸阳，自投罗网，决心以自己的死，来平息那些反对变法的世族的仇恨，并且暴露他们；同时，也是为了使新君惠文王能够树立起威望，使变法事业得以平稳地继续下去。作者还说，当商鞅被客栈拒绝留住时，竟仰天大笑，认为“新法如此深入庶民之心，也不枉了二十年心血。……他心里踏实——法令能超越权力，意味着这种法令有无上的权威和深厚的根基。要想废除新法，便等于要将秦国的民心根基与民生框架彻底粉碎。谁有此等倒行逆施的胆量？”在作者的笔下，商鞅已脱胎换骨，从一个投君王所好的战国策士，变为“苟利国家生死以”的志士仁人了。

## 二、对商鞅变法的毫无历史根据的美化

我们再来欣赏一下，看看《裂变》的作者究竟是怎样美化商鞅变法的。

对于商鞅变法，《裂变》的作者主要强调的是两点：一是实行军功爵制，一是废除井田制。作者认为，变法的这两项措施的进步意义，一是使原来的奴隶（或称隶农）改变了身份，成为自由民，而且可以凭借军功获得上升的机会；二是促进了社会生产力的发展，起到了富民强国的作用。而实际的情况是，按照这一军功爵制度，战士斩获首级越多，不仅获得的爵位越高，还可以按爵位获赐耕地和力役；爵位达到一定等级之后，还能“赐邑”“赐税”，并允许拥有一定数量的仆役；不同级别的军官，则按所率军队斩获的敌人首级数量赐爵授官。显然，在这样的制度设计之下，有人会因为战功而获得爵位，以及耕地和劳动力，必也有人会成为被奴役者。《荀子》上说，在秦国，士兵斩获“五甲首而隶五家”。可见，这种军功爵制度，实际上就是一种军功奴役制；商鞅本人，就是这种军功奴役制的绝大受益者；他造反时所用的“徒属”，其中的绝大部分，一定是来自于他所拥有的隶户。

另一方面，由于军功爵制度的存在，只要战争仍在继续，并不断取得胜利，耕地和劳动力的封赏就不会停止。

在这种情况下，“井田制”固然被废除了（秦国究竟有没有井田制，还是个问题），惟军功奴役制度仍在发展，绝不可能出现如《裂变》的作者所说的那种情况，即原先的奴隶（隶农）都从变法中得到了自由之身，并且是从新的土地制度中获益最多的阶层。在小说中，作者甚至借一个名叫黑六的农人之口说道：“上天哪，上天，黑家九代为奴，给人当了三百年牛马。今日，我黑六有自己的地了，五百亩！天哪，天，你老人家有好生之德，差遣左庶长秦国变法，奴人有了自由身，穷人可吃饱穿暖咧。求上天赐福左庶长大人寿比南山、永作农人的守护大神哪！”作者说：“这些昔日的隶农除去了隶籍，有了自己安身立命的土地财富，又和宗主户分开村落居住（指搬进了新村庄），身心在陡然间完全摆脱了束缚，获得了自由，第一次尝到了挺直腰杆做人的味道，其兴奋激动之情自然要狂放地发泄出来。”

实际上，商鞅的变法，无非是步战国时期各国变法的后尘，把社会生产和组织纳入军事化轨道。在这一过程中，虽然社会生产力是发展了，但人民受剥削和压迫的程度也极大地加深了。早在商鞅变法之前，秦国就实行了履亩而税的制度（初租禾）。这一制度，就春秋战国的通例而言，就是国家对所有耕地一概征税；而税率的不断提高，则为其中的应有之义。商鞅所谓的“废井田”，无非是重新确定亩积，规定人户占有土地的数量，从而确定统一的税率，以强化国家对土地的税收。但是，“废井田”之后，商鞅很快又颁布了一个缴纳新税种的命令：“初为赋”。商鞅的“初为赋”，按人头或户缴纳。秦谣曰：“渭水不洗，口赋起。”意思是说，渭河边上冤死者的冤屈未洗，而口赋又来夺人性命了。

田租和口赋，再加上各种军事名目的力役，秦国百姓所受的剥削是非常重的。董仲舒说，秦自商鞅变法后，征发百姓的力役、田租和口赋，几十倍于古。他说的，并不全然是商鞅变法时人民所受剥削已经达到的程度，却也足见当时百姓受剥削程度的加深。商鞅变法，大的改革先后两次。第一次变法的主要内容，一是编制户口，实行邻里告奸和连坐制度；二是强迫成年的兄弟分户，实行小家庭制；三是奖励耕织，打击“疲民（懒汉）”，重农抑商；四是禁止私斗；五是实行军功爵制度，取消贵族的某些特权。这些变法，在一定程度上有利于社会治安，有利于促进农业生产，有利于国家税收，有利于军事上的强大，是毫无疑问的。司马迁说，这次变法，“行之十年，秦民大悦，道不拾遗，山无盗贼，家给人足。民勇于公战，怯于私斗，乡邑大治”。

但是，这样的变法，带来问题似乎更大。以上已指出了军功爵制度的问题。至于抑商，无非是压制私商，而由国家来垄断商业利益。董仲舒说，商鞅变法之后，秦的盐铁之利大大高于古代。这无疑是国家向人民高价销售铁盐的结果。而强迫人民分家，一经成为风俗，则“民忘六亲，而父子相亲，兄弟相爱，患难相保之风亡矣”！更让人不堪的是，父亲用了儿子的农具，儿子竟自以为是施惠；母亲用了一下儿子的畚箕和扫帚，儿子甚至出言不逊。还有邻里之间的告奸和连坐，更不可避免地助长了诬告之风和特务政治。“贪戾、好利、无信，不识礼义德行；苟有利焉，不顾亲戚兄弟，若禽兽耳。”这是商鞅变法之后所逐渐养成的秦地风气。像这样的变法，或可使人民短期内受益，却一定是贻害无穷。

商鞅的第二次变法，主要是两条：一是实行县制，二是“为田开阡陌封疆”。实行县制，其实就是在国家控制方面，实行集权和官僚化统治。这个问题，本文不作讨论。而“为田开阡陌封疆”，就是《裂变》的作者所强调的“废井田”，它的实际作用前面已经讨论过了。根据上述的讨论，可知到了第二次变法时，所谓“秦民大悦”和“家给人足”的情况，都只是昙花一现，已经不复存在了。司马光作《资治通鉴》，在引用太史公的这一记载时，把“秦民大悦”和“家给人足”这几个字统统删掉，恐怕也是觉得这种昙花一现的东西，不符合商鞅变法后秦地人民总的生活状况。

《裂变》的作者，还设计了商鞅临刑时的场景。只见那刑场之上，四野人海都呼叫着：“商君万岁！新法万岁！”让人觉得，商鞅简直就是一个人民领袖。就在这样的群情激荡的气氛中，商、於十三个邑的代表，在商郡的郡守和所属十三个县的县令带领下，抬着祭品，拿着乐器，在刑台前跪成一圈，举行了“活祭”商鞅的仪式。他们甚至在祭奠商鞅时，举起了刻有“万古法圣”的匾。刑场上，有万千人为商鞅送行。送行的人中，居然还有上大夫景监、国尉车英这样的高官，真是让人不可思议。“商君商君，法圣天神；忠魂不灭，佑我万民；商君商君，三生为神；万古不朽，刻石我心。”这样的颂歌，传遍了刑场。

读着这样的文字，不禁使人惘然而不知所在。一个为秦朝制定严刑峻法的人，居然被赋予“万古法圣”的尊号，还被赞誉为“法圣天神”，而时代已进入了二十一世纪。这难道不让人感到震惊吗？商鞅立法的精神，是轻罪而重刑，以达到“以刑去刑”的效果。所以，连弃灰于道路，都要受黥刑。在这样的“法治”之下，人们只能是动辄得罪。这样的“法治”，哪怕它真正做到了在法律面前的人人平等，也不可能达到“以刑去刑”的效果的，反而会逼得人无所不为。

## 三、过把瘾就好?

秦末起义时，有一句十分流行的话，就是“天下苦秦久矣”。这个“久矣”，当然不仅是指自秦统一之后，也是指秦的整个统一过程。这样的指责，当然有它的不公之处：列国争霸，天下的人民尽受其害，怎么可以都归罪于秦呢。然而，秦确乎是当时各国中，组织得最好的一部战争机器，因此能从战争中掠夺到最多的土地和人民；而它的暴政，给六国人民带来的痛苦，也是最为深重的。

但是，秦的统一是短命的。大一统对于秦来说，不过是“过把瘾就死”。兼并战争打到这样的程度，以至于只能以掠夺更多的土地和人民来继续维持；而当统一完成，要想以种种制度上的施为，来维持这样的统一时，秦朝就感到力不从心了。反秦起义中的一些著名人物，如刘邦、项梁、项羽、张良、张耳、陈馀、英布、彭越等，都是“盗贼”。他们或出没于深山大泽，或藏匿于闾巷民间，秦朝的军队却拿他们毫无办法，邻里告奸和连坐制度似乎对他们也无可奈何。有这样一件事：一次在东郡，有人在一块陨石上刻了“始皇帝死而地分”几个字，官府却始终查不出个究竟，秦始皇竟下令将住在那块陨石附近的“黔首”一概杀了。可见，大一统之下，法家的那一套严刑峻法，虽说很强势，其实也很无能。

秦朝的统一，在大的方面做了很多便于统治的文章，耗尽了天下的人力和物力；而一点小事，仍足以使它崩溃。陈胜、吴广的起义，不过就是因为戍卒误期不能及时到达服役地点，却要被判处死刑而引起的。把国家改造成为一部战争机器，对于掠夺他国的土地和人民，以及灭人之国或许有用，但对于治理天下就完全不够用了。那个时候的战争，说到底，就是君主与君主之间的战争。占据了人家的国土，俘获了人家的君王，这个国家就算是消灭了。但是，要使天下百姓心悦诚服，再强大的战争机器都是无用的。所以，只看到秦的“大一统”，而看不到它的“短命而亡”；欣赏它的“过把瘾”，却无视它的“就死”，觉得“过把瘾就好”，那真是太可悲了。

在某种程度上，当商鞅的变法把秦国成功地改造为一部战争机器时，秦国的扩张性其实已变成一匹脱缰的野马；而战国时期的各大国，在这种扩张性方面，虽不及秦国来得强烈，性质上也是相同的。秦最终灭掉六国而统一天下，无非是它在军事扩张能力上强于六国。这样的制度优势，有利于战胜敌国，却并不利于维持统一。研究秦朝的历史，不能只强调它的“大一统”而“过把瘾”，更重要的是要探究它的“短命”而“就死”。明朝刘基把自秦以来的国家控制社会的方式，概括为“以力聚之”，说它犹如“以手抟沙，拳则合，放则散”，这是非常值得重视的。不能因为自秦以来中国有两千年的“秦政”，就觉得秦朝的统一有多么的了不起。两千多年来，人们总结“其兴也勃，其亡也忽”的历史，不也总要大讲秦亡的教训吗？

中国历史上的统一，有三代的模式，也有秦的模式。就总体而言，统一是中国历史中的一种趋势，但采取怎样的方式更有利于统一，才是具有实际意义的历史问题。比较而言，后来汉朝的大一统，较之秦朝的，就要巩固得多。这在很大程度上，是因为它吸取了秦亡的教训，特别是吸取了秦朝的“网密而刑虐”的教训。但是，就是这种“过把瘾就好”的感觉，竟使《裂变》的作者，对秦的统一推崇备至，把商鞅其人和商鞅变法都说得无比完美。这样的讴歌，如果是基于历史事实，或可以认为是历史观的不同，而另当别论。可惜的是，作者完全是用“虚构的事实”，来赞扬商鞅及其变法的；所根据的，是没有商鞅变法，就不会有秦的统一这样的推论；而更进一步的推论，则是只有秦国才适合于商鞅变法。作者因此认为，在“秦帝国兴亡沉浮的五百多年中，华夏文明历经了千锤百炼而炉火纯青，具有无可匹敌的独立性和稳定性。秦帝国时代创造的原生文明，使中国人在两千多年中历经坎坷曲折而没有亡国灭种”；“帝国所编织的社会文明框架及其所凝聚的文化传统，今天仍在规范着我们的生活，构成了中华民族的巨大精神支柱”，所以，我们“还得感谢大秦帝国，我们那伟大原生文明的创造者”。

中华文明源远流长。要说明中华文明的原生性，不是通过这种简单的推论就可以达到的。文学的表现，若因为有了这么一个“大一统”，就认为商鞅及其变法，一切都是那样的尽善尽美，而把真的说成是假的，用虚构的故事来掩盖真实的历史，把“过把瘾就死”变成“过把瘾就好”，真是十分荒唐可笑的事。在历史小说的创作中，文学的虚构不是虚假，必须符合历史的实际，才具有真实的意义和感人的力量。否则，这样的文学创作，不仅是在篡改历史，也失去了文学的意义。

# 宋襄公的历史价值

自公元前770年平王东迁，史称“东周”。周室东迁之前，周族已陷于“部落解体”；平王东迁，只有亲信的七姓跟从，实力仅相当于中等诸侯；故天子名义虽存，但号令天下的实力已经丧失。从那时起，诸侯交相攻伐，争为霸主，成为历史的主旋律。

孔子说：“天下有道，则礼乐征伐自天子出。天下无道，则礼乐征伐自诸侯出。”这里，“礼乐”指的是上自周天子和诸侯之间的尊卑等级，“征伐”指的是发动战争的权力。在孔子看来，春秋之世，不仅“天下无道”；在各诸侯国内部，“礼乐征伐自大夫出”，甚至“陪臣执国命”，也都是“无道”。然而，恰恰是在这样一个“无道”的时代，竟出了个一意争霸，却又甘为“仁义”而亡的宋襄公，这未免让人觉得有点不可思议。

## 一、胜利不能违背仁义

事情当然要从宋、楚泓之战讲起。

《左传》记载，宋襄公率军与楚人战于泓水之畔。当时，宋军已经摆好了阵势，而楚军还在渡河。由于双方兵力悬殊，司马子鱼建议宋襄公趁楚军渡河未毕，抓住这个以少胜多的机会，立即发起进攻。但是，宋襄公却不为所动，眼看着楚军安然渡过泓水。子鱼又请求宋襄公趁楚军尚未来得及排兵布阵，挥兵掩杀过去。宋襄公仍不同意，非要等到楚军排列停当，才发出进攻命令。

这一战，宋军大败，宋襄公的护卫统统战死，宋襄公的大腿也严重受伤。打了大败仗，"国人"把一切归咎于宋襄公。宋襄公却认为，君子打仗，对已经受伤的人绝不再伤，也绝不俘虏头发已花白的人；而古人用兵，也绝不阻敌于险隘之地，他也不能乘人之危，进攻没有布置好战阵的敌人。战败之人，还有这么一番说辞，可见是非常"顽固不化"了。子鱼听了宋襄公的高论，也发了一通关于战争的议论。但那一通议论，对于宋襄公来说，都不过是对牛弹琴了。

这则关于宋襄公"蠢猪式的仁义道德"的故事，千百年来为人们耳熟能详。宋襄公因为"仁义道德"而犯"蠢"，也绝非仅此一事。在宋、楚泓之战前，公元前639年，宋襄公曾经要求楚国同意，以宋为盟主，在宋国鹿上（今安徽阜南以南）会盟。宋不过是一个中等诸侯。与之结为一党的，只有卫、邾、许、滑等小国。而以楚为首的楚、齐、鲁、郑、陈、蔡、邢、狄等国，则是一个强大的集团（童书业语）。实力如此悬殊，却想成为诸侯盟主，的确是有点异想天开。当时，有个叫臧文仲的人，就嘲笑宋襄公的“欲和诸侯”，是凭空要别人来顺遂自己的心愿（“以人从欲”），很少有成功的可能。但是，楚国却出人意料地同意与宋襄公会盟。子鱼对宋襄公说：“小国而要争当盟主，必遭祸殃。宋是要亡国了！仅仅打败仗，那还是幸运的。”

会盟的地点，最终确定为盂。子鱼预言：宋国的灾祸，一定就发生在盂这个地方。他知道宋襄公太想当这个盟主了，没有什么能阻止他前去会盟，因此建议宋襄公以兵车护卫。宋襄公却表示，自己既然已与楚国“约以乘车之会”，就不能带军队去；如果发生不测，那也只好让自己做的事把自己毁灭（“自我为之，自我隳之”）。结果，子鱼不幸而言中。楚国果然伏兵在盂，绑架了宋襄公，并以宋襄公为人质，兵临宋国，要宋国投降，否则就杀了宋襄公。好在宋国坚决拒绝了楚国的威胁。楚国也知道，杀宋襄公起不了什么作用，就把宋襄公释放了。

这件事发生在宋、楚泓之战之前。按说，对于楚人的“强而无义”，宋襄公已有足够的领教，泓之战时不应再对楚军手软。毕竟，要想称霸，就必须在战争中争取胜利。但当时的问题是，宋国的实力实在有限，宋襄公更希望以“仁义”的力量号召天下；同时，他似乎也相信，宋国的军队此战必胜。公元前641年，宋襄公就曾指挥军队大败齐国，那时，距齐桓公去世不过两年。齐桓公曾经“九合诸侯”，军事力量在当时是最强大的。在宋襄公看来，他既然能够击败强大的齐国，也就能够战胜楚国；而只有战胜又不失仁义，才能使自己成为真正的霸主。他的“蠢猪式的仁义道德”，实在是由于他深信，胜利只有在不违背仁义的情况下，才是真正的胜利，只有仁义才是胜利之本。

## 二、仁义：尊王、攘夷、睦邻

春秋之世，虽然“天下无道”，但大国争霸，“仁义”还是要讲的。这所谓的“仁义”，主要就是“尊王”和“攘夷”。“尊王”，就是维护周天子的权威。东迁之后，周室虽不能号令诸侯，但天子的名义还在；而诸侯相抗衡，强者不足以以一己之力摄伏天下，不得不以“尊王”号召诸侯。“攘夷”就是抵御东夷北狄对中原的进犯。盖其时，夷狄交侵，严重威胁中原各国的生存；故诸侯称霸，也必须以“攘夷”为号召。

东迁之后，最早称霸的是郑国。但是，郑国并不真正懂得“尊王”的道理。郑武公、庄公先后为周王的卿士，只一意控制周政。为了控制周政，郑国甚至与平王交换质子。平王死，桓王继位，用虢公为卿士，分权于虢公。于是，郑国的军队先后抢割了周朝的“温之麦”和“成周之禾”。从此，“周郑交恶”，以至于大动干戈。对待与国，郑国就更加蛮横了。公元前706年，郑国曾出兵击败南侵齐国的北戎；各诸侯国也派大夫率兵，为齐国戍守。为表示感谢，齐国向援军赠送了不少粮食，而请鲁国代为分送派。鲁国在分派时，先鲁、卫而后郑。郑国觉得这是在故意贬低自己，就率领齐、卫一起去攻打鲁国。郑国要做霸主，却不能“尊王”；要从事“攘夷”，又欺凌诸侯，当然就做不好“挟天子以令诸侯”这篇大文章。从这个意义上来说，郑国的确是不大懂得“仁义”的。

与郑国的所作所为不同，齐桓公却很懂得“仁义”的重要性。

齐桓公为燕国击败山戎，燕庄公亲自送齐桓公入齐国。齐桓公对燕庄公说，按照礼的规定，除非是送天子，诸侯相送是不出本国边境的，他不能“无礼于燕”。于是齐桓公将燕庄公所列的地方割送给燕国。与此同时，他又要求燕国重修召公之政，向周天子纳贡。公元前656年，齐桓公率诸侯联军与楚国在召陵会盟。其战略目标之一，就是迫使楚国恢复对周天子纳贡。周惠王去世，齐国率诸侯拥立周襄王。之后，在葵丘，周襄王派使者赐齐桓公祭肉，特命“无下拜”。但齐桓公却坚持一定要行过下拜礼，才敢接受天子之赐。周襄王的异母弟太叔带，召戎人进攻周室。齐桓公调停周室内部的权力冲突不成，为周室与戎人媾和最终也不成，遂于公元前644年率诸侯联军为周戍守，以阻止戎人侵周。凡此，皆所谓“尊王”。

在“攘夷”方面，齐桓公除了为燕国击败山戎，为周室抵御戎人的侵犯之外，还率领诸侯联军驱逐狄人，以拯救邢、卫，并先后为邢、卫筑城。平王东迁之后，楚以“蛮夷”自居，一意以武力进犯中原，并要求周天子，实际上也是要求中原诸侯，承认楚的王者地位。而上述召陵会盟的另一项成果，就是迫使楚国暂时收回了向中原进犯的矛头。

除了“尊王”和“攘夷”，齐桓公的另一“仁义”之举就是“睦邻”。柯之盟，曹沫以匕首胁迫齐桓公归还侵占的鲁国土地。之后，齐桓公想要反悔，惟担心“弃信于诸侯，失天下之援”，终于不敢背弃诺言。齐桓公伐山戎，约鲁国同出兵；鲁国失约。齐桓公败山戎而归，为拉拢鲁国，特敬献所获山戎宝器于周公之庙（周公封于鲁）。为制裁郑国，齐国与诸侯会盟于宁母，郑国派太子华与会。太子华对齐桓公说，郑国不听命于齐，是因为洩氏、孔氏、子人氏违背君命；如果齐国率诸侯消灭这三个家族，郑国从此听命于齐国。齐桓公很想利用这个机会制服郑国，却担心授人以柄，落下怂恿奸人的名声，还是拒绝了太子华。鲁国闹饥荒，鲁大夫臧孙辰把鲁国先君的玉圭与玉盘敬献给齐桓公，要求齐国接济；齐桓公以粮食接济鲁国，却归还了鲁国的敬献。那时，诸侯给齐国送礼，齐桓公总是报以非常优厚的回赠；诸侯使者总是“垂橐而入，捆载而归”。

“尊王”“攘夷”和“睦邻”三管齐下，相互为用，这就是齐桓公的“仁义”。这样的“仁义”，当然是以齐国强大的实力为后盾的。管仲为齐桓公主持变法，使齐国脱颖而出，成为经济上、军事上和政治上的头等大国，始能行“仁义”于天下。《国语》上说，齐桓公对诸侯，不仅“拘之以利，结之以信”，而且“示之以武”；而诸侯对齐桓公，不仅“就其利，而信其仁”，同时也“畏其武”。齐桓公伐鲁，路过谭国，“谭不礼焉”；回师时，谭国又没有前往祝贺，齐桓公就把谭国灭掉了。遂国仅仅是没有参加齐国的盟会，也被齐桓公并吞。荀子说齐桓公“并国三十五”。此亦足见齐桓公并非一味讲“仁义”，而是恩威并施。宋襄公富不足以施恩，武不足以立威，尽管懂得“仁义”的重要性，其难有作为却是显而易见的。

## 三、宋襄公绝对不是一个虚伪的人

宋是商朝的后裔。在这一问题上，宋襄公是颇有些自负的。泓之战前，子鱼告诫宋襄公：“上天抛弃商人已很久了。您想让我们祖先的事业重新兴起，是不会得到上天宽恕的。”宋襄公没有理会他，却也没有否认自己确有光复旧物的憧憬。战败之后，当他向子鱼表明，他决不会下令进攻尚未排兵布阵之敌时，还特别强调了自己作为“亡国之余”的这一身份。意思是说，以他的身份，打起仗来就该堂堂正正，是决不屑以诈取胜的。

宋襄公绝对不是一个虚伪的人。还在做太子时，他就向宋桓公提出，让自己的异母兄长目夷（即子鱼）继位。这种推位让国的行为，其实正寄托着他对古代圣贤的仰慕和自许。目夷也是个仁者，说宋襄公能够推位让国，又是何等的仁，自己比不上。亡国之余，必有亡国之痛。既奉先祀，慎终追远，对于祖先的事业与精神，往往会有超乎寻常的珍重，而更专注于自身道德和精神上的向往；而当此天翻地覆的“无道”之际，于光复旧物更怀有某种时不我待的特殊情感，精神上也更易受其支配。何况临阵而讲“君子”所为，讲“古之为军”，也是一种悠久的传统，至春秋之世并未荡涤殆尽。《左传·僖公三十三年》，记楚、晋“夹泜而军”。晋国的阳处父对楚国的子上说，如果要交战的话，晋军将后退七里，等楚军渡过泜水，摆好了阵势，两军再行交战。约定之后，晋军后撤，子上欲挥师渡河，有人提醒他说，晋人不讲信义，如果楚军才渡过一半，晋军就发起进攻，恐怕悔之无及。最后，楚、晋都撤兵了事。此事发生于泓之战后的第十年。可见，“不鼓不成列”的交战规矩，当时也还在沿用。想来泓之战前，宋、楚就此也应有事先的约定；而楚人对于宋襄公信之不疑，亦足以说明宋襄公的为人了。

齐桓公生前曾嘱托宋襄公在他死后扶持太子昭继位。齐桓公死后，嬖臣易牙、阉宦竖刁发动宫廷政变，立公子无亏为君。宋襄公于是率诸侯伐齐，迎立太子昭为齐孝公。有人认为，宋襄公此举，不过意在与楚国争霸；何况无亏为兄，立孝公是“奉少夺长”，“乱上下之分，长篡弑之阶”，分明是不仁不义。至于滕国不服从宋，滕宣公就成了宋襄公的俘虏；鄫国单独与邾国会盟，宋襄公就命令邾文公将鄫国的国君用作祭祀的牺牲；曹国毁盟，宋襄公遂率军围攻曹国，也都被人指责为严重违背仁义。这样一来，宋襄公的“仁义”，不仅犯蠢，而且还纯粹是一种作假。然而，齐桓公之“不仁不义”，未必逊于宋襄公。齐桓公既已做了齐国的君主，仍不能放过逃亡在鲁国的异母兄公子纠，说自己不忍对亲人下手，一定要鲁国帮他把公子纠杀掉而后快。至于齐桓公“并国三十五”，则更是宋襄公所望尘莫及的了。

泓之战后的第二年，宋襄公终于因伤重去世，宋国经此一败而不振。后人以成败论英雄，宋襄公的仁义，就成了“蠢猪式的仁义道德”；他那些违背仁义的行为，也正好用来证明他的假仁假义。宋朝的苏轼说得最甚，以为宋襄公如果成功，则是又一个王莽。

## 四、宋襄公的历史价值

我们的文化中，向来就存有一种苛责失败者的传统。如果宋襄公具有齐桓公那样的实力，能够使诸侯“就其利，而信其仁，畏其武”，同样成为诸侯争霸中的胜利者，那么，对于宋襄公的“仁义”，将会是一片赞扬。仁义，必须是胜利者的仁义，才具有历史的价值？齐桓公行“仁义”，惟其达到了“挟天子以令诸侯”的称霸目的，其历史的价值就应当予以肯定。然而，泓之战，楚国如果也像不信任晋国那样，对宋襄公的信义有所怀疑，是否还会渡过泓水，而与宋军开战呢？

孔子说：“仁远乎哉？我欲仁，斯仁至矣！”孔子的意思是说，仁难道真的那么遥不可及吗？只要我心中对于仁有真正的向往，仁不就在我的眼前吗！以仁责人，则世无仁人。但是，一个时代如果对仁义彻底丧失了信心，又有谁会以仁义号召天下？又有谁能以仁义号召天下？天下向往仁义，而视仁义为具文，则是与天下为敌！齐桓、宋襄都想称霸，心中却未必没有仁义。问题在于，齐桓公的确有能力举起仁义的旗帜，而对于宋襄公来说，仁义这面旗帜的确是太重了。这无疑是一个非常深刻的历史教训。泓之战，宋襄公确实实践了自己对于仁义的追求，却也导致了自己的战败身亡。

为“仁义”而亡，而又成全了“仁义”。这就是宋襄公的历史价值。吕思勉先生说：“堂堂之阵，正正之旗，岂徒讲权谋形势者所与知哉？”

# 商鞅的为人为政与战国风气

商鞅由魏入秦，为秦孝公主持变法，致秦国富强，自己却死于非命。司马迁《史记》为商鞅立传，不讳言他的政绩，却对他的为人为政颇有微词，批评他“刻薄”“少恩”，非常耐人寻味。

## 一、刻薄少恩与思想深处的战胜意识

关于商鞅为人的刻薄少恩，司马迁在《史记·商君列传》中有很深入的刻画：变法初期，给新法提意见的人很多，商鞅竟借口太子触犯新法，让太子傅公子虔和太子师公孙贾代为受过，一个处以刖刑(砍脚)，一个处以黥刑(在脸上刻字涂墨)，于是“秦人皆趋令”，再也不敢批评新法；新法“行之十年，秦民大悦，道不拾遗，山无盗贼，家给人足，民勇于公战，怯于私斗，乡邑大治”；一些原来批评变法的人，又改口说变法的好话，等于是向商鞅认错，商鞅却乘机大做文章，将这些“乱化之民”全部发配远方，从此秦“民莫敢议令”；几年以后，商鞅又以公子虔触犯新法为由，将他处以劓刑（割掉鼻子）。对敢于反对自己的人，商鞅是一概予以残酷打击而决不手软的。

刻薄少恩的品性，如果仅仅表现在一般执政者身上，为害不会久远，人去政息而已。但作为主持秦国变法的人物，商鞅的刻薄少恩，已非常深刻地体现于他所制定的法令中。商鞅立法的基本原则是轻罪重刑，连“弃灰于道者”都要处以黥刑。其理由就是：“重其轻者，轻者不至，重者不来。”而实际的情况，则是“网密而刑虐”。据刘歆说，商鞅“一日临渭而论囚七百余人，渭水尽赤，号哭之声动于天地”。无论是对政见不同者，还是对普通百姓，商鞅的思想深处都有一种战而胜之的意识。他的刻薄少恩，正是与这种“战胜”意识，深刻地联系在一起的。

## 二、极端的功利主义

商鞅为人为政的刻薄少恩，与他的极端功利主义，也是联系在一起的。读《史记·商君列传》，对商鞅为人的第一印象，就是此人并无一定的政治理念，而是极端功利，为达目的不择手段。据司马迁讲，商鞅第一次去见秦孝公，对孝公大讲“帝道”。帝道是属于道家一派的治国理论，强调的是“顺天而成”。但是，这种理论太玄，跟秦孝公讲不通。于是，商鞅第二次去见秦孝公，又改讲“王道”。王道是属于儒家一派的治国理论，秦孝公也不感兴趣。有了前两次的试探，商鞅第三次去见秦孝公，又用“霸道”来试探秦孝公；秦孝公很感兴趣，却未及与之深谈。

商鞅能一再受到秦孝公召见，走的是秦孝公宠幸的阉臣景监的后门。秦孝公前两次召见商鞅，听得都很厌烦，责备景监竟推荐这样的“妄人”；景监也因此对商鞅颇有怨言。但是，第三次接见，商鞅终于发现秦孝公对“霸道”的兴趣。他对景监说，下次再接受召见，一定要跟秦孝公好好讲讲“霸道”。果然，商鞅第四次去见秦孝公，两人谈得非常投机，一连谈了好几天。后来，景监问商鞅是怎样打动秦孝公的。商鞅说，“帝道”和“王道”的实现，需要很长久的时间，秦孝公等不及；这一次讲可以速效的“强国之术”，很符合秦孝公的心意，但秦国从此不会有殷、周那样的成就了。

显然，对于商鞅而言，无论“帝道”“王道”，还是“霸道”，都仅仅是用来获取君王赏识和重用的“敲门砖”。班固说：“商鞅挟三术以钻孝公。”这一个“钻”字，就点出了商鞅投机钻营的功利本性。历史上都说商鞅是法家，其实，当初如果秦孝公喜欢的是“王道”，商鞅也很可能就是一个儒家人物了。只不过，他思想深处的那种战胜意识、功利主义和刻薄少恩的品性，还是会以种种方式表现出来的。

## 三、缺乏既定的政治理念

出于极端的功利主义，商鞅不仅没有一定的政治理念，更缺乏为人的基本道德。为一己私利，他可以无所不用其极，刻薄少恩到无所不为的地步。按照商鞅在秦国实行的变法，奖励军功是非常主要的内容，爵位、田宅的封赏主要是根据军功授予的。于是，商鞅说动秦孝公，让自己亲自带兵去攻打魏国。而为了确保在战争中取胜，商鞅竟利用自己与魏国将军公子卬的友谊，写信欺骗公子卬，说不忍心与朋友相见于战场，希望双方媾和，高兴地饮酒罢兵，使秦魏两国得以相安。这个公子卬，居然就轻信了商鞅的“友谊”，前往商鞅军中签署和约，却无论如何想不到就此成了商鞅的俘虏，所率领的军队也在全无防备之中被秦军偷袭全歼。经此一战，魏国空虚，不堪再战，只好把河西的土地割让给了秦国。靠着这样得来的战功，商鞅连升四级，一举获得了最高爵位（彻侯），并得到商、於之地的十五个邑的封赏，从此号称“商君”。

在为政上，出于极端的功利主义，商鞅的刻薄少恩更是表现得淋漓尽致。商鞅变法，先后分两次进行。主要内容为建立邻里连坐、兄弟析产分居、奖励军功、禁止私斗、重农抑商、建立县制、鼓励垦荒、平均赋税、统一度量衡等制度。建立这些制度，是要实现三个基本目标：一、发展农业；二、扩张军事力量；三、强化君主权力。然而，就变法的主导倾向而言，商鞅是要通过奖励军功，建立一个以军功等级制为基础的社会，并将鼓励战争杀戮彻底制度化，将整个国家改造成一部战争机器。在那个时代，战争是使国家富强的最迅速、最有效的手段。商鞅所建立的这种奖励军功的制度，则最集中地体现了他的极端功利主义。荀子指出，秦国的一切制度，都是要使人民懂得，只有在战场上杀敌立功才能获利。而这些制度的核心，就是商鞅创建的“上首功”。即士兵斩获敌人首级越多，不仅获得的爵位越高，还可以按爵位获赐耕地和力役；爵位达到一定等级之后，还能“赐邑”“赐税”，并允许拥有一定数量的仆役；不同级别的军官，则按所率军队斩获的敌人首级赐爵授官。这样的制度，果然使秦国的军队作战特别勇敢，却也特别残忍。据谯周说，秦国的军队打了胜仗，连掳获了老弱和妇女，都要砍了头去领功。

## 四、“虎狼之国”的形成

有人以秦国“与戎狄同俗”，来说明秦人从来都具有嗜杀的本性；事实却与此相反。《左传》上说，秦穆公在位时，有一年，晋国发生大饥荒，晋惠公向秦国请求粮食支援。对于晋惠公，秦国是不喜欢的。当年，晋惠公在秦国的支持下继任晋国国君，却立即与秦国翻脸，自食其将晋国河西之地割让给秦国的诺言。对此，秦穆公深恨不已。但秦穆公认为，晋国百姓是无辜的，还是应该给予粮食援助。然而，对于秦国的以德报怨，晋惠公却毫无感激之心。第二年，秦国也发生饥荒，向晋惠公请求粮援，晋惠公却乘机率军攻打秦国。不得已，秦穆公哀兵出征，击败并俘获了晋惠公，但最终还是释放了他。秦穆公的一再以德报怨，足以证明秦国曾经还颇有些仁义古风。称秦国为“虎狼之国”，谓秦人有“虎狼之心”，其实都是商鞅变法以后的事情。

据司马迁讲，商鞅颁布变法令之前，在秦国国都的市南门竖起一根三丈长的木头，以“十金”为赏，募人把它扛到市北门。“一金”在当时或重二十两，值一万钱，“十金”就是十万钱。但是，秦国民风朴厚，众多的围观者面对如此重赏，觉得不可思议，没有人敢上前冒这个险。商鞅于是下令，把赏金提高到“五十金”。如此重赏之下，终于有胆大的人站出来，把那根木头扛到了市北门；商鞅则当场兑现赏金。这件事，司马迁说是商鞅要为自己立信。但这样的“立信”，其更深刻的含义，在于要造成一种风气：不管怎样不可思议的事，一切服从，就可以获得重赏。

严刑峻法的本意，是要使人谨小慎微，惟恐触犯法禁；而商鞅的严刑峻法，还往往具有鼓励人们胆大妄为的作用。如秦国的军队敢于将掳获的老弱妇女砍了头去冒功，就是由于上首功制度的鼓励。又如什伍连坐制度中“不告奸者腰斩，告奸者与斩敌首同赏”一条，也分明是在助长诬告之风。按商鞅的理论：“刑用于将过，则大邪不生；赏施于告奸，则细过不失”。什么是“将过”？就是犯罪行为尚未实施。也就是说，当一个人尚未实施犯罪，但只要有犯罪的可能性，就可以对他用刑。同理，“赏施于告奸”，也就是允许对犯罪可能性作捕风捉影式推断的法律肯定。那么，既然告奸的赏赐等同于“上首功”，又怎能不助长诬告之风呢？而对不告奸者的“腰斩”重刑，也足以迫使胆小之人，因无端怀疑而斗胆诬告他人！一国的律令，即便仅止于以助长军人冒功、邻里诬告为能事，也难免使无耻而胆大妄为之徒充斥天下！“贪戾、好利、无信，不识礼义德行；苟有利焉，不顾亲戚兄弟，若禽兽耳”，这是商鞅变法之后所养成的秦地风气。

## 五、“免而无耻”的战国风气

其实，并非只有秦地如此。战国的特点，按司马迁的说法，就是“贵诈力而贱仁义”。在这样的社会风气的熏习之下，当时所谓的“游说之士”，大都是些寡廉鲜耻、凶险贪残之徒。较商鞅稍早的吴起，年轻时为谋求做官而周游列国，败光千金家产，因遭邻里耻笑，竟一怒之下杀了三十余人。吴起后来到鲁国，为获得鲁君的信任，好做鲁国的将军，去与齐国打仗，竟杀了自己的齐国妻子。商鞅“徙木示信”的做法，吴起也早就做过了。吴起任魏国西河守时，为攻克边境上的一个秦国的军事堡垒，曾立一车辕于南门，募人扛到北门外，即如约赏予上等田宅。之后，他又以上等田宅为赏，募人将一石赤豆从西门外扛到东门外，人们为此都争抢起来。吴起于是下令，第二天攻打那个秦国军事堡垒，率先攻入的，官升“国大夫”，赏以上等田宅。结果，第二天一个早上，那个军事堡垒就被吴起攻克了。吴起治理西河地方，为“取信于民”，甚至传令：能将南门外所立门表（柱）推倒者，任“长大夫”。第二天，围观的人很多，但大家也都以为这是不可思议的事。直到日落时，有一人觉得不如试试，顶多不过就是领不到赏。他推倒了门表，然后去见吴起。等他从吴起那里出来，俨然已“仕之长大夫”了。吴起于是再立一门表，悬赏如前，人们都争抢着去推。这一次，门表埋得很深，没人推得倒它。但西河地方的人，从此都信从吴起。为“立信”而不惜“变俗”，这是吴起和商鞅，也是战国法家的共同特点。而“变俗”的结果，往往使人变得“免而无耻”。

吴起得任西河守，缘于他与魏武侯一起乘舟西河之中，听魏武侯赞叹魏与秦韩边境的山川险固，而对魏武侯大谈“在德不在险”的儒家“修德”之道，因此获得魏武侯的欣赏。而他在西河守任上的做事方式，却是急功近利的那一套，走的是法家的路子，与儒家毫不相干。吴起在鲁国，曾参说他“残忍薄行”；在魏国，李克说他“贪而好色”；他为楚国主持变法，太史公说他“刻暴少恩”。从他的身上，我们一点也看不到儒家“修德”的影子。一个时代，当彻底的“礼崩乐坏”之后，列国“争地以战，杀人盈野；争城以战，杀人盈城”，已成为左右历史的力量。在这样的历史状态中，急功近利的“霸道”，是国家生存与发展的必然政治选择；其历史内容也由争霸而转为吞并。当此之时，各国君主为生存计，自不能不岌岌于富国强兵。另一方面，自“礼崩乐坏”以来，乱臣贼子的弑君篡位，更是历史的惯相。又有哪一位君王，能够不以专制集权为念呢？历史走到这样的极端，当然只有法家思想最能符合君主的需要。吕思勉先生曾经说过：“切于东周事势者，实惟法家。”而对于大盛于战国的策士，吕先生则把他们视之为“视所说者为何如人，然后以吾说当之而已”的投机钻营之辈。战国策士，其实皆此辈中人。在那一时代，也只有此类投机钻营之辈，最能打动君王的心。吴起和商鞅，不过是此类人物中得其风气而成就尤著者。

## 六、战国制度："导之以政，齐之以刑"

要概括战国最一般的风气，“贵诈力而贱仁义”和“无耻”二字，无疑可以当之。列国争霸，当制度变革的潜力发掘殆尽之后，诈力和无耻往往就成为国与国之间争胜的基本手段。其时，列国之间或纵或横，无非为利益所驱使，背信弃义在所不惜。张仪入楚，为拆散齐楚联盟，许楚怀王以“商、於之地方六百里”，楚怀王遂决计背盟。等到齐楚反目，秦国反而与齐国结盟，张仪竟不知羞耻地对跟他一起回秦国的楚国将军说，我只答应过给楚国某地到某地的六里地。然而，楚怀王对齐国的背信弃义，不也同样无耻吗？苏秦游说数年，一无所获，穷困潦倒地回到家中，“兄弟嫂妹妻妾窃皆笑之”，说他不去逐工商之利，却想凭着游说君王获得富贵，真活该受穷。后来，苏秦游说得逞，为六国纵长，佩六国相印路过家乡时，家中“昆弟妻嫂侧目不敢仰视，俯伏侍取食”。苏秦得意地问他的嫂嫂：“何前倨而后恭？”这个女人居然“委蛇蒲服以面掩地而谢曰：‘见季子位高金多也。’”人之势利而无廉耻，以及小人得志后的丑态，于此叔嫂二人身上，真可谓毕现无遗。李斯曾经说过：“诟莫大于卑贱，而悲莫甚于穷困。久处卑贱之位、困苦之地，非世而恶利，自托于无为，此非士之情也。”这样的自白，反映的是战国策士荣与耻的普遍变态。张仪、苏秦，皆此类也。穷斯滥矣。再如李斯本人，因为秦王嬴政欣赏韩非，他就为嬴政设计，在韩非出使秦国时，把韩非留在秦国。李斯与韩非同为法家，又都是荀卿的学生。李斯知道自己不如韩非，非常妒忌韩非的才能，担心有朝一日，韩非的地位会超过自己。所以，当他一旦发现秦王并不信任韩非时，就向秦王进谗言，把韩非投入监牢，又抢在秦王悔悟之前，将韩非毒死狱中。为了一己之荣华富贵，可以完全不择手段。李斯就是这样一个奸险小人。对于秦最终统一中国，毫无疑问，李斯可谓贡献巨大。但是，他绝不是秦朝的忠臣。他后来不惜与赵高勾结，矫诏以胡亥为帝，杀害扶苏和蒙恬，就是明证。秦朝的短命，虽有许多制度上的原因可寻，李斯也罪责难逃。然而，时代的风气如此，李斯也只不过是此风气中之人物。

战国的时代风气，从根本上说，是由于制度原因造成的全社会的“免而无耻”。就此而言，“导之以政，齐之以刑”，与“导之以德，齐之以礼”，是两种根本不同的制度控制方式。前者虽然容易在短期内奏效，但国家政令的贯彻实行，仅仅仰仗予富予贫、予贵予贱以及施用严刑峻法的权力，人民的守法就只能是出于恐惧和贪欲而无廉耻之心。这就叫“免而无耻”。与之相反，如果国家对社会的控制，其制度的精神在于“德”，而且有一套符合“礼”的制度、习惯和道德准则，人民则有廉耻之心而由衷向善。这就叫“有耻且格”。而在司马迁看来：“法令者治之具，而非制治清浊之源也。”他的意思是说，法令是用来保证制度的实行的，但制度本身的好坏不在法令；以国家的政令为标准来设立制度，并且以刑罚来保证法令的实施，实际上是以治之具为治之本；本末倒置，必然造成人民“免而无耻”的结果。

商鞅变法，无非就是把在六国都实行过的办法用于秦国，其为人为政的人格与风格无不是六国“贵诈力贱仁义”及其“无耻”风气使然。秦国之成为六国之中的后起之秀，正由于商鞅的“导之以政，齐之以刑”；而秦国从此也成为一个人民“免而无耻”的“虎狼之国”，较东方六国有过之而无不及。

# “汉家儒宗”叔孙通

秦朝的儒学博士叔孙通，在楚汉战争中带着百余儒学弟子投奔刘邦。但是，他向刘邦推荐的，都是“群盗壮士”，没有一个是自己的弟子。弟子们都在私下里议论，说跟随叔孙通好几年，有幸投奔了汉王，却得不到他的推荐，反而“专言大猾”，真不知道是为了什么。叔孙通听说后，就对弟子们说，汉王正冒着飞石和箭矢打天下，只能先推荐能够冲锋陷阵的人物；将来当然不会忘了推荐自己的弟子。就这样，叔孙通和他的弟子们一直默默地等待着。

## 一、叔孙通的“守成”事业

刘邦打败项羽一统天下，贵为皇帝，却苦于大臣们在朝廷上毫无君臣上下的礼数，叔孙通就看到了自己的机会。叔孙通对刘邦说：“儒者难与进取，可与守成。”这句话说白了，就是打天下用不着儒生，但坐天下却用得着。于是，他建议征召鲁地儒生，和他一起为汉朝制定一套新的宫廷礼仪。

公元前200年10月的一天，汉朝的宫廷仪式在新落成的长乐宫正式上演。天刚黎明，仪式开始。先是车骑步卒环卫宫殿，设旗张帜，一切按号令进入预定的位置；然后是宫廷护卫郎中数百人，在殿下夹陛而立；殿上，则武官依次东向而立，文官依次西向而立。一切就绪之后，刘邦乘辇而出，坐于殿上，接受臣下行礼。首先是内廷官手持令旗，发布警令，禁止喧哗。然后，在内廷官的引导下，诸侯王和各级臣僚，依次向皇帝行晋见礼。人皆拜伏称臣，敬颂贺词。庄严而凝重的气氛，令满朝文武无不“振恐肃敬”。礼毕，又发布酒宴礼仪：凡侍坐于殿上者，必须屈身低头，按尊卑等级依次起立，向刘邦敬酒，并呼万岁；酒行九遍，然后宣布“罢酒”。整个仪式的进行过程中，由御史负责执法。凡不符合礼仪的行为，犯者当场被御史逐出。直到仪式结束，过去那种在饮酒时喧哗的情况，都没有发生过。

这样的仪式，让刘邦非常亢奋，脱口而道：“直到今天，我才尝到了贵为皇帝的滋味啊！”随即，叔孙通官拜太常，跻身朝廷九卿之一；并获得黄金五百斤的奖赏。在叔孙通的请求下，他的那些儒学弟子们，因为协助制礼有功，也都被任命为朝廷郎官。叔孙通又把所得的黄金，都分给了自己的弟子们。弟子们高兴地说，他们的这位老师，是真正“知当世之要务”的“圣人”。

想当初，叔孙通虽然“专言大猾”，却未见刘邦部下有哪位能征善战的人物，是出于他的推荐。楚汉战争打了四年，他一直是默默无闻的。只有等到天下打了下来，刘邦做了皇帝，他才终有了“展露才华”的机会，教刘邦如何“守成”。在他看来，他的“守成”事业，就是建立一套君尊臣卑的宫廷仪式来讨好刘邦。

## 二、“难与进取”的究竟是谁?

叔孙通原为秦廷中的一个“待诏博士”。“待诏”即候补的意思。当陈胜、吴广的起义发生后，他是看准了秦朝即将灭亡的。一天，有人向秦二世报告有人造反。秦二世就把三十多个儒学博士和诸生找来，问他们该怎么办。除了叔孙通，这些人都说，应该立即发兵攻打。二世皇帝听了一脸怒容。叔孙通马上表示：秦朝统一，天下为一家，郡县的城墙全都拆除了，民间的兵器也已收缴销毁，已向天下人表示了从此不再打仗；如今，上有英明的君主，下面按法令行事，人人安于职守，天下服从，有谁还敢造反；说有人造反，其实只是一些结为团伙的“鼠窃狗盗”之徒，何足挂齿，自会有郡守、郡尉去捕杀他们，根本不必担忧。听叔孙通这么说，二世很高兴。而那些儒生，有的仍坚持说是造反，有的则改口说是盗贼了。结果，说是造反的，都以“非所宜言”，被打入监狱治罪；改了口的，则一律罢免。只有叔孙通，不仅得到了赏赐，还立刻由“待诏博士”任命为正式的博士了。

但是，叔孙通并没有因为得到了赏赐，并做了秦朝的博士而高兴。有人责问他为什么要说那些拍马奉承的话，他说：“各位哪里懂啊！我差点就不能逃脱虎口！”不久，他就从京城潜逃，回到了家乡薛县。此后，叔孙通先是投靠了项梁，然后又跑到了楚怀王那里。项羽“尊”楚怀王为义帝，把义帝迁到长沙，叔孙通又转投项羽。当刘邦攻陷彭城时，叔孙通又投降了刘邦。刘邦看到叔孙通穿着儒服的样子，很厌恶。为了讨好刘邦，叔孙通赶紧脱掉了儒服，改穿楚地的服装。

其实，儒生并不如叔孙通所说，是“难与进取”的；刘邦打江山，用的也并不都是“群盗壮士”。如儒生郦食其，初投刘邦，即以三寸不烂之舌，说服陈留县令向刘邦投降。后来，他又充当刘邦的说客，为联合抗秦，奔走于诸侯之间。楚汉战争中，郦食其曾建议刘邦进取荥阳，夺取敖仓之粟，为刘邦最终战胜项羽赢得了战略优势。他甚至还说服齐王田广背叛项羽，而与刘邦联合。

刘邦很不喜欢儒生。见了儒生，甚至要抢了帽子往里面撒尿。但是，像郦食其这样的儒生，却不会像叔孙通那样，连穿衣戴帽都要一意讨好。刘邦初见郦食其，故意怠慢他，坐在床上让两个女子给自己洗脚。郦食其就问刘邦，是不是要助秦而与天下英雄作对，其实是在责备刘邦对待儒生的态度，让人联想到秦朝。他告诉刘邦，要想推翻秦朝，就不应该这样怠慢“长者”。他所谓的“长者”，指的就是儒生。

陆贾也是儒生，在刘邦跟前讲话，经常要引用《诗》《书》。刘邦很不耐烦，对陆贾说：“你老子坐在马上打的天下，凭什么要按照《诗》《书》上的道理行事！”陆贾就反问他：“在马上打天下，难道也能在马上治天下吗？”一点附和的意思也没有。陆贾很会讲道理，为刘邦作《新语》，纵论历史上的成败和秦亡汉兴的经验教训。刘邦每读一篇，无不称善。陆贾也很有做事的本事。他只身深入险境，说服南越王尉他向汉朝称臣。这样的功业，也非“群盗壮士”可以做到。刘邦死后，吕后专权，吕姓一族要倾覆刘氏天下。也是陆贾出面调和了陈平与周勃这一相一将之间的关系，并为日后铲除吕氏出谋划策。“天下安，注意相；天下危，注意将”，就是他向陈平提出来的。

叔孙通搞的那一套宫廷礼仪，确乎有助于汉朝天子权威的树立。但是，作为一个儒者，居然认为“儒者难与进取，可与守成”，不仅与事实不符，而且也背离了儒学的精神。说出这样的话来，叔孙通无非是想通过一种自我贬抑的低姿态，迎合刘邦对儒生一贯的鄙视态度，以博得刘邦对他个人的欢心；同时又及时抓住刘邦要坐稳天下的急切心态，以及由布衣而皇帝所激发的喜悦和虚荣，从中获得为刘邦的“守成”事业作一番贡献的机会。所以，真正“难与进取”的，恰恰就是像叔孙通这样的儒者。

## 三、在“几席之上户庭之间”求治的“鄙儒”

当时，被征召去制定汉朝宫廷礼仪的鲁地儒生中，有人对叔孙通着急忙慌地要为汉朝制定宫廷礼仪的这一套很看不惯。他们对叔孙通说：“您先后换过十个主子，都靠阿谀奉承得到亲贵。现在天下刚刚平定，死了的人还没有埋葬，受伤的人还没有痊愈，就要制礼作乐。从来兴礼乐，先要积德百年啊！我们不忍心去做您要做的这件事。您这样做，不符合古训，我们是不能跟您一起去的。您只管去做，不要让我们同流合污！”这样严厉的批评，想来叔孙通听的时候，一定很恼怒。他讥笑这两个儒生：“真鄙儒也，不知时变。”意思是说，他们浅陋不通，不懂得时代已经变了。

帝王由“打天下”变为“坐天下”，其政策施为当然会有根本性的改变。然而，叔孙通针对所谓“时变”做出的反应，就是制定一套宫廷礼仪，使做皇帝的人知道皇帝之尊贵；并使做臣子的人知道身为臣子的卑贱，而在皇帝面前“莫不振恐肃敬”。这至少证明，叔孙通即便是对于儒家所强调的礼仪，认识得也非常肤浅片面，“只是秦人尊君卑臣之法”（朱熹语），而且颇有借机讨好刘邦的味道。

司马光说：礼的作用，在古代的时候，对个人而言，是行为的标准；对于家而言，是亲疏有别、家族和睦的一套伦理；对于乡里而言，是整齐人伦和风俗的规矩；对于国家而言，是确立君臣关系的政治制度；对于天下而言，是诸侯顺服天子的纲纪。他因此批评叔孙通把汉朝的宫廷礼仪，搞得像是在“几席之上户庭之间”求国家的治理。他认为，以汉高祖之“明达”，如果有真正的大儒辅佐，“以礼为天下”，即为天下制礼，那汉朝在中国历史上不知要立下何等的功业。在他看来，叔孙通“器小”，为“取宠”而搞了这么一个宫廷君臣礼仪，不过是窃取了周代的“礼之糠秕”。不难看出，叔孙通所谓的儒者的“守成”事业，实际上就是为君王的个人所好出谋划策，他的行为正说明他才是真正的“鄙儒”。

## 四、在“犯颜直谏”的背后

然而，叔孙通有时也会向皇帝提出一些批评。如惠帝要修一条从未央宫通向长乐宫的阁道，工程开始后，叔孙通向惠帝指出，阁道所经的路线，有一段与通往高祖庙的道路重合，不合礼法。惠帝听了，要马上毁掉正在修建的阁道。叔孙通却说，皇帝是不能让人知道自己有过错的；路已经开始修了，老百姓都知道，如果毁掉，无异于把皇帝的过错暴露于天下。他的建议是，在渭河北岸再修一座高帝庙，让阁道通往那里；多修宗庙，正是“大孝之本”。连指出皇帝的错误，都为皇帝如何文过饰非想好了办法。可见，叔孙通是个多么善于为君王的“守成”事业出“乖巧”的人。

刘邦晚年要废掉太子刘盈（惠帝），而另立与戚夫人生的儿子如意。这一次，叔孙通突然表现得非常敢于“犯颜直谏”了。他对刘邦大谈历史，讲了晋献公因为宠爱骊姬，而废掉故太子，另立自己与骊姬生的儿子奚齐，使晋国乱了几十年的故事；又讲了秦朝的短命而亡，也是因为没有早立扶苏为太子，导致赵高矫诏立胡亥为皇帝的故事。他甚至还以道德批评的口吻提醒刘邦，吕后曾经与他“攻苦食啖”，即为他受苦，过盐都没得吃的日子，而太子又是如此仁孝，是绝不忍心昧良心背弃的；非要废嫡立庶、废长立少的话，那他叔孙通愿意先伏诛，以颈血染地。刘邦听不下去，叫他不要再说了，说换太子的事是说着玩的。叔孙通反而更来劲儿了，说太子是天下之本，本摇而天下动，怎么可以说着玩呢！

叔孙通怎么忽然表现得如此奋不顾身了呢？凡是读过《史记》的人，都知道刘邦要废太子这件事，其实是做不到的。汉朝真正有权势的人，都是当年跟刘邦一起打天下的丰沛老臣。黥布反叛，刘邦出难题，要让太子带兵征讨。但在吕后的反对下，刘邦只得答应亲征，却推说有病，迟迟不肯动身，也不上朝。樊哙即直冲刘邦的寝宫，见刘邦头枕一宦官躺着，开口就说："当初皇帝陛下与我们这些大臣从丰沛起兵，平定天下，那是何等壮烈！现在天下已定，又怎么这样消沉了呢？听说陛下病重，大臣都很担心害怕。陛下不与我们这些大臣商量国事，难道就是因为这么一个宦官的隔绝吗？陛下惟独忘了赵高的事情吗？"

这番话，真是讲得很厉害。樊哙首先提醒刘邦，天下是丰沛老臣们跟他一起打下来的；又说刘邦其实没病，只是为了不能废太子而立如意，故意与他们这些丰沛老臣作对；还拿赵高矫诏立胡亥为帝说事儿，其实是在影射刘邦仍在盘算着如何废太子而立如意。

樊哙敢于这样指责刘邦，当然是仗着有丰沛老臣的支持；而丰沛老臣之所以要支持樊哙，实在是利益所系。他们中的大多数，当年与刘邦都是哥们儿，与吕后当然也有同样深的渊源。故而无论是在感情上，还是出于实际利益的考虑，都只会拥戴太子刘盈。至于戚夫人，与他们毫无渊源；另立如意为太子，那他们这些丰沛老臣的命运，就说不定了。所以，在太子的问题上，丰沛老臣们已结成联盟，是决不会让步的。刘邦对此，当然是心知肚明。其实，还在上一年，他就把御史大夫周昌派到赵王如意的封国为相。他希望自己百年之后，周昌能保全如意的性命。周昌在废太子的问题上，反对是最坚决的。在刘邦看来，周昌为人正直倔强，吕后又很感激他，应该是能够保全赵王的。

叔孙通向刘邦进言不能废太子，已是在刘邦击败黥布之后。当时，刘邦又试探性地说要废太子。作为太子太傅，叔孙通这时已不能不表示反对。他很清楚，身为太子太傅已经两年多了，如果自己再沉默的话，将开罪于吕后和整个丰沛老臣。以他的机敏，当然不会看不出来，吕后和丰沛老臣在这个问题上绝不可能让步。之前，太子少傅张良在刘邦亲征黥布时，已提出让太子刘盈掌握整个关中地区的军事，刘邦也同意了。而这一次，张良已先于他向刘邦进言，反对废黜太子。这说明，张良也已完全倒向了吕后与丰沛老臣。刘邦自己也非常清楚，即便是在丰沛老臣之外，废太子这件事，可能支持他的，只有一个陈平了。而后来的事实证明，即便是陈平，也选择了倒向吕后和丰沛老臣。那时，刘邦命樊哙带兵征讨反叛的燕王卢绾，却又借口有人告樊哙谋反，要陈平拿了手令到军中将樊哙就地正法；然而，一贯唯命是从的陈平，这次却与周勃商量好了，只是把樊哙抓了带回长安。正是看准了废太子这件事绝不可能成功，叔孙通才摆出犯颜直谏的样子，实际上是对自己的生命和政治前途又作了一次投机。

## 五、“汉家儒宗”与“利口之俗”

司马迁对叔孙通的评价，可谓入木三分。他说：“叔孙通希世度务，制礼、进退，与时变化，卒为汉家儒宗。‘大直若诎，道固委蛇’，盖谓是乎？”太史公的评价，用我们今天的话来说，就是叔孙通凡事都喜欢迎合，人是很势利的；为刘邦制定宫廷礼仪这件事，以及一贯处世的风格，无论进与退，他都是没有原则的；而他竟成为汉代儒生所效法的楷模；所谓“大直若诎，道固委蛇”，难道就是这样的吗？

“直”是正派。“大直”，就是不拘泥于小节的大正派，所以看上去反而显得不“直”，是所谓“诎”。所谓“道”，这里指的是为人处世的智慧与原则。其运用，则必须顺应时世的变化，即所谓“委蛇”。在司马迁看来，叔孙通所有的“诎”与“委蛇”，都不过是“希世度务”，与“直”与“道”，都是相违背的。宋人陈子颐认为，“希世”和“与时”，跟儒学是沾不上边的；像叔孙通这样的人，居然成为汉朝的“儒宗”，适足以见得汉朝的儒生都是怎样的人物。在他看来，太史公为叔孙通立传，无非是要说明，汉朝他日之坏于阿谀奉迎、花言巧语的“利口之俗”，与有这样的一代“儒宗”关系甚大。李赘善调侃，说与叔孙通共制汉朝宫廷礼仪的弟子们，不仅都受封为“郎”，叔孙通还把自己的奖金分给他们，所以他们都高兴地说：“叔孙生圣人。有郎有金，便是圣人。知当世务。”

# 班固笔下的侠

东汉班固在所著《汉书》中，继太史公作《游侠传》，主要写了几个亦官亦侠的人物。时代变化，侠也“与时俱进”。他们与太史公笔下的朱家、郭解之流，已不可同日而语。其中，最具代表性的人物，就是楼护。

## 一、“长安正有‘五侯鲭’”

金元好问诗云：“长安正有‘五侯鲭’，肮脏谁能作楼护？”

“五侯鲭”，典出《西京杂记》。汉成帝时，帝舅王谭、王商、王立、王根和王逢时同日封侯，因称“五侯”。五侯兄弟争名甚急，他们各自的宾客也都严守门户。只有楼护，言语“丰辩”，往来于五侯兄弟之间，左右逢源。五侯竞相以“奇膳”馈赠楼护，而为了不拂任何一位的美意，楼护往往将五侯所馈之膳烩于一勺，“世称五侯鲭，以为奇味焉”。元好问认为，楼护品味龌龊，让人不堪。

楼护出身于医家，从小随父亲在长安行医，出入于贵戚之门。他非常聪明，能背诵医经、本草、方术数十万言，很为一些有名望的人爱重。他们经常鼓励楼护，说以他这样的资质，不读书做官那实在是太可惜了。楼护接受了他们的意见，不再学医，另拜师门学习儒家经典。后来，他到京兆府为吏，“甚得名誉”。他非常能言善辩，讲话又总关“名节”，使听的人不免肃然起敬。

王氏五侯，权势倾人，天下攀附。长安当时流行这么一句话：“谷子云笔札，楼君卿唇舌。”子云是谷永的字，君卿是楼护的字。两个人都因善于攀附，成为王氏五侯的上客，深得他们的信任，也成为人们羡慕的对象。对于当时的士大夫，楼护也都倾力结交；对于他们中那些有威望的人，更是亲近恭敬。他这么会做人，也让很多人佩服得不得了。楼护的母亲去世，前往送葬的人很多，马车有两三千辆，五侯兄弟全都去了。“五侯治丧楼君卿”的歌谣，流传在长安的街巷之中，成为美谈。当年，洛阳大侠剧孟的母亲去世，送葬人所乘坐的马车，也不过千余乘。

楼护后来被王谭荐举为“方正”，任朝廷谏大夫。“方正”，顾名思义，就是爱憎分明，品行端正。这样的人，当然是适合担任谏官的。楼护居然可以被荐举做这样的官，可见他还享有这方面的虚名。揹着这样的虚名，朝廷派他到地方上去察访；带了公家的钱和帛，随时借贷于贫困。他是齐地人，获准经过齐地时，可以回乡为先人扫墓。可他一回到家乡，就慷公家之慨，大会亲朋，按关系亲疏，一概赠予不等量的帛，总值上百金。这样的事，居然也没人追究，可见他是很“摆得平”的。等他回到朝廷，向皇帝汇报察访的情况，皇帝听了也很满意，就提拔他做了天水郡的太守。

但是，在太守的任上，楼护并没有什么政绩，几年后就被免了职。官不做，楼护名气还是照样大，王氏五侯仍对他恩礼有加。有一次，大司马王商下朝后，要去看望楼护。他的“主簿”，即手下的办事主管，说以大将军至尊的地位，是不宜到百姓闾巷中去的。王商并不理会，还是去了。楼护的家很小，随从王商的一干人马，都只能站在屋外。这时天将下雨，那个主簿就对其他随从说，刚才他们没有跟他一起力劝大将军不要来，现在活该在闾巷中淋雨。这话马上就传到了王商的耳朵里，气得他找了个理由，就把这位主簿撤了职，终身不再录用。可见楼护当时的影响之大，以及他在王氏心目中的地位了。

## 二、效忠王莽，出卖友人之子

王莽为安汉公时，楼护正出任广汉郡的太守。王莽的长子王宇认为，王莽不让平帝的母亲进京有违人伦，等平帝长大是会报复的。他上书劝谏，王莽不听。他就让妻兄吕宽夜里拿了血涂在王家门上，想让迷信鬼神的王莽害怕，因而改变主意。事发后，吕宽逃到楼护那里，却向楼护隐瞒了实情。他以为凭他父亲和楼护的旧交，楼护是会保护他的。但是，等点名逮捕吕宽的诏书送到，楼护就亲自把他抓了起来。王宇、吕宽案当时是轰动全国的，楼护身为太守，交游又极广，不可能不知道吕宽负案在身。他的做法，更像是先稳住吕宽，只等朝廷的诏书一到，好捉了他去效忠。

对于楼护的效忠，王莽大喜，调任他为京师前辉光，位列朝廷九卿，并封侯。但是，在前辉光任上，楼护因不能镇压“大贼”，保证京师治安，被罢了官，并剥夺了爵位。那时，五侯都不在世了，楼护已没有权势可以依靠。他平时的俸禄和收受的贿赂和馈赠，又一向是左手进右手出的，家无余财。所以，当他再居里巷时，年老而无钱无势，跟他来往的人就越来越少了。后来，王莽篡位做了皇帝，顾念他曾经效忠，赏了他一个爵位，叫“楼旧里附城”。这个爵名，取的是古代“附庸”的意思，表明他是新皇帝的附从，这才使他可以享有一份爵禄。

当然，楼护也并非完全没有可取之处。他的老朋友吕公，年老无子，夫妻二人跑来投奔于他。对于吕公夫妇，楼护并没有嫌弃，而是始终善待他们。每到吃饭的时候，楼护总是让吕公和自己坐在一起，而让妻子与吕公之妻坐在一起。楼护罢官为民后，他的妻子对吕公颇有厌烦之色。楼护知道后，流泪责备其妻，说吕公穷老无依，因为和我是老朋友才来投靠，奉养他是义不容辞的。吕公后来终老于楼护家。

楼护做人，也还是有一点尊严的。王邑是王商的儿子，为新朝的大司空（王莽改御史大夫为大司空），地位“贵重”。王商的宾客都对王邑表现得很恭敬，只有楼护还是像过去那样，对王邑“安如旧节”，仍以王邑为晚辈，并不低三下四。王邑对楼护，也敬为尊长，从无怠慢。一次，王邑大宴宾客，特向楼护敬酒，礼如父子，称“贱子上寿”。见此情景，上百宾客都离席伏地。楼护仍东向正襟而坐，只是客气地对王邑说，他的身份如此贵重，怎可对自己行如此大礼。

这两件事，说明楼护的身上，多少还保留了一点“侠”的作风，为人未尝没有丁点儿可取之处。

## 三、“王氏宾客为盛，而楼护为帅”

司马迁作《游侠列传》，专记布衣之侠。他说战国时的信陵君、平原君、孟尝君和春申君，都是王者的亲属，拥有封地，或为卿，或为相；以这样的优势，“招天下贤者，显名诸侯”，好比是“顺风而呼，声非加疾，其势激也”。比较而言，那些“闾巷之侠”，以个人的义行而扬名天下，获得人们的赞美，是真正不容易的。司马迁形容他们：“设取予然诺，千里诵义，为死不顾世。”即承诺了的事情，无论路有多远，又多么危险，都义不容辞，死而后已。

如鲁地的朱家，于危难中“藏活”的英雄数以百计，平庸者更不知凡几。项羽的部将季布，曾经几次危及刘邦，刘邦做了皇帝后，即以重金通缉季布。朱家将季布藏匿起来，又通过灌婴去说服刘邦，使季布得到了赦免。季布后来官至郡守，朱家却从未去找过他。但是，朱家对这些事，从来不自我夸耀，自以为有德。他是那种做了好事，唯恐让人家知道的人。他施舍财物，则是从贫贱的人开始。急人所难，更甚于自己的私事。而他自己，却是家无积蓄，衣着朴陋无华，吃得也很简单，出门坐牛车。

又如武帝时的郭解，年轻时作奸犯科的事情做了很多，成年后却变得谦让有礼。他总是以德报怨，好施舍而不图回报，越来越以侠义自许。救了人家的性命，也从不为自己评功摆好。他的外甥被人杀了，他本着公正的原则，认为曲在自己的外甥，而原谅了那个杀死他外甥的人。有人故意向他挑衅，他却请主管征役的尉史，几次免了此人的劳役。他为人化解仇恨，却把功劳归于他人。他为人办事，但从不图回报。

但是，“侠以武犯禁”。西汉景帝、武帝年间，国家对于民间游侠势力的打击，越来越严厉。济南的瞷氏、陈人周庸都以侠闻名，景帝即派人将他们全部诛灭。郭解的影响太大，武帝就把他全家迁往关中。然而，入关之后郭解的影响更大了，终于被灭了族。这以后，为侠者虽然越来越多，但是真正像朱家、郭解之类的人物已越来越少。倒是出了许多“虽为侠，而逡逡有退让君子之风”的人物。

“逡逡”，即谨敬谦恭的样子。当时，凡是经常奔走于权贵之门的人，这一套应该说是基本功。因为一味低三下四，必受轻蔑；而若不肯低三下四，亦必自取其辱。最得体的，就是像儒生那样，以“逡逡”之态，使权贵们既享受着身份上的优越感，又感觉舒服而不鄙俗。如楼护，自少年时就出入京师达官贵戚之门，对这一套当然是很熟练的。他在京兆府为吏，“甚得名誉”，与他善作逡逡之态，必有很大关系。京兆为京师三辅之一，是达官贵戚的聚居之地。京兆尹是京兆地区的最高长官，负责治安和纠察，对辖地的权贵，具有很强的威慑力。京兆府吏，官虽不大，但作为京兆尹的属吏，自可负其长官之势，持朝廷三尺之法，作威作福。处在这样的位置上，若无“逡逡”之态，势必触犯权贵们尊严，遭他们的忌恨。弄不好，命都要丢掉的。

当然，楼护的“甚得名誉”，与利用职权，包庇权贵及其子弟的违法乱纪，或有更大的关系。汉末，京兆地区的权贵及其子弟，违法乱纪如同家常便饭。身为京兆府吏，能“甚得名誉”，若不徇私包庇，绝对是做不到的。班固为楼护作传，没有举出一件有关楼护秉公办案的例子，这是很能说明问题的。楼护之所以有“侠”的名誉，估计这是一个重要的原因。包庇从来都可以被说成是宽大，徇私枉法也可以被说成是行侠仗义。而“丰辩”的口才和“逡逡”之态，无非是巧言令色那一套。善于周旋于有权势的人之中，左右逢源，看上去也好像是中庸。

盖侠气一入官场，必流于势利。班固说，外戚“王氏宾客为盛，而楼护为帅”。他无非是说，在王氏宾客之中，都是些“势利眼”，而楼护是他们中势利到家的人物，是他们中的荦荦大者。“五侯鲭”能调和百味，楼护其实也将许多丑恶的东西调和于官场。这是当时长安的风气。此中“奇味”，也只有亦官亦侠的人物，才能尽尝。

## 四、“诸公之间，陈遵为雄”

亦官亦侠的人物，班固还写了一个叫陈遵的，当时称为“关西大侠”。陈遵出生于公卿之门，为人自不必“逡逡”作态。他非常奢侈，车马衣服，都很讲究。在家时，门外车骑交错。每次外出归来，总是喝得酩酊大醉。因为做官不拘小节，被称为“大肚士”。其实，他的“为侠”，就是善交游。他交游的，大都是列侯、皇帝宠臣和贵戚之类的人物；而他名声很大，许多有身份地位的人，都上赶着与他交往。当时的官场，非常重视个人之间的交游。交游越广，交游的权贵越多，越说明会做人，官当然做得越稳。侠之好交游的风气，一入官场，助长的也只是势利。但是，这样的交游，看上去不过是寻欢作乐，联络感情，而且还很有名士派头。班固说，陈遵每次大宴宾客，都要把大门关上，客人锁车的车辖都投入井中，哪怕有紧急的事也走不了。想来，陈遵家里高朋满座，正是权贵们互相拉拢的好去处。陈遵的这一关，就把大家的感情，关得更加亲密了。那时候，陈遵真是炙手可热。他有什么要求，谁都不敢违背；他走到哪儿，都有做官的人前呼后拥，唯恐落在后面。陈遵这一辈子非常得意的事，就是人家“讽诵经书，苦身自约”，而他“放意自恣，浮湛（沉）俗间”，“官爵功名”却不比别人低。班固说，像陈遵这样的人物，大多为王莽时的公卿，而陈遵在他们当中是可以称“雄”的。

## 五、“闾里之侠，原涉为魁”

原涉是班固着笔最多的一个游侠。此人以廉洁尽孝而“身得其名”。他原本可以有很好的前程，因为他的父亲是个二千石的高官。可惜的是，在他十七八岁时，父亲就死于南阳太守任上。按当时的规矩，在南阳这样富庶的地方，死于任上的太守，“赋敛送葬”可得上千万赙仪。但原涉一概退还赙仪，并结庐为父守丧三年。由此，他获得了孝廉的名声，很快就做了县令。而做了县令之后，他又宣称要为叔叔报仇，弃官不做，更获得了侠的名声。他名气大，用不着自己动手，就有人就替他把仇人杀了。为侠之后，原涉就让他的宾客出钱，把他父亲的墓修得很豪华，说是这才尽了孝道。

让原涉叫苦不迭的是，他总是受到宾客犯法的牵连。他想摆脱与这些人的干系，于是又设法去做官。官没有做长，退下来以后，他也还是尽量避免和这些人往来。他的胆子其实是极小的。他的家奴杀了人，县吏要杀他抵罪，吓得他“迫窘不知所为”，竟“肉袒自缚，箭贯耳”，向县令尹公谢罪。尹公毁了他的祖坟冢舍，他不敢怨恨，却派刺客把为尹公出主意的那个人和他的父亲一起杀掉。而那人，正是他好友同母异父的弟弟。

王莽末年，原涉被任命为天水郡太守。可惜的是他刚一上任，王莽就被更始军推翻了。原涉便投降了更始军，并得到更始将军申徒建的欣赏。在申徒建的军府，他又见到了已任军府主簿的尹公。时过境迁，提起当年曾为尹公所“鱼肉”，原涉才敢生恨，派人把尹公刺杀了。对此，申徒建把原涉恨得要死，却放风说还要用他为官。一听说还是有官可做，原涉就让宾客把自己绑了，要到申徒建那里去请罪。走在半道上，就被申徒建派人袭杀了。

从上述事迹来看，原涉的闻名，不是因为“为侠”，而是因为“廉”和“孝”。但在这两个方面，他似乎都不是出于诚心，而是为了求名。他非常喜欢出名，器量也小，又胆小而好杀。他唯一还有一点侠气的地方，就是愿意做一点“振施贫穷，赴人之急”的事情。他内心向往的，其实是亦侠亦官。可惜他没有楼护那样的本事，也没有陈遵那样的家世背景，结果是画虎不成反类犬。他自己也承认，他最终堕落为“轻侠之徒”，就跟原本想守节的寡妇，因失身于盗贼，便从此不能自拔一样。可见，他对自己当年弃官为侠，是有后悔之意的。班固说，在“闾里之侠”中，原涉也可以称“魁”了。可见，当时的闾里之侠，已不是当初朱家、剧孟和郭解之类的人物了。

## 六、官侠合流，已丧失了侠的精神

司马迁说，朱家、郭解之类的游侠，虽然行为有出于“正义”之外，但说到就能做到；为了一言之承诺，甘冒危险而不惜生命；救人于存亡死生之际，既不自吹自擂说自己有本事，更羞于说自己有德于人。他认为，这样的人物，确有很多值得赞美的地方；何况历史上连那些“有道仁人”都不免遭遇灾祸，乱世之中，一般人经历的苦难更是不计其数，更需要有人给予帮助。显然，太史公对游侠真正看重的，是他们对于危困之人的仗义救助，以及体现于义不容辞之中的那种勇敢决绝和对于名利的淡泊。但是，班固笔下这些亦官亦侠的人物，不管是在哪里，都变得非常市侩。社会变迁，侠也变迁，官侠合流，其实已彻底丧失了侠的精神。其为“帅”为“雄”为“魁”，其实都不过是乡愿。而乡愿的极致，则不得不推能够调和“五侯鲭”的楼护了。

# 周亚夫冤案的由来

西汉的开国功臣，当初共封侯一百三十七人，只有绛侯周勃的儿子周亚夫担当过大任，曾为郡守、中尉、太尉和丞相。据说，周亚夫在河内郡守的任上，曾有一个老太给他相面，说他三年之后要封侯；封侯八年，出将入相；再过九年饿死。这些都是后人附会，不足凭信的。

周勃死后，长子周胜之继为绛侯。如果周胜之死了，这个爵位应由周胜之的儿子继承，是轮不到周亚夫的。但是，周胜之后来犯了死罪，爵位取消；孝文帝顾念周勃的功劳，就封周亚夫为条侯。

## 一、“此真将军矣”

公元前185年，周亚夫由河内郡守改任武职，做了汉朝的将军，率军驻扎在一个叫细柳的地方。一次，文帝亲自劳军。在其他将军的驻地，文帝驾车进出无阻，接受将军的迎送；可是，当文帝的前驱到达细柳时，却被拒绝于军门之外。守门的军官告诉文帝的前驱，军中只听命于将军一人。直到文帝亲临，派使者手持天子符节去见周亚夫，告诉他天子要亲自劳军，周亚夫才下令把军门打开。但军士告诉文帝的从骑，周将军规定：军营中不得驱驰。

像这样的事情，在汉朝历史上，是没有先例的；但文帝并不怪罪，一切都照办了。文帝行至中营，见周亚夫手持兵器，俯身作揖，而不跪拜，说是“介胄之士不拜，请以军礼见”。文帝也不反感，站在车上俯身还礼，并指示使者对周亚夫说：“皇帝敬劳将军！”

出了军门，文帝对随行的大臣们说，自己在别的地方劳军，只见守备如同儿戏，带兵之将可以轻取；只有这个周亚夫，是不能侵犯的。他把周亚夫大大地赞赏了一番，非常地感叹道：“嗟乎！此真将军矣！”

几个月之后，周亚夫官拜中尉，已是朝廷正卿了。中尉的职责，是巡查京师；京师多达官贵人，违法乱纪的行为大多出于此辈及其子弟，确实需要像周亚夫这样的人来予以纠察。可见，文帝是很会用人的。文帝临终，交待景帝，将来一旦有突发性事变，用周亚夫带兵是可以信得过的。

刘邦在消灭异姓王的同时，大封同姓藩王。这些藩王占据了汉朝约一半的天下。初封时，藩国户口稀少，土地荒芜，物力微薄；但经过几十年休养生息，户口滋殖，土地垦辟，物力富厚。景帝登基不久，接受晁错的建议，开始“削藩”，即削减诸侯的封地。这一举措，给了藩王以反叛的口实。

公元前154年，吴、楚等七个藩王起兵叛乱。其中，力量最强的，是吴王刘濞和楚王刘戊。

关键时刻，周亚夫受命出征。他的确很会用兵，首先避开吴王刘濞在汉军东进路上所设的埋伏，向东南方向出武关，走南阳，然后北上洛阳，抢占了洛阳武库和敖仓，并将大军集结于荥阳。之后，他又移兵昌邑，高壁深沟；同时派出轻兵深入，扼住泗水入淮口，阻断吴、楚军队的粮饷运输。他的目的，就是避免与吴、楚叛军决战，让梁国阻挡吴、楚西进和北上，同时消耗他们的军事供应。等到吴、楚军队快要断粮时，周亚夫又进军下邑，扼住他们的退路。随后，周亚夫在下邑大破吴军。吴王刘濞丢下军队，带了数千精兵南逃，最后在越地被当地人砍了头，送到汉朝请赏。楚王刘戊也因兵败，走投无路而自杀。随着吴、楚叛军的覆灭，其他反叛的诸王也都被镇压下去。

周亚夫显然是个非常善于听取别人意见的人。他避开吴王的埋伏，走武关、南阳，而取洛阳，以及屯兵昌邑，阻断吴、楚粮食运输等战略战术，都是接受了他人的建议。而他对吴、楚叛军之所以采取避免决战、尽量消耗他们的军事供应的战略，实在是看透了这次叛乱并没有深厚的社会基础。据司马迁说，周亚夫一到洛阳，就把洛阳大侠剧孟控制起来。他对别人说，原以为剧孟已被叛军控制了，想不到他们根本就没在意剧孟，这下荥阳以东没有什么可担忧的了。他这样讲，是很有道理的。汉代的侠，“权行州域，力折公侯”，是一股很强大的社会势力，民众对他们的名声和行为极其仰慕，甘愿为他们冒死赴难的大有人在。这样的人，如果为叛军所利用，就会大大增强叛军的力量，好比是多了一个反叛的大国；而吴王、楚王居然对剧孟这样的人物都不注意利用，说明他们一直以来都没有致力于争取此类社会势力的支持，可见他们没有很深的社会基础，是很容易被铲除的。这件事说明，对战争与社会的关系，周亚夫是有很深刻的认识的，绝不是一个只懂得打仗的将军。

## 二、善于委曲求全的周勃

身为功臣的儿子，既有卓著的功勋，又有过人的见识，周亚夫当然也非常自负。在这一点上，他跟他的父亲周勃就很不一样了。日后他蒙受不白之冤，与此有很大关系。

周勃原以丝织为生，有时还为丧事吹箫。他追随刘邦起义，终于成为汉初十八功臣之一。刘邦去世前，曾对吕后说，周勃为人稳重宽厚，对典章制度不甚了了，但将来能够安刘氏天下的人一定是他，可以任太尉一职。吕后去世，诸吕图谋叛乱。周勃即以太尉的身份，计取天子符节和北军将印，掌握了北军的指挥权，一举消灭吕氏。之后，因为汉文帝的欣赏，他取代陈平，做了汉朝的右丞相。那时，周勃颇有些志得意满，喜形于色。有人告诫他，平定诸吕，功劳是大家的，他因为在太尉这个关键位置上才立了大功，却如此骄傲，连皇帝对他都很谦让，忘了君臣上下的礼数，皇帝一定会有自己的想法。这以后，周勃见了文帝，越来越做出一副恭敬谨慎的样子，而文帝的样子却越来越威严了。时间长了，文帝觉得周勃对于怎样治理国家，并不如陈平在行。周勃连忙称病辞去相位，让陈平官复原职。

尽管周勃及时收敛，文帝对他当初那种志得意满的样子还是耿耿于怀，甚至怀疑他谋反，终于把他抓了起来，交给廷尉治罪。在狱中，监管的狱吏经常凌辱周勃，周勃就让家人贿赂这个狱吏，给了他一千金。狱吏得了这么多金子，面孔就变了，暗示周勃"以公主为证"，洗清罪名。公主是周勃的儿媳，接到狱吏转来的周勃上诉后马上去找祖母薄太后说情，还请舅舅薄昭出面向薄太后说周勃的好话。在薄太后的干预下，文帝才释放了周勃。出狱后，周勃非常感慨，说自己曾经率领过百万大军，哪里想得到，一个狱吏竟如此神通广大。

从这样一些事情来看，周勃身为汉朝的功臣，地位很高，临危不惧，当得起大任，却也善于委曲求全，懂得身为臣子应该怎样自处。他居功自傲，有人提醒，马上就收敛了；知道皇帝对自己不满意，那就赶快让位；身陷牢狱，也知道用金钱去贿赂狱吏。他毕竟出身卑微，能够接受该低头时必须低头的道理。

## 三、“纵不反地上，即欲反地下”

但是，周亚夫跟他的父亲就不一样了。自从平定了“七国之乱”，他平步青云，很快就成为汉朝的丞相，并且与景帝发生了一系列冲突，却一点也不知道收敛。

景帝讨厌栗姬，要废太子，周亚夫则不依不饶，坚决反对。他似乎没有弄明白，这时候的形势与当年刘邦要废太子时，已经大不一样了。那时，反对刘邦废太子的，是整个丰沛老臣和吕氏家族，很多都是刘邦极亲信的人物，是出于利害的考虑，所以刘邦不会认为是哪个个人跟他过不去。而现在，周亚夫不过是以丞相的身份，干预皇帝的家事。对于景帝来说，这纯粹是丞相个人跟他过不去，根本没有把他这个做皇帝的人放在眼里，或许还另有图谋。

反对景帝易太子，如果只是一个孤立的事件，还不至于激化周亚夫与景帝的冲突。实际上，在景帝看来，周亚夫总是故意与他作对。景帝要封皇后的哥哥为侯，想得到丞相的支持。但周亚夫的回答是，高祖与臣下有约，非刘氏而封王，非功臣而封侯，天下共击之；皇后的哥哥无功，封侯是违背高祖之约的。这些话，句句在理，景帝只好沉默。后来，匈奴王徐卢等五人降汉，景帝又提出封这五个人为侯，以更多地招降匈奴。周亚夫却说，这几个人都是匈奴的叛臣，封他们为侯，等于是鼓励做臣子的不守臣节。匈奴的君臣，岂能与汉朝的君臣同日而语！周亚夫的这番话，难道不是对汉朝天子的贬低？匈奴难道不应该臣服于汉朝天子吗？景帝当场就对周亚夫说：丞相的这番议论是不可以接受的。

在景帝封了这五个匈奴降王为列侯之后，周亚夫只好称病辞去相职。之后不久，景帝召周亚夫入禁宫。赐宴时，给了他一大块肉，没有切过，也不备筷子。周亚夫一看，很不平地向侍者要筷子。景帝问他："有这样一块肉，你还不满足吗？"意思是说，有肉吃，你该满足了，干嘛还要筷子。景帝是话里有话，其中的潜台词是说，你周亚夫本已做了丞相，该知足了，凭什么干涉皇帝怎么做。周亚夫当然听明白了皇帝的这一层意思，解下冠冕向景帝谢罪。景帝即起身，周亚夫于是告退。走的时候，景帝一直目送着他，望着他的背影，只感到他有满腹的怨气。景帝自言自语道，自己百年之后，年少的皇帝继位，是不能用这样的人为臣的。

此后不久，周亚夫的儿子为预备周亚夫日后的陪葬，非法向掌管官府武器的工官购买了甲盾五百副。周家修墓，对雇工极为刻薄，还不给工钱。雇工知道周家非法购买兵器的事，就告周亚夫的儿子谋反，周亚夫也受到牵连。当朝廷派人去逮捕周亚夫时，周亚夫已知道自己必死无疑。他不愿受辱，想要自杀，却被他的夫人制止了。受审时，他一概以沉默来对抗。景帝气得说，判周亚夫有罪，并不需要口供。不过，他还是不甘心，让廷尉亲自去审讯周亚夫。廷尉责问周亚夫是不是要谋反。周亚夫反问廷尉：所买甲盾都是用来陪葬的，凭什么说是谋反！这时，一个陪审的狱吏非常阴险地对周亚夫说："君侯纵不反地上，即欲反地下耳！"这话听上去，是有点欲加之罪何患无辞的味道，却也道出了周亚夫蒙受冤狱的实质，即像他这样的人，以他一贯的态度，哪怕没有谋反的意图，也足以说明他是有反骨的。

从被逮捕之日起，周亚夫就没有想过要偷生。而在廷尉亲自审讯之后，狱吏对他的凌辱越来越放肆了。前后五日，他始终绝食，最终是"呕血而死"的。景帝是否因为周亚夫的死和他死前受到的凌辱而感到快乐，人们不得而知；但是，为这样的皇帝做丞相，的确是周亚夫最大的不幸！

## 四、是真将军，也是真丞相

景帝显然是那种想要有为，却缺乏见识，而又胆小心狠的人物。他即位后，想要有一番作为，迫不及待地接受了晁错实行“削藩”的建议；等到吴、楚七国兵起，他又害怕得不得了，希望杀了晁错，以平息叛乱。可是，他要处死晁错，却不敢面对晁错，就密令中尉骗晁错一起坐车视察东市，让中尉在东市把晁错杀了示众。就这样，晁错还穿着朝服，就糊里糊涂地被杀害了。用这样卑鄙龌龊的手段把人杀掉，真是一点人性都没有了！然而，叛乱并没有因此平息。到这时，景帝才想起文帝的临终嘱咐，派周亚夫去征讨叛军。

汉初的丞相，位高权重。刘邦一生征战，国事尽由萧何处置，实际上形成了“高帝与萧何定天下”的局面。刘邦在时，萧何权力虽大，却还是小心谨慎。惠帝无能，曹参为相，借口惠帝不如高皇帝，自己也不如萧何，教训惠帝要垂拱无为，而自己谨遵职守，都不必多事。陈平一贯胆小，但跟孝文帝讲起丞相的职责，讲得比古代的“冢宰”权力更大。即便是申屠嘉这样资历、功劳都平常的人，一旦做了丞相，文帝的宠臣邓通狗仗人势，几乎被他要了性命。当时的丞相，不仅是“百官之长”，而且“无所不统”。做了丞相的人，很容易把自己比作历史上“掌邦治，统百官，均四海”的“冢宰”。周亚夫任职丞相，就是以古时的“冢宰”自居的。

纵观周亚夫的一生，他显然是那种自视甚高，而且具有崇古情结的人物。当年在细柳军营中，他身上所体现出来的那种将军风度，其实已把他所崇尚的古代军礼，置于君臣关系之上。值得一提的是，在周亚夫任丞相时，丞相史赵禹的廉洁公正尽管得到了公认，但在周亚夫看来，赵禹虽不枉法害人，执法却偏于严苛，是不便在丞相“大府”为吏的。盖执法偏于严苛，政治就失掉了“惇大成裕”的古意，是丞相“大府”所不能容的。像古代的贤相一样，周亚夫把丞相的责任，也看得比君臣的关系更重要。他不仅不能容忍官吏执法的严苛，也不能同意皇帝的任意胡为。景帝要废太子，要封皇后的哥哥和降汉匈奴王为侯，他都以斩钉截铁、不容置疑的口吻表示反对，其实就是出于一种无可回避的责任感。

与自己的父辈所不同的是，周亚夫的骨子里，更多了一种高傲。当初，如果他抓起景帝给他的肉就吃，像乞丐那样吃得津津有味，以满足“天下一人”的所谓“尊严”，景帝或许就会对他改变看法。他下狱之后，如果放弃对抗，甘愿受辱，承认有罪，狱吏也许就不会认为他“纵不反地上，即欲反地下”，而景帝也许会对他动一点恻隐之心。西汉的开国功臣，即便是像曹参这样战功卓著的人，对刘邦将他们视为“功狗”，既已封侯，皆心安理得，不曾有一人敢表达不满。萧何算是“功人”，但为了消除刘邦的猜疑，终不得不以“自污”，即故意损害自己的名誉，来使刘邦放心。陈平在刘邦死后，因担心吕氏加害，而乞求吕后的哀怜。他平定诸吕，拥立文帝有功，却为了迎合文帝对于周勃的看重，主动把右丞相的位子让给了周勃。他们，还有周勃，都是能委曲求全的人，算得上是“能屈能伸”的大丈夫了。但这一切，周亚夫都不能。他真正就是当初那个在细柳军营中，以古之军礼见文帝的将军。文帝称赞他是“真将军”，真是一点也不错的。然而，他又何止是“真将军”！他做丞相，也是想做个“真丞相”。这就和景帝发生了不可调和的冲突。

## “狼虎丛中也立身”

五代是乱世，天下是藩镇的天下。短短的五十三年中，中原地区先后建立了梁、唐、晋、汉、周五个小朝廷。那时，做皇帝的人，无不是最有实力的藩镇主帅；而天下藩镇之骄兵悍将，也随时可能杀其主帅，拥戴新人。“国擅于将，将擅于兵”，从皇帝到各级文武官员，大都贪暴骄淫，这是当时历史的普遍现象。

世道如此，当时做官，真可谓是在虎狼丛中讨生活。然而，却也有人自我感觉良好，竟赋诗自我标榜：“但教方寸无诸恶，狼虎丛中也立身。”这人名叫冯道，曾先后在唐、晋、汉、周四朝做官，也曾一度苟延于契丹朝廷。他所说的“方寸”，指的是心。他的意思是说，心中没有各种恶念，哪怕是身处虎狼世界，这个人立身处世，也还是不会为恶的。

冯道晚年自称“长乐老”。几十年的为官生涯，虽说是在虎狼丛中讨生活，他却活得有滋有味，官也越做越大。他不为恶，却也难得为善，不过是与世沉浮，享受着做官的乐趣。

## 一、从“掌书记”起家

公元907年，朱温代唐称帝，建立梁朝，而各地藩镇则与之分庭抗礼。这一年，幽州节度使刘仁恭的次子刘守光拘禁了刘仁恭，自为节度使，后来称帝，建立燕国。刘守光为人暴虐，容不得别人跟他有不同的意见。冯道那时正在刘守光那里做官，因为在战略方针上提了些不同意见，竟被刘守光囚禁起来，还几乎要了他的性命。后来，刘守光被晋王李存勖消灭了，冯道就投到了李存勖那里。

李存勖占领河北之后，原来唐朝的河北三镇之地尽归其所有，政务大增，文书浩繁。冯道是李存勖任用的第一个文官，为他“掌书记”，处理和起草各种文件，从此一路升迁。因为曾经在刘守光那里因言获罪，冯道这时已变得非常谨慎。即便是提意见，也不过讲些小问题，以表示自己的忠诚。

李存勖有一个习惯，就是请手下的军官“伴食”，即陪他一起吃饭。由于伴食的人很多，每次花费都很大，大将郭崇韬就建议减少伴食者。李存勖很不高兴，说这些人都是为他效命的，如果连设宴招待他们都没有自由，那他这个军队的主帅也当不了了，还是回到太原去，省得在这里妨碍贤者的手脚。他当场让冯道为他起草告示，要把自己的这番话公诸于众。然而，在李存勖的严词催促之下，冯道久久不肯落笔。他向李存勖表示，自己并不敢违抗命令，只是如今大王一连获得了那么多的胜利，而郭崇韬的建议也没有什么大错，不听他的就是了；一旦公布出去会引起军心不稳，并给人以君臣不和的印象。他说得非常巧妙。关于郭崇韬战功卓著、所提建议也没有错、在军人中很有威信等内容的话他一概不说，不至于引起李存勖的反感。于是，李存勖欣然接受了他的意见。从此，大家都觉得冯道居然很有“胆量”。

公元923年，李存勖灭梁建唐（史称后唐），是为庄宗，冯道则做了唐的户部侍郎和翰林学士。这一年，冯道41岁。不久，冯道的父亲去世。不幸的消息传来，冯道连夜启程奔丧，此后在家为父亲守丧三年。守丧期间，他住的是茅草屋。凡地方官所馈赠，哪怕是一斗粟、一匹布，他都一概不受。遇有歉收，他就把自己的俸禄用来周济乡里。他还自己耕种，烧柴也自己背回家。看到有人把地荒着不种，或者没有能力耕种的，他就趁夜去帮他们种。对于人家的愧疚和感谢，他也显得无所谓。他在生活上，一向“刻苦俭约”。据说他跟随李存勖作战，在军营中，就住在临时的茅庵里，抱一堆刍草垫在地上，就当作床席了；所得的俸禄，也都用于与佣仆同食同饮，而且毫无做作。更为难得的是，有人把掳掠来的美女送他，他如推却不了，就另外安置，等找到她们的家人，一概送还。

守丧期满，冯道奉命返回京师。正在此时，效节指挥使赵在礼在博州军士的胁迫下发动兵变；而李存勖派去镇压兵变的李嗣源，又在军士的胁迫下，与赵在礼联合，回师进攻洛阳。冯道在返京途中，已得知这一消息，但他仍“疾趋至京师”。李存勖最终死于乱阵之中。李嗣源作为李克用的义子，夺取了皇位，是为明宗。

## 二、深得唐明宗欣赏

李嗣源自己是不识字的，要找一个靠得住的人为他处理公文，首先想到的就是冯道。冯道先是被任命为端明殿学士，主要的任务就是为皇帝读文件。之后又官升兵部侍郎、中书侍郎，而兼宰相之职。

李嗣源获取皇位时，已六十岁了。历事既久，又久经战阵，虽不识字，却很有些政治经验。在五代的君主中，他也是比较宽仁的一个。他非常欣赏冯道为人，说他做官时能与仆役同甘共苦，在乡间能与农人打成一片，却从来不以自己身份的高贵而故意显得高人一等，是“真士大夫”。有了这样的信任，冯道在李嗣源跟前，也就比较敢说话了。

那时，接连好几年粮食收成都很好，政治上也很安稳。李嗣源在下朝以后，总要留冯道与他讨论国事。冯道就对他说，自己过去在李存勖府中效力时，曾经受命出使，骑马经过险要之地时，因为担心马有失蹄，总是紧紧地控持着衔辔；但到了平地上，就放马由缰了，结果从马上摔了下来；一样的道理，现在虽然政治安定，粮食也有好收成，但不能放纵逸乐。

后来，李嗣源又问冯道，说天下虽然丰收了，百姓是否过得好些呢？冯道就对他说："谷贵饿农，谷贱伤农，是天下常理。"农民是要向国家交税的。农民向国家交税太多，家中的存粮早早就吃完了，青黄不接时，只好买粮吃。这时，粮价如果上涨，农民只好挨饿。这就是"谷贵饿农"。而当农民向国家交税时，如果是货币税，农民只好把粮食卖掉。迫于交税时间的限定，粮食一下子涌到市场上，粮价势必大跌。为此，农民不得不把更多的粮食抛向市场，来换取交税所需的货币。这种时候，越是丰收，粮价就越贱。这就是"谷贱伤农"。冯道还把聂夷中《伤田家诗》念给李嗣源听。这首诗道尽了农人生活的艰辛。李嗣源听了很感动，就让人把它录了下来，随时用它来警示自己。

有军队的将领从民间弄到了一只玉杯，上面刻有"传国宝万岁杯"几个字，把它献给了李嗣源。李嗣源非常喜欢，就拿给冯道看。冯道说，这是前朝的有形之宝，君王有无形之宝。李嗣源问冯道什么是君王的无形之宝。冯道说：帝王的大宝，就是帝王本身；而要守住帝王之位，靠的是仁义。这是古人成说，冯道当时也是引的古人原文，李嗣源听不懂。冯道走后，他问了别人，才弄懂了这个意思。他觉得，这真是很合乎他的心意。

做李嗣源的臣子，是冯道这一生中，最能体现自己的价值的时候。《旧五代史》评价冯道当时在朝廷上“发言简正，善于裨益，非常人所能及也”。就是说他讲道理明白而纯粹，很务实，其他人在这方面远不能和他相比。冯道当时是非常希望能够用儒家的学说来救世的。那时，在读书人中间流传的儒家经书，往往舛误甚多。冯道以此为由，让国子监诸儒以唐朝郑覃所刻石经为准，仔细抄写儒学经典，雕刻印刷，广为发售。在一个完全由武力统治的世界中，冯道这样做的目的，无非是希望通过儒学的传布，为国家培养文治的人材。

冯道出生孤寒，所以也非常重视那些孤寒之士；而对于那些自以为学问好，喜欢夸夸其谈的士族出身的人物，他是很不以为然的，总是有意无意地把他们晾在一边。那些人嘲笑冯道平日所言的经史上的一些东西，是从田夫牧子都能背诵的《兔园册》上来的，还说他总是随身携带着《兔园册》，讽刺他离了《兔园册》就不会讲话了。面对这样的攻击，冯道很气愤，说《兔园册》毕竟也是名儒选集的，他都能背诵，不像那些读书“止看文场秀句”的人，为的就是写科举文章，以此获取公卿的地位，其实都“浅狭”透顶。那时，冯道写文章，不仅文句追求“典丽”，而且刻意要符合“古道”。他显然很在意展示自己的文采和学问，好让那些看不起他的出身的人闭嘴。

李嗣源是比较看重汉文化的，因而能够优待儒生。他在做了皇帝后，曾夜半焚香，祈祷上天保佑，说自己出身于夷狄，本不能做皇帝；天下丧乱已久，希望上天早生圣人。在李嗣源看来，冯道有学问，又会讲道理，为人又好，所以很欣赏他。

李嗣源去世，子李从厚继位，是为闵帝，以冯道为相。不久，李嗣源的义子，凤翔节度使、潞王李从珂起兵反叛，李从厚派去镇压的军队都投降了李从珂。李从珂的取胜之道，就是不断用财物赏赐军士。当财物赏赐完了，军士们即视他为废铁一块。李从珂夺取皇位一年半之后，又发生节度使石敬瑭的反叛。石敬瑭将燕云十六州之地献给契丹，并受契丹册立而为“大晋皇帝”。在契丹的军事支持下，石敬瑭兵入洛阳，李从珂自焚死，后唐亡。

## 三、“贼天理，灭风教”

在这一系列事变的过程中，冯道都只是一个看客。当李从厚逃离京师，而李从珂率军进入洛阳时，冯道即率领百官欢迎李从珂，还让人赶快起草一份请李从珂即皇帝位的劝进书。有人建议，说还是先等太后的诏命。冯道就教训那人说："事当务实。"后人批评冯道，说当此"国危君困"之时，却以"务实"为由，邀荣取宠，真正是"贼天理，灭风教"。这讲得一点也不错！

石敬瑭进入洛阳，冯道就成了石晋的宰相。石敬瑭接受契丹册封，要派使者献尊号于契丹皇帝耶律德光。他对冯道说，出使契丹的人，非冯道莫属，只是冯道德高望重，本不该让他深入沙漠。冯道说，皇帝受恩于契丹，自己又受恩于皇帝，深入沙漠去履行皇帝的命令，并没有什么不合适的。到了契丹，冯道得到了耶律德光很高的礼遇，喜不自胜，还写了诗。

关于冯道在契丹，还有这样一段传说。耶律德光要留冯道在契丹为臣，冯道表示非常愿意，说晋为子，契丹为父，他在哪里做臣子都是一样的。于是，他买了很多薪炭，表示要在契丹过冬。他还几次上表耶律德光，说要留在契丹。耶律德光相信了他，反而催他返回。他这才慢慢吞吞启程，走了两个月，才回到洛阳。途中，有人问冯道为什么这样拖拖拉拉。冯道解释说，如果走得急了，让契丹人看出他们回国心切，用快马追赶，那就回不了家了。

石敬瑭对冯道，"事无巨细，悉以归之"；甚至还就军事问题请教冯道。对此，冯道显得非常谨慎。他对石敬瑭说，皇帝陛下的英明军事韬略天下共知，如何采取军事行动还是应该"独断"，自己不过是个书生，一切都是严格按照历代的成规办事。他还特别强调，以前李嗣源也问过他军事方面的问题，自己也是这么回答的。武人专政的时代，文臣若热衷于军事，又没有实力，其结果可想而知。石敬瑭对于冯道的回答，是很满意的。而冯道以不谈军事为从政原则，其实也是为了自保。

冯道当时是很得石敬瑭“宠遇”的。石敬瑭临死前，曾将幼子石重睿托孤于冯道。但石敬瑭一死，有人说应该立年长的皇侄、郑王石重贵为帝，冯道听之任之，一句反对的话也没有。石重贵做了皇帝，冯道凡事都唯唯诺诺，从不表明自己的意见。冯道有一次问人，大家对他有什么看法。那人对他说，说好说不好的各占一半。冯道听了很不舒服，说常人意见相同，就说你好；不同，就说你不好，连孔子也被人诽谤呢。有人对石重贵说，像冯道这样的人，天下太平，他可以做一个好宰相；如今艰难之际，用他为宰相，就好比是“使禅僧飞鹰耳”。禅以静寂为宗，僧以慈悲为怀，是不能像猎鹰那样用于搏杀的。石重贵听了这话，就派冯道去担任节度使，不让他做宰相了。

## 四、主动投降契丹

契丹灭晋，冯道主动跑到洛阳去见耶律德光。耶律德光斥责冯道对晋朝没有尽一个做臣子的责任，冯道自知理亏，一句话都说不出来。耶律德光又问冯道到洛阳来有何目的。冯道说，晋朝已无城无兵，自己怎么敢不来。他的意思是说，自己是来投降的。那时，冯道已过了65岁。耶律德光听他这么说，非常不屑地调笑冯道，问他究竟是个怎样的老东西。冯道竟然觍着脸，说自己就是个无才无德的痴顽老东西。耶律德光又问冯道，在他看来怎样才能拯救天下百姓。冯道说，现在的老百姓，即便是佛也救不了他们了，只有契丹皇帝能救他们。耶律德光听了这样的话，当然很高兴。他大概是觉得像冯道这样的人，虽然不知羞耻，总也有用，就让冯道做了自己的太傅。

耶律德光北归，行至常山去世；耶律兀欲继位，继续北返，而将冯道和一班晋朝大臣留在常山。于是，已投降契丹的汉军将士，驱逐了留守常山的契丹将军，收复了常山。在这种情况下，冯道即与晋朝公卿一起，派人四出收复失地，安抚百姓。有人说，这都是冯道的功劳。冯道并不敢接受，说自己是个儒臣，功劳属于各位将军；并率众推举了一名军人为统帅。

晋灭之后，河东节度使刘知远称帝。契丹即北归，刘知远迅速占领了整个中原，建立后汉。冯道于是从常山入洛阳，归顺了刘知远，为太师。刘知远为河东节度使时，曾下令禁止民间牛皮交易。他做了皇帝，就把这条法令推广到全国，搞得老百姓叫苦连天。一次，上党地方有二十余人触犯了这条刑律，被判死刑。有官员上书，说天下并不缺少牛皮，何必再推行这样的法令。刘知远大怒，要把上书的官员也一起处死。但是在冯道的劝谏和建议下，刘知远还是赦免了那些触犯禁令的人；那位上书的官员，则因“执理乖当”，即上书的理由有误，以“停职”从轻发落。从这件事上可以看出，冯道是非常注意分寸的。他不反对牛皮交易禁令，而只要求赦免犯禁者的死刑。官员得罪了皇帝，他也只是强调罪不至死，可以从轻处理。

## 五、配合郭威篡夺帝位

刘知远在位一年就去世了，子李承祐继位。公元950年，节度使郭威起兵反叛，李承祐兵败，死于乱军之中。

郭威兵入京师，冯道并没有像过去那样，率百官劝进。那时，刘知远的弟弟刘崇为河东节度使，刘崇的儿子刘赟为武宁节度使，刘知远的从弟刘信为忠武节度使，各自都握有重兵。郭威如贸然称帝，成功的可能性很小。

出于对客观形势的估计，郭威假意要立刘赟为帝，派冯道去迎接刘赟进京，冯道即奉命而行。不久，郭威率兵迎击南下的契丹的军队，刚走到澶州，将士便拥立郭威为皇帝，返回京师。与此同时，刘赟在赴京途中，也被郭威派人拘捕起来。刘信是个无能之辈，见大势已去，就自杀了。刘崇原以为自己的儿子可以做皇帝，对郭威一点也不怀疑。郭威抓了刘赟，他就投靠了契丹，建立北汉。

当刘赟处于危难之中而不自知时，冯道“偃仰自适，略无惧色”。以他的老到，当然看得懂郭威派他去迎接刘赟的用意。他只是尽力地配合郭威，麻痹刘赟，为自己继续做官捞一点政治资本。郭威称帝，建立北周，仍以冯道为太师，对他十分看重，召他问话从不直呼其名。

郭威死后，继位的是郭威义子柴荣。柴荣继位不久，北汉刘崇率兵南下，柴荣决定率军亲征。冯道认为，刘崇是不会亲自率兵南下的，不过是虚张声势。他提出，皇帝刚继位，先帝又刚入葬，这种时候人心不稳，还是另派大将出征为好。但柴荣认为，刘崇就是要趁这个机会亲率大军而来。针对冯道的一再阻拦，柴荣强调，当年唐太宗于创业之际，总是带兵亲征；而刘崇所率，不过是乌合之众，正可以泰山压卵之势去击败之。冯道却说柴荣比不上唐太宗，也不具备泰山压卵之势。

冯道一生，真正大胆劝谏君王，只此一次。他的这种“大胆”，其实颇有一点倚老卖老的意思。原来他是不敢谈论军事的，现在在年轻的皇帝柴荣面前，他似乎觉得自己已有了谈论军事问题的资格。而且，曾几何时，郭威就军事问题，也征求过冯道的意见，卒而还采纳了。冯道历事四朝，颇有名誉，这时便不免也有些托大。

柴荣对冯道的轻视是恼火的。出征之前，柴荣让冯道出任山陵使，负责完成郭威入葬后的各项后续礼制。事实证明，柴荣并不是一个可以轻视的人物。柴荣这次亲征打了胜仗，还处死了那些在战场上敢不用命的将军，从此建立起了自己的威信。而冯道，当他履行完山陵使的职责之后，就病死了。

## 六、“冯道就是心死透了的人”

冯道晚年，自命为“长乐老”，作《长乐老自序》，历数自己在唐、晋、汉、周四朝，以及在契丹时所担任的官职和所获得的爵位、荣誉和赏赐。他对自己有很高的评价，说自己一生所愿，就是“下不欺于地，中不欺于人，上不欺于天”；无论何时，都以这“三不欺”为根本。他还说，因为上天的眷佑，他才能够“累经难，而获多福”。他当然也有一些自谦的话，说自己比不上古人，又说自己对国家只有“微益”。对于究竟是“知”他的人多，还是“罪”他的人多，他表示无足多虑。他不无得意地谈到自己“有庄、有宅、有群书，有二子可以袭其业”；说自己无亏于为子，为弟，为人臣，为师长，为夫，为父之道，而且有子，有侄，有孙，可以说是没有什么缺憾了。他还蜻蜓点水般地讲到他唯一有愧的，就是不能辅助皇帝统一天下，安定百姓，以报答上天的恩惠；却又忍不住炫耀起自己“时开一卷，时饮一杯”的闲情逸致，说自己到老都能享受口腹耳目的生人乐趣。情不能已，他不禁自问：“老而自乐，何乐如之！”

对政治的绝望，这是五代时期士大夫的共同特点。在这样的绝望之中，他们不可能保持气节。冯道自认为“虎狼丛中也立身”，其实也不过是苟活。但是，冯道死时，官场人物对他的评价是很高的，说他与孔子一样都享年七十三岁。这种极不得体，也极其肉麻的比附，说明了当时官场之人对于道德问题的普遍麻木。

北宋初，薛居正作《旧五代史》，对冯道也是极为称赞，说他“郁有古人之风，深得大臣之体”；唯对冯道的气节稍有微词，说他历事四朝，于做臣子的人应有的忠诚毕竟有所亏欠。

欧阳修作《新五代史》，其《冯道传》上来就说，礼、义、廉、耻，是立国最重要的法度；这四个方面如果得不到确立，国家就要灭亡了。他指责冯道在《长乐老自序》中对自己历事四朝而洋洋得意，是真正的不知廉耻；说由此也可以想见当时的天下国家究竟是个什么样子。他为冯道作传，并没有忽略冯道的小善小德，却极为鄙视他对“丧君亡国”的无动于衷，以及于“天下大乱，戎夷交侵，生民之命倒悬”之际，津津自称为“长乐老”的行为，认为他已完全丧失了做人的气节。

司马光则说，冯道与所侍奉的皇帝，“朝为仇敌，暮为君臣”，不断地改变着嘴脸和话语，却一点都不感到羞愧；这样一个没有气节的人，虽然也会行一些小善，又有什么可以值得称道的。他还说，如果能够“全身远害”就是贤者，孔子所谓“志士仁人，无求生以害仁，有杀身以成仁”的话又如何说！

北宋建立后，锐意从制度上解决五代以来武夫专政的问题；同时也十分注重涵养士人的气节，以纠正寡廉鲜耻的风气。欧阳修和司马光对冯道的不屑，都是当时重视气节的士风使然。即便如此，也有人欣赏冯道。如王安石就认为冯道历事五代诸帝，与历史上伊尹往返于商汤、夏桀之间，意义是一样的。但也有人反问王安石，说冯道难道也有伊尹之志吗？这样的反驳，的确也击中要害。

冯道虽然也做过一些好事，在当时已属难能可贵；而且，如果可能，他也是尽量做好事；但是，在他的心目中，只有做官和保全自己才是最重要的。明末清初的王夫之说冯道当年向刘守光进谏，虽然被下狱，总算没有丢掉性命，就是他并没有“力争得失”；他的进谏言语一定是很恭逊的，他的为人也一定是柔媚的，从来为刘守光所轻忽，所以，刘守光身边的那些宵小对他向来没有什么猜忌，他才能保全自己。王夫之还说，刘守光“囚父杀兄”，冯道一句劝谏的话都没有；他要说什么，也都是避开要害问题不谈，讲些鸡毛蒜皮的小事，既给自己留有余地，又可以避免人家指责他不进忠言。王夫之陈义不高，但对冯道的刻画，的确入木三分。

清人阎若璩对冯道的评判，陈义虽高，却也非常落实。对冯道的廉，不仅有公论，他自己也非常得意，说自己家里没有不义之财。阎若璩说，知道廉容易，知道耻就难了；汉代的公孙弘盖布被子，吃粗碾的粟，不可以说不廉，但他曲学阿世，那又是何等的无耻；冯道刻苦俭约，廉固然是廉，但历事四朝十君，真正是无耻之尤。阎若璩最后说：廉不过是立身的一个方面，知耻才关乎为人的根本大德；人固可以用廉来矫饰自己，是否知耻却是难以伪装的。

根据冯道在《长乐老自序》中所表现出来的那种让人难以忍受的自我炫耀的意态，说他不知耻，的确并不过分。范文澜先生说："哀莫大于心死，冯道就是心死透了的人。"这一点，是很中肯的。在冯道看来，这世界仍将如此继续下去，人们将永远是在"虎狼丛中"。既然如此，无耻就应该是常态，所谓久居茅厕不知其臭。

# 宰相赵鼎的悲剧性结局

赵鼎是南宋历史上的中兴名臣，曾两度出任宰相，罢相后却背负着种种恶名，不断被加重处罚，终至于绝食而死。回顾赵鼎的为官人生，他显然不是那种动不动就犯颜直谏的人物。在他第二次被罢相之后，宋高宗甚至还有悔意。然而，正因为如此，秦桧对赵鼎尤其忌恨，担心他有朝一日会重返朝廷，必欲置之死地而后快。深刻的人们，总喜欢以“一切悲剧，都是性格的悲剧”这样的话，来解释历史人物的悲剧性命运。赵鼎的性格，或也有“刚直”的一面。问题在于，一个时代，如果连一点点“刚直”也不能容忍，这只能证明，那是个悲剧性的时代。

## 一、深得宋高宗欣赏

赵鼎四岁丧父。他在母亲的教导下，通读了经史百家书。1106年，赵鼎进士及第。那一年，他才二十一岁。

赵鼎是在洛阳县令的任上，被当时的宰相吴敏看中，提拔为开封士曹的。士曹是专门掌管工役的官。开封府是京城所在，开封府的士曹，当然也是个比较重要的官职。

公元1126年，金人攻陷太原，要宋朝割让太原、中山、河间三镇，作为议和的条件。赵鼎上书朝廷，说祖宗之地不可以给别人，要宋朝割让土地，那就没有议和的余地。

不久，京师失守，金人俘虏了徽宗、钦宗，要立张邦昌为傀儡皇帝。有人搞了个拥护张邦昌做皇帝的“议状”，要在京的宋朝官员们签名支持。一时之间，官员们纷纷逃匿，赵鼎也逃到太学躲了起来。同一天，张邦昌用欺骗的手段，将官员们召到朝廷秘书省。在士兵环立威逼的情况下，赵鼎和大多数官员都顺从地在议状上签了名。而秦桧等少数官员，因表示反对立张邦昌为帝，被金人作为俘虏押解回北方。

张邦昌的傀儡政权只存在了三十多天。金人北归之后，他迫于压力，宣布退位，奉哲宗废后为皇太后，自任尚书左仆射。

赵构称帝，南宋建立。赵鼎先是在户部任职；后因张浚的推荐，到吏部做事。高宗赵构到建康，准备对金人作战。赵鼎上书，要赵构不管走到哪里，只带少量精兵护卫，把军队布防于江、淮。他对赵构说，这有利于掩盖皇帝的行踪。赵构觉得他讲得很有道理，很高兴，就采纳了他的建议。

那时，蔡京已死，但蔡京的党羽还没有遭到应有的惩罚。对此，赵鼎是很担心的。为了不让这些人死灰复燃，赵鼎上书赵构说，宋朝的百姓，从王安石变法开始，日子变得难过了；蔡京所做的一切，都是仿效王安石的；朝廷现在最大的弊端，就是仍以王安石配享孔庙，并且不惩办蔡京的党羽。

王安石和蔡京，表面上看是相像的，他们都讲理财。但王安石是希望通过理财来增强国力，蔡京却以理财来刺激皇帝的贪欲。把王安石与蔡京相提并论，赵鼎似乎有些过分，但惩治蔡京余党的确是当时国家的要务。南宋新立，一切都还没有稳定，如果再有人以理财的名义来聚敛，朝廷必定丧尽人心，而天下事也就无可挽回了。

对赵鼎，赵构是很欣赏的。他接受了赵鼎的建议，并任命他为右司谏。那时，一个严重的问题是军人跋扈。将军刘光世的部将王德，竟然擅自把将军韩世忠的一个部将给杀了；而韩世忠，则带领部下抢夺了建康府的府库。军人跋扈，对国家来说一定是灾难。晚唐、五代的藩镇，就是最好的例证。赵鼎对此也非常敏感。他对赵构说，王德身为总兵，带领着军队，可以任意地把别的军官杀掉；这样的事情要是还不处理，那就没有什么事不可以做了。后来，赵鼎亲自审讯王德，判他死罪。考虑到王德战功卓著，赵构又赦免了他，只是将他监管起来。对韩世忠一案，赵鼎一方面请皇帝下诏切责，另一方面将主要的肇事者送交刑部治罪。

这两件事的处理，对那些跋扈的将军，等于是敲山震虎，使他们收敛多了。赵构很高兴，说当年唐肃宗因有李勉，才知道做皇帝的尊威；而赵鼎就等于是他的李勉。于是，他又提拔赵鼎担任殿中侍御史。这是个专门负责纠举大臣违法行为的有实权的官，同时也负有对皇帝进谏的责任。当时有人提出，按宋朝的老规矩，谏官是不可以直接提拔为殿中御史的。赵构说，赵鼎在任谏官期间，提出过四十条建议，现已有三十六条施行了，自己都有记录。听皇帝这么说，谁也不敢再提反对意见了。

## 二、懂军事的文臣

赵鼎在军事上也很有见解。他为赵构分析军事形势，提出将一部分军队驻守长江中游，牵制住金军，并随时机动地予以袭击。他指出，国家要进取中原，首先要进取关中；而进取关中，就应该是从蜀地出兵；至于军队要进入蜀地，则必须先控制住荆襄。吴越地方偏于一隅，不足以成为进取中原的战略基础，只有控制住荆襄，才能兼顾川陕、湖湘和从洛阳到开封的广大地区。在作了这样的分析之后，赵鼎建议赵构最好能坐镇湖北公安，把重兵放在襄阳，用江浙的粮食来养川陕的军队。

韩世忠在黄天荡打败了金军，宰相吕颐浩请赵构到浙西，下诏率军亲征。赵鼎不以为然，觉得皇帝不可轻易地率军出征。吕颐浩觉得赵鼎跟自己不一条心，非常恼火，就想把他从皇帝身边支开。他先是让赵鼎改任翰林院学士，后来又让他担任吏部尚书。这两次任命，当然都是皇帝下达的。但赵鼎猜到是吕颐浩在搞鬼，就上书赵构，说皇帝现在有诚意听谏官进言，但宰相却想使皇帝拒谏；皇帝对谏官的进言非常宽容，而宰相却要对谏官逞威风。此外，他还向赵构列举了吕颐浩的种种过失。赵构于是罢免了吕颐浩，而让赵鼎继续担任原职。不久，赵鼎又被授予端明殿学士，并升任签书枢密院事，已经是朝廷的执政大臣了。

金人攻楚州，赵鼎上奏，请张俊前往救援，但张俊却按兵不动，导致楚州的山阳郡失陷。赵鼎因此恳请辞去官位。正巧此时，将军辛企宗被授予节度使。节度使在宋朝虽是个虚衔，却只授予有相当军功的人。赵鼎于是上书，说辛企宗的军功，还够不上得到节度使这个头衔。赵构对此很不高兴，就让赵鼎到平江府任知府，但不久就改任建康府知府，然后又迁任洪州知州。

在洪州的任上，赵鼎听说京西招抚使李横准备发兵收复开封，就上书朝廷，说李横手里只有乌合之众，是打不了仗的，弄不好还会丢掉襄阳。后来，李横果然败逃，把襄阳丢掉了。赵构这才觉得朝廷离不开像赵鼎这样懂得军事的文臣，就把他召回，任命为参知政事。

当时，最重要的事就是把襄阳夺回来。赵构问赵鼎，是否可以让岳飞去收复襄阳。赵鼎说，要收复襄阳，岳飞是最合适的人选，没有谁比岳飞更懂得襄阳在战略上的重要性。赵构于是命岳飞出兵，果然一举夺回襄阳。

## 三、第一次罢相

一个叫徐俯的人，任签书枢密院事。他对赵鼎很不服气，又不能胜过他，就上书要求到地方上做官。他走后，他的签书枢密院事，就由宰相朱胜非兼任。有人提出，宋朝的宰相是不管军事的，事情已经决定了，不好更改，那就应该让参知政事也参与。朱胜非因此对赵鼎很忌恨，要把他赶出朝廷。不久，赵构任命赵鼎为川陕宣抚使。赵鼎不想去，就推说自己没有这方面的能力。赵构对他说，宋朝的半个天下在四川，全都交给他，用谁不用谁也都由他定。赵鼎问赵构，吴玠已任川陕宣抚副使，是不是要自己去与吴玠争权。赵构听明白了，马上改任赵鼎为都督川陕军事。临行前，赵鼎上书赵构，说自己远去万里之外，很担心有人会在皇帝面前讲自己的坏话；现在人还没有走，已经被人家处处刁难，将来更不知怎样。

很多人都觉得像赵鼎这样的人才，是应该留在朝廷上的；台谏官也有这样的建议。这时，边境上的军情又紧张起来，赵鼎不断上书，提出朝廷应该采取的用兵方略。于是，就在最后向赵构辞行时，赵构对赵鼎说，你怎么可以离开我到那么远的地方，不要走了，我马上要用你做宰相了。第二天，赵鼎果然就被任命为宰相。

不久，伪齐皇帝刘豫派他的儿子率军，与金人一齐南下，声势非常浩大。当时，将军中只有张俊坚决要打，甚至有人劝赵构到别的地方去。赵鼎说，等打不胜再走也来得及。赵构则表示，这次他要亲率大军，与敌军决战。赵鼎看皇帝这么坚决，很激动，说连着好几年都是退却，敌人越来越骄傲，今天皇帝亲自率领我们去打仗，一定能取得胜利。

这场战争打得非常艰苦，也非常危险。在战争最危急的时候，将军刘光世派人对赵鼎说，如果他已去了四川，就不会为别人承担这么大的危难了。将军韩世忠则在私下里说，赵丞相可真是敢干啊。赵鼎听到这些话，担心赵构会中途退缩，就对他说，养兵十年，今天正是用的时候；稍有退缩，人心就会涣散，长江天险就不可恃了。不久，捷报频传。赵构就下诏声讨刘豫的罪行，想要自己带军队渡江决战。赵鼎马上阻止，说敌人远来，正想要速战速决，现在与他们争锋，不是上策。他还说，现在刘豫是让他的儿子带兵，皇帝陛下怎可以亲自出战。这样，他总算劝住了赵构。后来金兵在江北大量集结，人们才感到赵鼎确实有先见之明。

战争在进行，正当用人之际，赵鼎乘机提出被贬的大将张浚可当大任。赵构马上就任命张浚知枢密院。此时，驻扎在淮南的金兵知道南宋防备很严，则谋划着怎样退回北方。赵鼎得到了这个情报，知道金兵已是强弩之末，就下令各将领在淮南不断突袭金兵。金人又连吃败仗，逃回北方去了。

赵构获得了这场战争的胜利，高兴得难以言表。他说，打胜仗都是因为用了赵鼎。赵鼎连忙说，打胜仗完全是皇帝陛下英明决策，自己并没有什么本事。有人问赵鼎，金军举国南下，大家都说形势危急，怎么只有他以为没什么可怕的。赵鼎说，金军虽然来了很多，但都是来帮刘豫的，自己并不想打，肯定不会卖命，所以没什么可怕。后来，赵构对张浚说，赵鼎是真正堪当大任的宰相，是上天派他来助自己完成中兴之业的，这是宋朝的大幸。

张浚的部下吕祉，经常奉张浚之命入朝奏事。此人说什么事，动不动就要夸大。每一次碰到这种情况，赵鼎总要给他点难堪。赵构对赵鼎说，将来张浚与他不和，一定就是因为这个吕祉。后来张浚上章论事，言语之间果然有攻击赵鼎的意思。赵鼎对赵构说，自己本来跟张浚像兄弟一样，因吕祉挑拨离间，才会这样不和；但是，现在张浚有功，应该让他有更大的发挥；张浚应该到朝廷上来，自己则可以告退了。高宗说，等张浚来了以后再说罢。

及张浚入朝，与赵鼎同为宰相，意见常常不合。张浚要对伪齐用兵。赵鼎说，把刘豫抓起来不难，但即便收复河南，谁能保证金人不会南下。张浚要罢刘光世的官。赵鼎说，刘光世家世代为宋将，无缘无故地把他罢了官，其他人要不安了。张浚听赵鼎这么说，非常不高兴。不久，赵鼎就被降职为绍兴知府。

## 四、第二次罢相

刘光世被罢官，张浚还让吕祉去节制他的军队。刘光世的部将郦琼，与吕祉有宿怨，吕祉又不能公正地对待他。郦琼抓了吕祉，然后率全军投降了伪齐。于是张浚引咎辞职，赵鼎再次入朝任宰相。

赵构要办张浚的罪，把他流放到岭南去。赵鼎上奏，说张浚的母亲老了，并且他勤王有功。赵构说功过不能相掩。赵鼎说，张浚的罪属于失策；谁都想有万全之策，但做不到；如果一有闪失，就置之死地，以后人家即便有奇谋密计，那也不敢说了。他还告诉赵构，这是一件有关朝廷的大事，并不是自己顾念与张浚的老交情。赵构本来是很气的，听赵鼎这样说，相信他不是故意卖好，气才消了，对张浚从轻发落。

赵鼎再次任宰相，没做什么事，很多人都议论他的这种无所作为。赵鼎听到这些话后，对手下的人说，现在的事情，就好像一个人病后体虚，应该静静地养，如果再用针药救治，就要伤元气的。

那时候，赵构对赵鼎，似乎也渐渐地有了一些看法。一些官员、将军有不同意见，赵构不爱听，还听信谗言，认为是赵鼎在背后搞鬼。公元1138年，即南宋绍兴八年，赵鼎因为对宋金和议有异议，被宋高宗赵构罢相；而与赵鼎同为宰相的秦桧，却因为热衷于宋金和议，受到重用。赵鼎是正人君子，曾经也为秦桧所蒙蔽，而大力推荐他。秦桧则“机阱深险，外和而中异”，对与自己意见不同的人，必除之而后快。赵鼎的罢相，与他有很大关系。

赵鼎罢相离京，到绍兴去任知府。秦桧受高宗委托，为赵鼎饯行。赵鼎见了秦桧，只与他作揖而别。秦桧说，他是奉了皇帝的命令为赵鼎饯行的，要赵鼎多留一会儿。赵鼎却丝毫不假以辞色，说跟秦桧议论不和，多留无益。登船之后，他催促艄公速撑船离岸。秦桧觉得赵鼎很不给他面子，马上让人收起已摆下的筵席。他还对已上了船的赵鼎说：“桧是好意！”

## 五、绝食而死

高宗对赵鼎的能力是非常看重的，这使秦桧非常担心，恐怕他有朝一日重新被高宗起用。赵鼎在绍兴，曾上书高宗，请求兼任一份主管当地道观的职务。这在当时，对于外放地方的官员来说，是一惯例，无非是可以增加一份俸禄。但是，秦桧怀疑赵鼎此举意在使高宗回心转意，让他重回朝廷。于是，他唆使手下上言，说赵鼎在当年汴京陷落之后，曾经接受张邦昌的伪命。结果，赵鼎不久就被迁到离京师更远的泉州去任知府，还被取消了节度使官衔。赵鼎到了泉州不久，秦桧又指使人上言，说赵鼎在泉州“治郡废弛”，没有履行应尽的职责。结果，赵鼎又被调回京师，负责管理临安洞霄宫。

面对秦桧的种种打压，赵鼎心中极为不安。回到京师后，他就上书高宗言政。他的目的，其实也是希望重回朝廷。高宗对赵鼎是很欣赏的。赵鼎之前已两次拜相，而在第二次罢相后，高宗也曾心生悔意。秦桧惟恐高宗忽发奇想，再拜赵鼎为相，就指使人再次上书朝廷，旧事重提，拿赵鼎曾担任伪职说事，还指责赵鼎曾贪污、滥用公款。于是，赵鼎彻底罢官，以戴罪之身，被辗转发落到潮州安置，只是名义上还给了一个节度副使的头衔。

赵鼎在潮州谪居五年，闭门谢客，不言国事。或有人向他问起罢官的事情，他也只是引咎自责。虽然如此，他最终还是被送到更远的琼州吉阳军安置。在吉阳军，赵鼎上表向高宗谢罪，其中有“白首何归，怅余生之无几；丹心未泯，誓九死以不移”之句。秦桧看后对人说：“此老倔强犹昔。”这时，赵鼎知道自己最终难逃秦桧的毒手了。

还在潮州谪居时，赵鼎曾对学馆的士子们说，梦到自己被贬到海岛上去了。大多数士子都不明白他的意思，只是一个劲儿地赞扬他。唯有一两个人表示，真有那么一天，他们将“乘桴而从”。这样的话，一时传为美谈。但是，当赵鼎真的被送到吉阳军时，只有一个叫王海康的人，从海上给赵鼎捎去一些生活必需品。此人因此被夺去官职。

赵鼎在吉阳军三年，即便是他的亲人和故旧，也都与他划清界限，再不来往。他已注定了不可能东山再起，没有人会在他身上再下赌注。最后，他派人捎信给他的儿子赵汾，说秦桧是非杀他不可的；他如果不死，到时候一定是全家被株连；如果死了，家人就安全了。他最终选择了绝食而死，终年六十二岁。死前，他还留言：“身骑箕尾归天上，气作山河壮本朝。”《庄子》上说，傅说为殷王武丁相，后乘箕星上天。赵鼎用此典，表示自己的报国之志永不泯灭。

高宗恩准将赵鼎还葬衢州。衢州守章杰，是章惇的孙子。章惇是支持王安石变法的新党人物，曾为相。高宗时，曾命赵鼎起草诏书，着令蔡京、章惇等人的子孙及亲戚，皆不许在朝廷为官。章杰对赵鼎恨之入骨，也是为讨好秦桧，命令手下一个叫翁蒙之的人，去查抄赵鼎与故旧的通信，想从中寻找他们诽讪朝廷的证据。翁蒙之接到指令后，先派了仆人去通知赵汾，让他赶快把这些书信都烧掉。这才避免了一场灾祸。

但是，赵汾还是遭到秦桧的迫害。秦桧临死前制造了一个谋逆大案，诸如张浚等五十三人被网罗其中，而赵汾则被投入大狱。赵汾入狱前，曾吩咐家人，说自己必死无疑。但是，他仍寄望皇帝能对他特别开恩。他叮嘱家人，如有获生的消息，就在送来的面食上做一个“笑靥”（酒窝）。他在狱中一个多月，从没有被提审过，却反复遭受狱吏的惨酷拷掠，被折磨得奄奄一息。一天，他打开家人送来的饭橐，看到面食上满是笑靥，当时就泪如雨下。他对人说，跟家人约定的，是做一个笑靥；现在家人做了这么多，一定是在骗他。他觉得自己死期已经到了。但是，过了一会儿，狱吏们就来向他表示祝贺，告诉他秦桧已死，这个案子也被撤销了。当天，赵汾就脱枷出狱。

## 六、清者自清，浊者自浊

赵鼎为人是比较宽和的，但也并非没有原则，所以还是得罪了一些人。如朱胜非，曾与他共为宰相，就对他恨得要死。

朱胜非在自己的回忆录里，对赵鼎肆意诋毁，说赵鼎出身低微，土里土气，一朝得志，马上就骄侈起来，嫌临安原来的相府狭小，非要另建一个大的，周围都种上花草竹木，相府大堂两侧置四大香炉，每天要焚异香几十斤，使堂内香烟缭绕，名曰“香云”。朱胜非还提到了赵鼎在相府，每日用于吃喝的费用，是过去的十倍；总是把自己亲信的人，不论职位高低，都聚到一起吃喝。他还说赵鼎贪污公款十七万贯，滥用公款七十余万贯，并盗用公物三千余件。

朱胜非的这一说法，是否符合事实呢？高宗时，内侍曾在皇宫中种竹，被赵鼎怒斥，说这是蹈徽宗时花石纲的覆辙。一次，有户部官员擅自把国库的钱送进宫，也被赵鼎痛加斥责。高宗对赵鼎说，这件事是他吩咐的。赵鼎就说，把户部的钱献给皇帝本身就不对，皇帝问户部要钱也不对。试想，如果赵鼎果真在相府大栽花竹，以及滥用公款吃喝，又怎么敢斥责内侍在宫中种竹呢？如果赵鼎果真贪污公款、盗用公物和滥用公款，他又怎敢斥责户部官员献钱入宫，甚至批评皇帝不该问户部要钱呢？

朱胜非与赵鼎不和，与秦桧也不和。赵鼎罢相之后，不断受到秦桧的迫害。而秦桧攻击赵鼎的那些罪名，诸如奢侈、贪污和滥用公款，以及盗用公物之类，其实都出于朱胜非的诬陷。朱胜非在这种时候上书诬陷赵鼎，显然有讨好秦桧之嫌。朱胜非说，他上书揭露赵鼎，人家都以为赵鼎一定会为自己辩白，但赵鼎却没有任何辩解之辞。他的意思是说，他所举出的都是铁证。秦桧对赵鼎，是必欲置之死地而后快的。如果朱胜非所言为实，赵鼎早就没有活路了。赵鼎知道，如果上书为自己辩解，反而会被高宗认为是借题发挥，“怨望”朝廷。确实，在专制政治之下，赵鼎唯一可取的态度，只能是“清者自清，浊者自浊”的无奈和沉默。

# 刘基与朱元璋的政见分歧

明朝开国功臣刘基，曾经是一心忠于元朝的；他之成为朱元璋集团的一员，原本是不得已。在协助朱元璋夺取天下之后，刘基在如何治理国家的问题上，每每与朱元璋发生政见分歧。对于刘基之死于非命，李贽认为是他“太直”“太刚”，不像西汉的张良那样“和光同尘，曲己藏身”，因此遭人忌恨，并为朱元璋所不容。

## 一、被迫出山

刘基是元朝至顺年间的进士，做过高安县丞、江浙儒学副提举等官。但他对做官并不很感兴趣，动不动就不干了。他是个很有学问的人，博通经史，其他的书也读得很多，精通天文地理，被人家看成是诸葛孔明一类的人物。

元末，方国珍起兵，而后屡降屡叛。方国珍攻击浙江沿海州郡，刘基被召入元帅府任都事，但不久就因反对招安方国珍，被朝廷以擅行威福的罪名，送到绍兴“羁管”。这大概跟停职反省差不多。那时，到处都出现了“山寇”，地方上深受其害。于是，行省再度起用刘基去剿捕。因为有功，经略史李国风上奏朝廷，建议重用；但朝中执政仍以刘基曾经“擅行威福”为由，故意压制他，不让他管军事。

居官不能有所作为，刘基弃官回家乡青田，开始写作《郁离子》，讲解古今治乱。此时，方国珍还是叛降不定，许多人逃到青田投奔刘基。刘基将这些人稍作军事上的编制，用来守卫青田。

公元1355年，朱元璋攻下金华、括苍等地。他听说了刘基、宋濂等江南俊杰，就派了一个叫孙炎的人去请他们。刘基最初是不愿意出山的。当孙炎再次去请他时，他赠给孙炎一柄宝剑。孙炎就写了一首诗，意思是说宝剑应该献给天子，用来斩那些不顺命的人，自己作为臣子是不敢接受这样的赠予的。这些话显然很有威胁性，是朱元璋的意思。刘基不得已，只好从命出山。

明朝建立之后，朱元璋曾颁布过一条法令：读书人不愿意为君王所用，即是死罪。在朱元璋看来，读书人不愿意为君王出力，是他难以容忍的。可以想见，当年刘基对于朱元璋的邀请没有积极响应，一定会给朱元璋留下很坏的印象。

## 二、为朱元璋夺取天下制定战略

一旦投入了朱元璋阵营，刘基的态度就有了根本的转变。见到朱元璋，刘基提出时务十八策，朱元璋听了，觉得很重要，也很切实用，非常高兴。他专门建造了一座礼贤馆，作为与刘基等江南士人商议事情的地方，对刘基更是给予很高的礼遇。

此前，韩林儿已经称帝，朱元璋则向韩林儿称臣。为此，刘基对朱元璋说，就这么一个放牛的小子，尊奉他为皇帝，又有什么用；只有朱元璋才是天命所在，将来是要做皇帝的。

当时，张士诚和陈友谅，一东一西把朱元璋夹在中间。朱元璋问刘基有什么办法。刘基说，张士诚不过是个“守虏”，只知割据自保，根本不值得担心；倒是陈友谅，以徐寿辉的名义号召红巾军，自称汉王，占据着上流，无时不在想着怎么能吃掉朱元璋，必须先想法把他消灭掉；陈友谅一旦被消灭，张士诚就孤立了，一出兵就可以把他扫平；然后北上中原，就可以统一天下。听了刘基的分析，朱元璋很兴奋，称刘基为先生，说他的计策真是太好了，要求他再详细讲讲。

那时，陈友谅兵势很盛，要东下与朱元璋决战。朱元璋的一些将领们害怕了，有的说还是投降的好，有的说应该逃到钟山去守险。刘基对朱元璋说，凡是建议投降和逃跑的，全都应该斩首。朱元璋问他有什么好办法。刘基说，来的是骄兵，让他们深入，用伏兵袭击他们，取胜并不难；天道是讲后发制人必胜的，立军威、灭敌人而建立王业，这一仗可是关键。按照刘基的部署，朱元璋诱敌深入，果然把陈友谅打得大败。

但是，陈友谅的军队很快又收复了安庆。于是，朱元璋准备亲自带兵去攻打，刘基则极力表示赞同。然而安庆很不好打，迟迟攻不下来。刘基就建议，出其不意，直接进攻陈友谅的江州巢穴。朱元璋马上带领全军向西进攻江州，打了陈友谅一个猝不及防，把江州给拿下了。当时，陈友谅的南昌守将胡美想投降朱元璋，派儿子前来谈判，提出的投降条件是原封不动地保留自己的军队。对此，朱元璋面露难色，亏得刘基从背后猛地踹他坐的胡床，才使他恍然大悟，赶快同意了。胡美一投降，江西的各郡都风从而降。

从此，朱元璋几乎离不开刘基。刘基的母亲去世了，刘基回家葬母，朱元璋几次派使者送信给刘基，向他讨教军国大事。而刘基每一次提出的意见，也确实都抓住了关键。不久，刘基回到应天府（今南京）。人回来了，照理说朱元璋更应该虚心请教了，但事情却恰恰相反。其时，红巾军的大本营安丰被围，朱元璋准备带兵援救。刘基则认为，无论是陈友谅，还是张士诚，都可能乘机前来攻打，现在去援救安丰是不妥的。道理其实很简单，朱元璋却不听。而陈友谅一听说朱元璋去增援安丰了，马上就带军队把洪都（今南昌）围困起来。

接到洪都被围的消息，朱元璋对刘基说，因为没有听他的劝告，几乎铸成大错。朱元璋迅速带水军援救洪都，与陈友谅大战于鄱阳湖上。有一天，战斗非常激烈，刘基侍立在朱元璋身旁，突然大声喊着要朱元璋赶快换船。仓促之中，朱元璋刚上了别的船，自己原来乘坐的船就被陈友谅的大炮击得粉碎。远远看见朱元璋的船被击中，陈友谅高兴极了。但他的军队马上就发现，朱元璋又换乘了别的舰船，仍在指挥战斗。

在鄱阳湖上跟陈友谅相持了三天后，根据刘基的建议，朱元璋率军守住湖口，把陈友谅的水军困在湖中。最后，陈友谅在突围中战死。他的军队群龙无首，很快就瓦解了。

击败了陈友谅，朱元璋东取张士诚，北伐中原，终于成就了他的帝王之业。这一切，与刘基最初为他设想的，完全一致。

## 三、劝朱元璋赶快行仁政

明朝建立之后，刘基即与朱元璋在如何治理国家的问题上，发生分歧。当时，有这样一种看法：宋、元因“宽纵”而失天下，明朝要行“三十年杀运”。朱元璋是赞成这样的意见的。而刘基认为整肃纲纪是必需的，但“霜雪之后，必有阳春”，还是应该赶快实行仁政。有一次，朱元璋对刘基说，天下已经平定了，要好好考虑一下“生息之道”。刘基说：“生息之道，在于宽仁。”朱元璋听了很烦，说空讲“宽仁”没什么用，还是要“施实惠”；不能节用民财民力，让百姓知礼义，严惩官吏贪暴，“宽仁”不过是徒有其名。话虽不错，但以此来抢白刘基，可见朱元璋对刘基动不动就讲仁政，已经很不满意。他的抢白，也非常蛮横，让刘基百口莫辩。

朱元璋显然不是那种从谏如流的人物。他具有雄才大略，却视臣下如奴仆。当战争还在进行的时候，因为敌强我弱，他对于刘基的意见，一般是重视的。但是，刘基并不以为自己的责任，就是帮朱元璋打天下。他希望朱元璋能够施仁政，使人民免受痛苦。为此，他总是煞费苦心地利用朱元璋非常迷信的弱点，让他听取自己的意见。还在朱元璋称帝之前，因为天文上出现了异常星象，刘基就不失时机地指出朱元璋的某些错误，请他发布罪己诏承认错误。发生了旱灾，他会说是冤狱太多，应当平反，而且必须立法，制止滥杀。朱元璋因为做了异常的梦而要杀人祭神，他会说这个梦其实表明着某种吉象，应该静等它带来好处。刘基精通天文，能够预测某些天象的出现，所以常常能使朱元璋听从自己的意见。

但是，朱元璋是个绝不允许臣下出错的人。明朝建立后不久又遇上大旱，朱元璋于是命臣下上书，指出朝廷治政的阙失。刘基在上书中说，士兵们死亡后，他们的妻子和儿女，有几万人，都被集中在专门的军营里，致使阴气郁结；工匠们死后不能得到安葬，投降的张士诚的将吏被编为军户，也都冲犯了阴阳的调和。朱元璋接受了刘基的说法，马上下令将这几件事情全部改正。但是，过了十天，还是不见下雨。朱元璋大怒，觉得是被刘基愚弄了。

刘基当时正担任朝廷的御史中丞，执法不避权贵，得罪了许多人，受到他们的攻讦。他担心这些人会乘机向皇帝进谗言，后果不堪设想。恰于此时，他的妻子死了，他就赶快辞官归乡去了。然而，朱元璋在气消了之后，也感到自己还是离不开刘基这样的人，就下诏把刘基重新召回朝廷，还要给他封爵，但刘基绝不敢接受。

洪武三年，朱元璋大封功臣，刘基受封为“诚意伯”，官阶二品，但食禄仅二百四十石，与四品官相当。下一年，他就被朱元璋“赐归老于乡”。这其中的具体原因，《明史》上未有明确记载，却也有迹象表明，刘基坚持“霜雪之后，必有阳春”的政见，已使朱元璋忍无可忍。

## 四、希望恢复历史上的宰相制度

刘基与朱元璋的政见分歧，还充分表现在他反对朱元璋削弱宰相的权力上。左丞相李善长，一直是朱元璋倚重的人物。洪武三年，朱元璋开始表现出对李善长的不满，想罢免李善长的相职。刘基对朱元璋说，李善长是国之“勋旧”，功劳大，资历深，能够平衡将领之间的关系，是当宰相的合适人选。

朱元璋对刘基说：“这个人几次想加害于你。你这样说，是要为自己留后路吗？我接下来就让你做丞相！以你的忠诚和功劳，也足可以做丞相嘛！”刘基连忙叩头，说换相就好像给房子换柱子，必须用大木头；如果把几根小木头绑在一起做柱子，房子马上就会倒掉的。

当时，朱元璋心目中的丞相人选，是一个叫杨宪的人。杨宪与刘基的关系一向很好，但刘基却对朱元璋说，杨宪这个人，论才能是可以做丞相的，但是缺乏做丞相的器量；做丞相的人都应该是持心如水，凡事以义理为标准，而不能怀有私心，但杨宪不是这样的人。朱元璋问刘基，说汪广洋这个人怎么样。刘基说，汪广洋偏狭浅陋，就更不堪了。朱元璋又问胡惟庸怎么样。刘基说，他就好比是一匹劣马，让他拉车，会把车辕都折断的。

听刘基这么说，朱元璋很不高兴。他对刘基说，看来丞相之任，没有比他更合适的人选了。刘基说，自己是个疾恶太甚，又不耐烦剧的人，做丞相会辜负圣恩；天下还是有可以担当大任的人物的，只要皇帝英明，真心地去寻找，总是能找得到的。

自从汉武帝把宫廷政治制度化，相权就被大大削弱了。但是朝廷没有权力中枢，不仅使官僚制度运转不灵，而且还带来了外戚、宦官专政的问题。所以，唐宋时期，又在一定程度上恢复了相权。但总的趋势，却是从制度上将相权分拆。虽然，由于皇帝的宠任，权相和一人独相的情况并不少见。明初，李善长任左丞相，右丞相徐达是不参与执政的，其实是一人独相，而以杨宪为中书左丞，汪广洋为中书右丞。李善长执政中书，朱元璋“事无巨细，悉委善长与诸儒臣谋议行之”。刘基反对朱元璋罢免李善长，认为李善长有能力，又能平衡各将领之间的关系，这其实是一个方面；另一方面，就是刘基认为，宰相之权应该集中，而不应分散。他认为朱元璋即便是要罢免李善长，也须找到一个像李善长一样有能力担当大任的栋梁之材，而不是找几个能力差的人来分管他的工作。显然，刘基内心的真实想法，就是要恢复历史上的宰相制度，使相权成为政府权力的中枢。

刘基在他杜撰的一个寓言中，完整地阐释了他对于这个问题的看法。楚王因为令尹蔿吕臣不称职，想要换人，去征求宜申的意见。宜申认为，令尹之职，乃楚国的国相。国家的大事，莫过于国相的任命，不可轻动。要免掉蔿吕臣，一定要先选定能够胜任其职的继任者。楚王对宜申说，蔿吕臣不称职，不仅他宜申知道，国人知道，就连鬼神也知道；却只有宜申认为不可以罢免，这使他很不理解。宜申说，自己住的里中，有一户大人家的房梁腐朽了，眼看就要折了。这家人于是找来工匠。工匠说，梁的确已朽蠹，必须更换，但是必须先找到可以更换的材料，没有相应的材料就不能动。这家于是另请工匠，把一些小木头绑在一起，把那根大梁换了。这年冬天，下了一场大雪，这家果然梁折屋塌。讲完了这个故事，宜申对楚王说，如今的令尹蔿吕臣，虽然不及他的祖辈有能力，但与国人有旧交；而现在楚国新提拔的那些大臣，还没有担任相职的才能，所以他才认为令尹还不能换。

总而言之，在刘基看来，宰相之权应该是完整的，而不应拆解分任，让几个不具备宰相之才的人来共司宰相之职。他的这种建议，显然已触犯了处心积虑要削夺相权的朱元璋。刘基曾经说过，如果让他来负责，一二年之内，就可以扫除积弊，恢复宽政。这样的说词，表明他其实是颇想做一个独当大任的宰相的；而朱元璋对他的这种心思，当然也是洞若观火。

## 五、革去俸禄，回京请罪

自从被朝廷遣返回乡，刘基一直非常谨慎，每日不过饮酒弈棋，从不与人谈论自己的功劳。他闭门谢客，连当地县令也一概拒之门外。县令换了便衣来见他，当他得知是县令，即自称草民，然后谢客，再不往来。不言语，以免被人栽赃诬陷，这是刘基精明的地方。回乡后，他也不议论朝政，除了上表朱元璋谢恩，再就是写了一篇《平蜀颂》，对朝廷平定蜀地表示祝贺。但是，朱元璋给刘基的回信，却是极其傲慢。他对刘基说，蜀地平定了，该抓的人也都被押解到了京师，明朝的疆宇已越来越广大；元朝因为宽纵而丢掉了天下，他朱元璋则以猛救世，却有一帮小人，只知道讲宽仁，放肆地诽谤国家，无事生非，煽惑百姓，还治不了他们了！朱元璋还曾以问天象为名，对刘基再一次作了警告。他对刘基说，如今不详的天象不断出现，不断地打雷已持续了八年，连着三年太阳呈现黑子，今年秋天雷震得很厉害，太阳黑子不断呈现，不知何时灾难又将降临？他还意味深长地说，刘基年事已高，静处万山之中，一定有什么真知灼见，所以特地派人前来听取他的意见。

这两封信，其实都是向刘基问罪的。措词严厉自不必说，而且还警告刘基不要自以为老谋深算，乱言天象，妖言惑众。而刘基还是一如既往地坚持自己的看法，给朱元璋回信，强调“霜雪之后，必有阳春。国威已立，宜稍济以宽大”。

左丞胡惟庸对刘基曾经反对他做丞相，一直是怀恨在心的。刘基返乡后，家乡附近的茗洋曾发生逃亡卫所军士造反的事件。当地官吏隐瞒不报，刘基就让儿子刘琏将此事直接报告朱元璋，而没有报告给中书省。胡惟庸为此对刘基恨得要死。在刘基的家乡青田县，有一片叫淡洋的地方，历来为私盐贩子所出没，元末方国珍就曾在这地方为盗。刘基曾上书朝廷，请在这里设巡检司。胡惟庸于是指使吏员上书，说刘基是因为淡洋那个地方有王气，想把自己的墓建在那里，就请设巡检司，以驱逐当地百姓。朱元璋接到上书后，即下令将刘基的俸禄取消。刘基知道大事不妙，就赶往京师，向朱元璋谢罪。而为了不再被人诬告谋反，他只好留住北京。在皇帝的眼皮底下，一个已经卸任的官员，要诬告他谋反，是不容易的。

## 六、朱元璋最后的警告

洪武六年，右丞相汪广洋迁任广东行省参政，胡惟庸由左丞而升任右丞相，独任中书省事。不久，胡惟庸又升任左丞相。对此，刘基非常反感，因忧愤致病。

令人感到蹊跷的是，刘基病倒之后，朱元璋竟派胡惟庸带着御医去看他。据说，刘基服用了御医给他开的药方之后，只觉得腹中积有一块拳头大的石头，病情愈发加重了。直到这时，朱元璋才敕命将他送返青田。

朱元璋在敕文中对刘基说，“君子绝交，恶言不出”，所以他也不追究刘基的过错了；而“忠臣去国，不洁其名”，刘基也不得自诩清白无辜；刘基辅助他夺取天下，他也给了刘基很高的爵位，现在则让刘基回乡养老，得以寿终；至于刘基从跟随他到现在，功过是非，尚有八个方面的问题可以讨论；他不加罪于刘基，而只夺刘基的俸禄，已是从国之大体来考虑的；愚蠢之徒总以为自己是对的，而皇帝反而不对；刘基懂得怎样做一个忠臣，所以赴京请罪，而不是跑来为自己辩解，大概就算是“不洁其名”“恶言不出”吧。朱元璋还意味深长地说，他现在是放鸟归林，以体谅刘基的“恋巢复顾”，让刘基得以与儿孙共享欢乐，使君臣两全。显然，朱元璋的这种“体谅”，其实也暗含着威胁，是在警告刘基回去后要检点自己的行为，不要弄得自己和自己的家人没有好下场。

刘基在洪武八年回乡后不久就死了，时年六十五岁。他在临死前，曾给朱元璋写了封信，一是建议朝廷赶快实行仁政，二是提请朝廷关注在各军事要地，加强军事布防。他把这封信交给自己的儿子刘琏，说等胡惟庸倒台那一天，皇帝一定会想到自己，到时候就把这封信递上去。但是，刘琏于洪武十年，在江西参政任上，也死于非命。

## 七、刘基之死的疑问

李善长于洪武四年初罢相，而由汪广洋任右丞相。之前，杨宪未及拜相，已被朱元璋处死。汪广洋于洪武六年罢相，由胡惟庸接任。胡惟庸独任右相，后来又升任左丞相，权势倾人。洪武十年，朱元璋召回汪广洋，仍任右丞相。

汪广洋凡事依附胡惟庸，使朱元璋大失所望。洪武十一年，朱元璋下令：大臣奏事，不得报告中书省。洪武十二年十二月，御史中丞涂节揭发胡惟庸企图谋反；同时他还揭发胡惟庸毒死刘基，并说汪广洋也知道此事。汪广洋因矢口否认自己知道胡惟庸毒死刘基，而被朱元璋以“朋欺”之罪，在罢相之后赐死。

洪武十三年正月，胡惟庸因“谋反”被杀。与他一起被判处死刑的高官，除了御史大夫陈宁，还有涂节本人。《明史》上说，涂节本是胡惟庸的同谋，因担心案情暴露，才站出来揭发胡惟庸的。但也有人说，涂节被杀是因为他早就知道胡惟庸毒死刘基，却没有及早向朱元璋报告。可见，这个案子的要害，最初不在于“谋反”。

种种迹象表明，当时朱元璋还只是开始着手查办胡惟庸。《明史》上也说，直到胡惟庸被杀，他谋反的证据并没有完全暴露出来。涂节的揭发，只是看准了胡惟庸必然倒台，完全是一种政治投机。实际上，有关胡惟庸毒杀刘基的消息，早就流传开来。然而，涂节把胡惟庸毒杀刘基作为一个题目，很可能触犯了朱元璋的忌讳。在这件事情上，汪广洋的矢口否认，自是有他的隐衷。

朱元璋对刘基的态度，胡惟庸应该是最清楚的。否则他哪里来的胆量，敢带着御医去给刘基下毒？朱元璋对胡惟庸之忌恨刘基，当然也是洞若观火。刘基反对胡惟庸为相，如果朱元璋不说，又有谁能够知道呢？既然如此，朱元璋让胡惟庸带着御医去看刘基，恐怕也是不怀好意的。

刘基曾经是很想做明朝的宰相，并且有一番作为的。他死前预见到了胡惟庸终将倒台，但他无论如何也想不到的是，朱元璋在杀掉胡惟庸后，终于把宰相制度也一并废除了。十年之后，朱元璋以“肃清逆党”为名，对胡惟庸的“谋反”再行追究，先后诛杀三万余人。在重新追究胡案的过程中，朱元璋几次声言，刘基和他的长子刘琏，都是被胡惟庸害的。刘基死后，他的爵位没有让刘琏继承。现在，朱元璋决定，让刘琏的儿子刘荐继承刘基的爵位，食禄五百石。他还对刘基的次子刘璟说：“你老子虽然吃些苦么，你如今恰光荣。”言下之意，刘家竟不吃亏，算是前人种树后人乘凉了。

# 汪文言与东林党案

## 一、万历朋党之争

明末的朋党，除了东林党之外，还形成了专门与东林党作对的浙党，以及与浙党联合的齐、楚、宣、昆诸党。这两大势力互相倾轧，一般总是借“京察”做文章。所谓“京察”，就是对京官的政绩，进行六年一次的定期考核。按规定，凡是在京察中考核不合格而被罢官的，一律不许重新任用。所以，为了利用京察的机会来削弱对手，这两大势力围绕着那些负责京察的职位，展开了激烈的角逐，使党争变得越来越势不两立，越来越险恶，也越来越白热化。

除了京察之外，东林党人还以皇位继承问题为抓手，试图抢占政治高地，战胜对手，以达到最终控制朝政的目的。

首先是“争国本”。万历皇帝不喜欢王恭妃为他生的长子常洛，而要立郑贵妃为他生的常洵为太子。于是，朝中那些东林党大臣便以祖宗之法为根据，纷纷上书，要求尽快立常洛为太子。他们言辞激烈，不依不饶，表面上是激于对祖宗法治的忠诚，其实却是想趁机造成声势，控制舆论，在政治上扩大自己的势力，为有朝一日控制朝政而捞取政治资本。这场争论，前后延续十余年，直到常洛被立为太子才告结束。

为了维护常洛的太子地位，东林党人又不断发动攻势，迫使福王常洵离开京城，回到自己的封地。为此，他们不遗余力地对万历皇帝所宠爱的郑贵妃及其势力进行攻击，而且总是要牵扯到其他政敌。在东林党人看来，一切围绕“争国本”的斗争，都能使他们在舆论上占有优势，所以最容易克敌制胜。他们的这种做法，当然会迫使对手采取激烈的手段进行反击。当常洵被迫回到自己的封地之后，万历四十三年，竟有人将一名无赖带进皇宫，并引导他直闯太子宫，先是用枣木棍击伤守门太监，然后直趋太子殿前。他很快就被守备制服。

这件案子，被称为“梃击案”。以浙党为首的非东林党人，显然不希望东林党人通过此案的审理获益，从一开始就企图草草结案；而东林党人，则希望通过此案的审理，扩大事态，打倒对手。万历皇帝对东林党人热衷此案的目的是心存疑虑的，他下令迅速结案，并警告东林党人，不许再挑唆他和太子之间的关系。在万历皇帝看来，今后最大的威胁，一定就是朋党。

## 二、东林党人的得势

万历年间，东林党人与非东林党人的争斗，总体上是以东林党人的失败而告终的。但是，在这一过程中，浙党、齐党和楚党也反目成仇。这与一个叫汪文言的人，有很大关系。

汪文言本为胥吏，后来结交了东林人士，于是进京活动，并出钱为自己买了个监生（太学生）。汪文言是个很有心计的人，眼观六路，耳听八方，对当时各党人之间的利害关系十分熟悉。在他看来，浙党、齐党和楚党虽为同盟，但他们各自的党魁都不过是在互相利用；一旦功成，就会为了各自的利益，展开争斗。于是，他通过各种各样的办法去离间他们，使齐、浙、楚三党的党魁们相互排挤、攻讦，相互削弱，而至于分崩离析。这三党人士的分裂，无形中增强了东林党人的力量。

汪文言还是一个很懂得投机的人。他感到太子常洛的伴读太监王安将来是可以“济国事”的，遂倾心相交，希望将来可以通过他来影响皇帝。王安也是个有心计的人物。“梃击案”发生后，东林党人欲穷追猛打，王安却建议太子常洛尽快结案。对此，万历皇帝非常满意。

万历皇帝去世，常洛继位，是为光宗。反对势力既已分裂，东林党人因拥戴之功，而深得光宗皇帝的好感。在这样的形势下，那些原来被罢斥的东林人物，因为已任司礼监秉笔太监的王安的建议，又重新回到朝廷。这一切，都与汪文言的暗中活动分不开。据说，当时朝廷起用东林诸人，都是汪文言向王安推荐的。汪文言总是对王安说东林某某人是“清流”，这些人即被委以重任。汪文言那时是王安的中书舍人，负责传递朝廷的各项命令，职位虽低，却是一个很重要的角色。

光宗在位只一个月就去世了。据说，光宗的死，与他过度纵欲，又误服了臣下进奉的“红丸”有关。这本是一件讲不清楚的事情，却又成为当时朋党争斗的一个大题目。

光宗临终前，遗嘱由他的长子朱由校继位。朱由校那年虚岁十六，生母已死，与光宗宠爱的李选侍一起住在乾清宫。为了不使李选侍干政，东林党人联合王安，先将朱由校接出乾清宫，到文华殿登基，之后即迫使李选侍搬出乾清宫。这就是“移宫案”。

因扶立熹宗朱由校有功，东林党人受到了更多的重用。一时之间，内阁、都察院、吏部、兵部等关键部门，都掌握在东林党人手中。但是，东林党人并没有借此机会真正在治国安民上有所建树。他们只是一味地忙于起用过去那些遭到贬斥的党人；再就是打击业已分崩离析的浙、齐、楚诸党。此时，朱由校对东林党人已完全失去了兴趣，只一味地宠幸自己的乳母客氏和司礼监秉笔太监魏忠贤。

## 三、牺牲汪文言

王安为人，《明史》上说他“刚直而疏”。所谓“疏”，就是心思不周密。《明史》上还说他“善病”。显然，他身体也很不好。心思不周密，则不善于争权；身体不好，则难以独掌司礼监事务。这就给了魏忠贤以可乘之机。

魏忠贤曾经为熹宗的母亲王才人“典膳”。后来，他到司礼监，在魏朝手下做事。魏朝是王安的亲信，总是在王安面前赞誉魏忠贤能力强，王安因此也很看重魏忠贤。但到了后来，魏朝跟魏忠贤争相讨好客氏，两人又变得互不相容。王安为此对魏朝很有看法，就把他调离司礼监。这样一来，魏忠贤和客氏就越来越得志了。

熹宗继位后不久，命王安执掌司礼监事务，王安则按照惯例上章请辞。然而，在客氏的劝说下，熹宗竟接受了王安的辞呈。王安一离任，客氏与魏忠贤就伪造诏命，杀害了王安。他们制造王安案的主要目的，一是不让他东山再起，二是借机清除王安在司礼监的人马。

王安被杀，汪文言即被革除了监生身份，逐出京城。

而他一离开京城，即遭逮捕，但随后又鬼使神差地被宽大释放。之后，汪文言居住京城，与公卿大臣们频繁往来，与东林著名人物更是过从甚密。据说他家院子里，总是停满了车马。有时客人太多，车马甚至“填溢户外”。可见，直到此时，东林党人仍视汪文言为“香馍馍”。东林党人叶向高入主内阁后，汪文言又担任了内阁中书舍人。

王安死后的第三年，魏忠贤为清除东林党人，又唆使人状告汪文言，说东林党人就是因为汪文言的关系，才能与王安内外勾结的。魏忠贤显然是老谋深算，他要打击东林党人，必须抓到东林与王安内外勾结的罪证，以证明东林就是“朋党”。拘捕汪文言，则是关键的一着。

当时，负责汪文言一案的，是镇抚司的刘侨。据说，在审理汪文言案时，东林党人御史黄尊素曾嘱咐刘侨，说一个汪文言不足惜，重要的是不要因此引起迫害东林人士的“衣冠之祸”。而内阁首辅叶向高，也对刘侨讲了相同的意思。显然，东林党人一方面弃卒保帅，一方面又想保全汪文言。这一次，汪文言虽然被打入锦衣卫大牢，但只是受了梃杖。他的问题未被深究，也没有牵连他人，最后以削职为民了事。

对于汪文言案的草草了事，魏忠贤是不甘心的。不久，他就指使人重翻旧案，再度把汪文言投入狱中。这一次，负责审理汪案的，是镇抚司的许显纯。此人对汪文言动用酷刑，“五毒备至”；并伪造口供，诬陷汪文言曾经行贿杨涟等人。在刑讯中，汪文言曾仰天大呼："世上岂有贪赃的杨大洪！"大洪是杨涟的字。汪文言即便是在备受酷刑之际，对杨涟还是称字，可见他对杨涟的敬重。汪文言还对许显纯大叫，要他不要伪造口供，到时候是要与他当面对质的！当天，汪文言即被许显纯拷打致死。

杨涟本为朝廷副都御史，因上书言魏忠贤二十四罪，已被削职为民。根据许显纯伪造的汪文言口供，杨涟等东林党人，竟收受贿赂白银共十七万两。于是，杨涟等人又被逮捕入狱。在狱中，许显纯根据这份伪造的口供，对杨涟等人严刑逼供。酷刑之下，这些东林书生们个个都承认受贿。他们都天真地以为，到面对法司审判时，自己还有申辩的机会。他们哪里想得到，此时魏忠贤已伪造了圣旨，不必再把他们送交法司审判了。之后，每隔几日，魏忠贤就对他们严刑逼供一次，一直到把他们拷打致死。

## 四、东林党人的失败

从汪文言的行事来看，此人虽属策士一流人物，却具有强烈的正义感和坚定的人格，以至于"五毒备至"的酷刑都不能瓦解他的意志。对于这样的一个人物，为什么当他遭到魏忠贤诬陷和迫害时，东林党人首先想到的就是跟他划清界限，以免受他的牵连呢？这与明朝歧视胥吏和讲究"资格"，恐怕有极大的关系。

自从隋唐实行科举选官以来，读书人做官，具体的事情却要由胥吏来做，就成为官场的一种普遍现象。久而久之，“胥吏专政”就成为唐宋以来国家政治的一种特色。有明一朝，胥吏专政是非常严重的。明朝的胥吏，通常是父子相传。他们对法律很熟悉；对哪些事，习惯上是怎么办的，也很熟悉。读书人做官，胥吏做事，是官场通则。就此而言，胥吏的作用很大，地位似乎也很重要。但是，明朝也有一条规矩，就是胥吏不许考进士。这显然是一种歧视。

另一方面，明朝的官场，还非常重“资格”。洪武以后，选官重进士。开始时，做大官的一定要用进士。久而久之，凡州、县以上的官，都只用进士，举人、监生（国子监学生），都不能做大官。到了后来，上等州县官缺员，也一定要用进士。中等州、县官缺员，则任命举人来担任。只有下等州、县官缺员，才任命监生去担任。举人、监生若要做知州、知县，一定是在边远的地区。因为讲究“资格”，那些进士出身的人，只要看见有举人、监生身居要职，就会群起而攻之。顾炎武曾经说到，难得有一两个举人、监生受到皇帝的欣赏，被提拔做了大官，那些进士出身的人，一定会竭尽全力来攻击他们，想方设法捏造罪名，要皇帝把他们逐出朝廷，甚至非要置他们于死罪才心甘。

汪文言出身胥吏，后来出资捐了一个监生。他的这两种身份，在当时的士大夫中都是受歧视的。东林党人虽然与汪文言关系密切，却也难免为这种歧视胥吏、监生的观念所影响。尽管汪文言在朝廷重新起用东林党人的问题上，起了极大的作用，但东林党人内心是瞧不起像他这种身份的人的。他们对于汪文言，仅仅是利用而已。所以，在他们看来，东林人士既已占据朝廷要津，要紧的是不要受汪的牵连，因小失大。可以肯定的是，东林党人与汪文言之间，绝不存在行贿受贿的关系，牺牲汪文言对他们不会有任何危险。正因为如此，他们所迫切想要证明的，就是他们与汪文言并无瓜葛，很清白，也不存在结为朋党的问题；他们的所作所为，都是出于对朝廷的忠诚，而没有任何私利可言。留得青山在，不怕没柴烧。倒掉一个汪文言又何足惜哉！

由此看来，东林之中，虽然有许多君子，但即便是君子，也未尝没有小人之举。当汪文言深得王安信任时，东林人士是非常乐意与之交往，而把对汪文言身份的歧视暂搁一边；而当汪文言被追究时，东林人士对汪文言又是另一副嘴脸，觉得像他这样身份的人，根本就不值得顾惜。他们为了撇清自己，对牺牲一个汪文言毫不在乎，这就很难说是君子应有的行为了。

然而，以为牺牲掉汪文言，就可以撇清自己，不仅非常自私，而且也非常不智。按照魏忠贤的逻辑，王安既然有罪，只要证明东林人士与王安勾结，那东林人士也就有罪；只要抓了汪文言，这个案子就已是铁定的了。至于汪文言有没有口供，并无关紧要。口供是可以制造的，证据确凿绝对不是问题。当时的情况，牺牲掉汪文言，对于东林党人来说，可谓是唇亡齿寒。当时就有人说："东林诸贤被朝廷起用，都是由于汪文言的推荐，又怎么可能不受汪文言的牵连呢！"

魏忠贤的专权，是在明末朋党之争趋于白热化的背景下开始的。魏忠贤消灭了王安，掌握了司礼监。从那时起，明廷中凡是遭东林党排斥打击的官员，大多投靠了魏忠贤，形成了非常庞大的"阉党"势力。而东林党人的力量则遭到严重的削弱。那时，明廷的内阁、六部官员，以至于封疆大吏，几乎都由效忠魏忠贤的"阉党"担任，一片乌烟瘴气。正是在这种情况下，东林党人才意识到，必须与"阉党"进行斗争。但是，在这场斗争的一开始，东林党人由于对魏忠贤追查汪文言一案的退让，已使自己陷于极大的被动。在很大程度上，魏忠贤正是借助汪文言案，打倒了东林党人，并且终于使明朝的宦官专权达到登峰造极的地步。

自朱元璋废除宰相之后，明代逐渐形成了皇帝通过内阁和司礼监，直接掌控朝廷六部的权力结构。在这种权力结构之中，官员的奏章必须经过司礼监审查，并由司礼监秉笔太监向皇帝报告；另一方面，官员奏章除非"留中"（皇帝不予答复），否则必须下发内阁，由内阁大学士根据皇帝的批示，另纸拟定具体处理办法，叫作“票拟”。“票拟”制度，使内阁在皇帝的批示范围内，掌握了一定的建议权。而内阁“票拟”之后，还须由皇帝用红笔批复，才能生效，叫作“批红”。由于皇帝经常把“批红”的事情交给司礼监秉笔太监去做，内阁的建议权实际上又受到司礼监的限制。但无论是“票拟”和“批红”，最终还是受到皇帝控制的。正是在这样的权力结构中，皇权直接控制了政府。然而，当魏忠贤清洗了东林党人之后，明朝的内阁和六部，已全部由魏忠贤控制；而熹宗皇帝，本是个喜欢骑马、看戏，又着迷于做木工的纨绔，把一切权力都交给了魏忠贤。那时，大臣上书一概秉承魏忠贤旨意；魏忠贤甚至可以不经过内阁票拟，就直接以皇帝的名义发布“中旨”，实际上已经是在代行皇帝之职了。宦官可以这样毫无约束地行事，这在明代历史上是没有先例的。仔细想来，如果不是万历以来激烈的党争，是绝不可能形成这样强大的阉党势力的。而面对强大的阉党势力，东林党人竟幻想以牺牲一个汪文言来求得皇帝的信任，他们的自私与不智也已到了无以复加的地步了。

# 读书杂识

# “西方中心”论视野下的城市史

乔尔·科特金（Joel Kotkin）的《全球城市史》，对城市与城市化的历史连续性，提供了一种方向性的意见。作者认为，当今世界所面临的共同问题，就是在城市化的过程中，城市的生活为“转瞬即逝的价值”所吸引，“城市日益缺少一个对神圣地点、市政属性和道德秩序的共同认知”；而“一个没有道义约束或没有市民属性概念的城市即使富庶也注定会萧条和衰颓”。所以，他希望在“二十一世纪，也就是全世界多数人居住在城市的第一个世纪”，城市“能够找到履行其历史作用的方式”。

究竟是什么使得城市如此伟大？又是什么导致它们逐渐衰退？对此，乔尔·科特金的回答是，在神圣、安全和繁荣“共同存在的地方，城市文化就兴盛；反之，在这些因素式微的地方，城市就会淡出，最后被历史所抛弃”。

早期城市的起源，大都有宗教上的原因，这是乔尔·科特金最为强调的。苏美尔城市文明，以及后来出现于这一地区的巴比伦人、亚述人和波斯人，都把他们的神庙建于城市中心，以示与神密切相联。在埃及，虽然城市的生活“以王室为中心”，但它的文明仍旧是“以宗教为中心”的。印度文明也是“神权统治在城市运作中扮演支配角色”。在中国，“神庙、宗庙以及统治者的宫殿耸立在城市中心，统治者希望通过抚慰诸神来规范自然万物和众生”。在美洲，“最早期的城市中，宗教的优先地位更为显著”，“墨西哥、秘鲁和美洲其他早期文明建成的第一批城市也是将宗教建筑置于大都市中心的心脏地带”。在乔尔·科特金的心目中，“世界各地早期城市的建造者中，存在着某种‘心理一致’的现象”。

对于城市的历史，乔尔·科特金还特别为强调商业与帝国理念的关系：“在古代世界里，为商业而设计的都市远远逊于为了征服而建造城市。建基于利润和狭隘自我利益基础上的意识形态远不能抵抗帝国的理念。”他因此批评腓尼基商人阶层狭隘的本土观念，使他们在“远离本土建立永久基地时，他们也只是倾向于建设一个新的独立城市”。他还批评迦太基人“缺乏扩张所需的更明确的使命感和原则性”，“没有试图去建成一个统一的帝国”，“固执的商人本性导致了其衰落”。总之，如果城市为了追求利润，而没有远大的帝国理念，是必然要衰落的。比较而言，乔尔更欣赏希腊人的“公民精神”——公民理应是“国家的主人”，认为它正与希腊文明“孕育出一种积极主动的城市意识”有关。他所惋惜的，是这样的“公民精神”和“城市意识”，也只是使希腊在对外扩张上更具暴力倾向；“希腊人从来没有产生一个统一的意识形态或者政府架构，无法在他们中间形成稳定的联盟”。

是亚历山大的世界帝国理念，给希腊的“城邦的独立性以最后一击”。乔尔·科特金因此写道：“亚历山大形成了与波斯居鲁士相近的帝国视野。他试图建立的不是一个被征服民族所组成的帝国，而是一个所有种族的共同体。”而在这一世界帝国的理念下，新建立的城市，超越了种族的界限，犹太人、希腊人、埃及人和巴比伦人共同生活，成为“希腊文化的超级熔炉”。可惜的是，亚历山大死后一个世纪，这种国际化的尝试就因为种族和宗教的冲突，以及腐败和宫廷阴谋，破坏了经济的发展，开始走向失败。之后，就是罗马城市帝国的兴起。乔尔·科特金称赞了罗马城市的建设，还非常高地评价了罗马“天才的行政管理能力将城市保障发展到了一个空前水平”，并指出“帝国本身发挥‘城市单元的联邦’的作用”，是把“早期居鲁士和亚历山大构思的世界性帝国理想转变为活生生的现实”。

其实，乔尔·科特金关于城市的神圣、安全和繁荣的论述，是从城市历史中抽绎出来的关于城市的“理想类型”。其中最重要的，是与这个“理想类型”中的“神圣”一词相关的诸如公民责任、世界（帝国）理念、道德目标和宗教信仰等问题。他关于全球城市史的讨论，主要围绕的就是这些问题。

他是这样来叙述全球城市近代以来的发展的。

当罗马帝国衰亡后，西方的城市没落了，而让位于伊斯兰和东方的城市；但是，教会却“孕育了欧洲城市复兴的一线希望”。在意大利，“教区的结构被看成是城市和公民权利的基础”；“自治城市和新兴的资本主义一起成长”；市民“对利润的狂热和对他们的地方的爱合二为一”，“渴望接受长久以来被放弃的公民民族主义的理念”。但是，诸如佛罗伦萨、威尼斯和热那亚这样的意大利城市，同样也缺乏世界帝国的理念，而仅仅热衷于“为自己和他们的城市创造尽可能多的财富”。所以，当它们“变得更加富有时，就逐渐丧失了城市崛起的坚固基础——城市内部的凝聚力和强烈的市民精神”。继之而起的西班牙和葡萄牙，却在世界帝国的理念感召下，开始了对“新世界”的征服，使“对世界贸易和城市未来的控制权不再被阿拉伯人、中国人和其他民族所掌控”。也正是在这一过程中，欧洲城市化的水平大大提高。至十七世纪早期，荷兰的半数人口居住在城镇和城市，阿姆斯特丹成为世界上第一个伟大的现代商业城市。而荷兰的成功，一方面是加尔文教教义“帮助城市培育了以贸易和商业活动为中心的市民文化”；另一方面是“城市广大的多元化人口”和“诸多教派都可以在那里和睦相处”。荷兰的“商业活动与多元人口结合，为艺术、技术和哲学的大胆创新营造了一个理想的氛围”。“荷兰的城市不但容许公开探索和创新，而且也在它们的大学、科学团体和出版物中培育这种精神”。“实践证明，这种进取精神对城市的成功至关重要”。可惜的是，荷兰也没有将这种世界理念坚持到底。荷兰资本家最终还是“选择成为食利者、土地和股份投资者，而不主动进行新的商业冒险”，以至于1664年几乎没有任何反抗，就将新尼德兰（纽约）拱手让给了英国人。

乔尔·科特金认为，只有英国人，才具有强烈的世界帝国理念。他赞美伦敦不仅以“壮观的教堂、华丽的宫殿和景致优美的公园，以及国家的宏大为自豪”，还“创立了充满活力的经济机构，用于掌控和管理日益扩大的世界经济”，并且很早就“具有作为伟大城市支柱的至关重要的道德意识”。总之，“如同鼎盛时期的罗马帝国一样，伦敦做好了领导和改善世界的准备”。

但是，更为重要的“演变”，是新型工业城市在英国的兴起。乔尔·科特金指出：这些“城市中心的突出特征是主要依靠大规模的产品加工”，由此开启了世界历史上的史无前例的工业化和城市化的进程，是新的城市化革命的开端。然后就是美国继英国之后，执世界城市化发展之牛耳，工业城镇“以超过英国本土工厂的规模蓬勃发展”，最终“转变成了大城市云集的地方”。

问题在于，“新型的工业社会可能创造史无前例的财富，但是，这是以牺牲基本的人类价值为代价的。……工业城市缺乏宗教空间或者强大的社会道德约束，只有马克思所说的‘金钱关系’”。“交通堵塞、环境污染、贫民窟、犯罪等一系列问题，困扰着这些城市。于是，人们希望再建立一种适合生活的新型的城市，希望把城市变成‘世界上所有美好、健康和令人亢奋的标志’”。这种应运而生的新的城市发展模式，就是“分散、多中心和大规模郊区化”。在伦敦，“最初，只是富有的城市居民迁移到乡村。在十九世纪，越来越多的成功的中产阶级和工人阶级也汇入了向城市外围迁移的浪潮”。“郊区连着郊区，如同一根绳子上的五十头洋葱”。这种“郊区化”，不仅在英国的城市化中普遍发生，整个西欧的城市化也同样“郊区化”了。

郊区化也带来了严重的问题。以“二战”以后的美国为例，乔尔·科特金引用刘易斯·芒福德的批评：郊区化抽取了老城区的精华；随着越来越多的居民和企业迁移到城市郊区，郊区正在把城市由创造性的中心，变成令人唾弃的“杂乱无章而四分五裂的城市集合体”；“白人、中产阶级大量移居郊区，使郊区和城市之间的隔阂日益扩大而引起的社会危机，有分裂国家的危险，并且加剧了中心城市的恶化”。

意味深长的是，乔尔·科特金特别指出，那些曾为殖民地国家的“城市的巨大扩展并没有促成财富和权利的相应增加”，“许多大城市在持续的经济停滞和社会政治功能失常中变得更加庞大”，丧失了“它们作为现代和历史发展的发动机的功能”。而犯罪和普遍的无政府状态，导致这些城市中基本安全感的丧失。有的地方，某种“文化上的转型”适足以侵蚀“促成文化认同的决定性力量”，从而“把一个逐渐被西方环境异化了的人口抛弃在现代社会的后面”，“被异化的、贫困不堪的城市居民，就像欧洲十九世纪的工人阶级一样，对极端的意识形态越来越感兴趣”，成为“社会的定时炸弹”。对于发展中国家的大城市，乔尔·科特金还这样评价道：“过去，城市的规模有助于使城市成为内陆腹地的经济主导，而今天，大多数人口密集的巨型城市，如墨西哥城、开罗、拉各斯、孟买、加尔各答、圣保罗、雅加达、马尼拉等，其规模与其说是城市优势，毋宁说是城市的负担。”反倒是一些“小型世界性城市，如卢森堡、新加坡或特拉维夫，它们的影响往往超过了人口在一千万人或一千五百万人、无规则蔓延的巨型城市”。他还自信地说，诸如“伦敦、纽约、东京和旧金山等城市，实际上已经度过了困难期”，“西方文明和西方城市都没有表现出任何衰退的迹象”。他强调：“为了避免繁荣期短暂的缺陷，城市必须要注重那些长久以来对形成商业中心至关重要的基本因素”，“一个成功的城市不仅仅是新潮俱乐部、展览馆和酒店的所在地，也应当是专门化的产业、小企业、学校以及能够为后代不断创新的社区的所在地”。

乔尔·科特金最后以“神圣的地方”为题，来结束他对于全球城市史的讨论。他说：“一个伟大城市所依靠的是城市居民对他们的城市所产生的那份特殊的深深眷恋，一份让这个地方有别于其他地方的独特感情，最终必须通过一种共同享有的认同意识将全体城市居民凝聚在一起。”“在一个全球化深入发展的时代，城市必须争取将道德秩序与调和不同人群的能力相结合。”

中国正在发生的巨大规模的城市化，关系到中国在未来全球化进程中的综合竞争力。这本《全球城市史》，也许能给我们提供一些有益的启示。毫无疑问，本书是以“西方中心论”为主导的；所要传达的，就是诸如公民责任、爱国主义、世界理念、道德目标和宗教信仰，在全球城市化中具有主导性和神圣性。在作者看来，这是西方的优势。

# 贸易如何打造世界

“贸易所打造出来的世界，显然是一个复杂社会。这个社会不一定将利益最大化，不一定符合新古典经济学的法则，甚至不一定遵守常识。”这是彭慕兰和托皮克教授在他们的《贸易打造的世界》一书中所发的感慨。彭慕兰和托皮克都是美国加州大学尔湾分校的著名经济史教授，同属“尔湾学派”。如果说这个学派有什么特点的话，它的第一个特点，就是反对欧洲中心论，另一个就是批判资本主义。这本《贸易打造的世界》（以下简称《打造》），显然是他们对这两个方面的继续讨论。他们通过对贸易如何打造世界这一问题的大量因果分析，反反复复地强调：我们所生活的这个世界，不仅在经济上，而且在其他所有的方面，都是由五百年以来的世界贸易所塑造出来的；而这种贸易，并非是纯市场的行为，暴力和掠夺从中起了巨大的作用。

在历史的因果分析中，究竟是把所有的因素都加以考虑和运用，还是剔除其中并非主导、不稳定的因素，这是一个非常困难的问题。实际上，究竟怎样的因素才具有主导性和稳定性，这本身就是个可以争得天翻地覆的问题。仅就中国历史而言，项羽当初要是在鸿门宴上杀了刘邦，历史到底会不会重写，这就是一个永远也说不清的问题；而刘邦当年若不是一个叫丁公的人故意饶他一命，他也同样当不成皇帝。汉朝之前，中国的历史中更有无数类似的偶然性事件，可以用作历史的因果分析。偶然性是无穷多的，原因的原因也是无穷多的。据说某地的蝴蝶扑楞几下翅膀，会引起的一连串的因果反应，最终竟至于掀起全球风暴。所以，谈到刘项的不同选择，甚至还可以联系整个世界历史的变化也未可知。

在历史的因果分析中，不但不排斥偶然性，偶然性往往还最具魅力。历史学家们对历史上某些偶然性的关注，往往充满着激情。因为由历史的偶然性所造成的相关性，表面上的确较人们所推定的某些必然性要复杂得多，也迷人得多。就好像克娄巴特拉的鼻子，至少可以被想象为决定罗马帝国命运的力量。绕过所谓的必然性，历史的世界似乎更加绚丽多彩；因果关系的讨论，较之历史规律的运用，似乎更自由，也更加引人入胜。即此，这本《打造》，已为我们开启了一扇历史之门，其中的琳琅满目，让我们好不惊奇，感觉美不胜收，正所谓五色令人目眩。

关键的问题，就在于贸易怎样打造、并且最终打造出一个怎样的世界。针对这一问题，《打造》一书对近代以前世界贸易的多元性与整体性，仍是那样的津津乐道。其中一个关键性的表述，就是“很早以前，国际贸易就将世界各地的不同民族联结起来。全球化程度在今天达到前所未有的高度，但这一‘世界新秩序’并不是今天才有的，多元化也不是最近的发现”。而且，最初是“欧洲之外的人在国际贸易的发展过程中扮演了关键角色。欧洲人虽拥有某种程度的优势，这些优势往往来自暴力或运气”。“构成今天国际贸易基础的市场结构，不是自然形成或理所当然的结果，也不是一开始就隐藏在那里等人去‘打开’；相反，市场不管是好是坏，都有社会力量介入，并且由社会力量所构成”。这些话，听起来明白得有些让人难以理解。实际上它是在说，贸易不仅仅是单纯的商品交换，商品是有自己的社会属性的。譬如马铃薯，在一些地方是受欢迎的食品，但在另一些地方，或被人们看作是“下等”的而拒绝食用。从根本上讲，正是在这种“社会属性”里，“商品的意义、作用、价值不断改变；这种属性的‘供应’与‘需求’，由具有爱、恨等情感的人，通过文化的力量来决定，而非由具体化的‘市场力量’决定”。在这样的一个前提下，《打造》的作者以五百年来“市场准则的形成”“运输手段”“致瘾性食品的经济文化”“移植：世界贸易里的商品”“暴力经济学”“打造现代市场”“世界贸易、工业化、去工业化”为题，对这个“贸易打造的世界”作了非常有趣的因果描述。我们不妨撷取其中片断，稍作品尝。

在“市场准则的形成”一章中，作者指出，人并不天生具有“经济理性”。他以一些人类学证据来证明这一点。比如巴西的图皮南巴人，在他们的眼里，法国人远渡重洋，拼命工作，而把财产遗留给后代子孙，真正是“大笨蛋”的行为。因为在图皮南巴人的观念里，他们死后，他们的土地足以养活他们的父亲、母亲和孩子，而法国人为什么不是这样呢？又如北美西北太平洋沿岸的克瓦基乌特人认为，将个人的财物分出去越多，自己的地位就越高；对他们来说，累积的财物就是为了在适当的场合作为礼物送掉的。即便是在文明高度发达的一些国度中，人们的经济行为也未必就依从市场法则。比如秘鲁的印加帝国，交换以家庭为中心，而由国家进行监管；人们看重互相受益、重新分配，对获利和积累财富则不屑一顾。举这样一些例子，作者要强调的是，从来就不存在受人的本能驱动的“经济理性”，而这一点，恰恰是现代经济学理论的一个基本的出发点。在这样的讨论之上，作者描述了古代世界各地区的各种贸易形态，以此来证明：“经济活动是社会行为，这类活动能聚拢不同群体的人。这些群体往往因为文化背景上的差异，对生产、消费、交易的理解有所不同。”也就是说，贸易并不纯粹是贸易，与人际关系、文化、政治等社会因素紧密联系在一起，而这中间显然存在着一系列的偶然性因素。如为了大量砍伐巴西红木，欧洲贸易商只能将奴役目标对准非洲黑奴；因为购买黑奴的成本超过红木贸易的利润，葡萄牙人则开始经营甘蔗园。显然，“经济理性”的产生，正是此类偶然性选择的结果。在许许多多类似的因果追寻中，作者通过很多的故事性叙述，涉及了世界贸易不同时代的各种形态。这些叙述，从故事的角度而言，读来的确脍炙人口；但当我们思考作者提出的一些问题时，却也不能不产生一些困惑。如作者认为，今天的“全球化不是一个新概念，对于几百年前的某些企业家而言，他们所思考的世界，比今天更全球化”。在1500—1750年之间，“对那时奔走在各地的贸易商而言，这种全球化，是他们深度介入侨居国的政治所促成的，而不是市场所促成的”。这究竟是怎么回事？原来，这种政治上的卷入，就是这些商人在所在国，靠着替国王收税，获得自由经商的权力。这里作者要告诉我们的是，全球化不应该是一个市场的概念，也无须由市场来促成；从“贸易打造的世界”这个角度而言，因贸易要求而导致的政治卷入，才是更彻底的全球化。以这样的例证，来说明政治的卷入是为了获得经商自由，完全讲得通，也是显而易见的；但用它来否定这种卷入并非是出于“经济理性”所强调的“追求利益最大化”，却让人莫名所以。很显然，人们出于“经济理性”，同样可以以追求政治目标为手段。

读完“市场准则的形成”这一章，我们一时还很难对这个“市场准则”究竟是怎样“形成”的，有一个完整的把握。因为，很多问题，作者都放到以后各章的继续不断的因果讨论中去了。在第三章的“甜味革命”一节中，作者给我们讲述了蔗糖的生产和贸易的历史。糖从印度传播到中国、日本、中东，用了一千多年。十字军东征，欧洲人开始接触甘蔗这一植物。从此，糖的贸易就与暴力结合在一起。贸易先是开始于地中海地区，后来因为奥斯曼帝国崛起，夺走了威尼斯人所控制的穆斯林地区，威尼斯人不得已而转向新近征服的西西里和伊比利亚半岛，与葡萄牙人共展划时代的远航，从而开始了蔗糖的奴隶制生产和世界贸易。结果是甘蔗生产结合了亚洲植物、欧洲资本、非洲劳动力、美洲土壤，成为不折不扣的国际性作物。问题在于，这样的世界贸易并没有带来历史的进步。比如盛产蔗糖的海地，独立以后，获得解放的黑奴痛恨曾经使他们受奴役的甘蔗园主而放弃了甘蔗种植，于是这个国家在国际贸易中不再扮演重要的角色。其进一步的结果，就是“这座岛的人均出口额，在125个国家中排名112。独立后的海地突然发现自己基础设施匮乏，缺少资本，没有执政经验，农民教育程度低”。总而言之，是“欧洲人喜欢的甜味，使这座热带天堂变成悲惨贫困的落后地区”。而更加毫无疑问的，却是“暴力”在蔗糖的生产和贸易的全球化过程中扮演的重要角色，而不是通常所说的市场原则和经济理性。对于我们都熟悉并深切痛恨的鸦片贸易，作者指出：它不仅仅是“导致英国对中国的直接顺差，还导致金额更大的英国对印度顺差。没有这些顺差，英国不可能保住其西方最大消费国和最大资本供应国的地位；整个大西洋贸易的成长也将缓慢很多。英国领导下的工业革命，改造了很多地区，但直到十九世纪快结束时，西方经济才成长到不需要依赖劫掠亚洲”。所以说，鸦片“更是促进世界贸易、加速经济增长的最重要的动力。对中国如此，对欧洲、美洲也是如此”。在这些问题的论述上，作者似乎是认为，暴力和经济理性是对立的。

贸易打造的世界，起作用的并非是“经济理性”；“市场准则”也并非总是那么重要；一些在我们看起来具有“绝对进步意义”的东西，往往也并不是那样的“绝对”。对这一问题的说明，《打造》一书可谓不遗余力；也确实有非常好的说明，值得我们深思。例如苏伊士运河的开通，在很短的时间内，就将贸易的航程缩短了三分之二。加上原已改善的海上航运，更缩短了宗主国与殖民地的距离。海底电缆铺设后，虽然远隔重洋，信息即刻就能到达彼岸。对于这些进步，我们通常都是毫不怀疑的。但是，作者向我们指出：这种距离上的缩短，在殖民主义和种族主义盛行的背景下，反而在殖民地导致了民族差异的扩大。如在荷属东印度群岛，当地的荷兰人觉得自己更亲近于荷兰，中国人觉得更亲近于中国，穆斯林觉得更亲近于中东那些伊斯兰学术中心。结果是运输和通讯的进步，反而促使殖民地内部社会分裂，导致殖民地和宗主国分道扬镳。于是，在这样的历史场合中，我们看到的不是全球化趋向，而是全球化中的某种深刻的分裂。从这样的角度来看今日世界的全球化，恐怕也不容我们盲目地乐观。

以讲故事的方式来叙述贸易是如何打造世界的漫长的历史过程，随时随地地推断其中因果，将许多有趣甚至近乎猎奇的故事排列于历史的因果链上，这是《打造》一书的基本写作方法。但对于读者而言，这样的写法，却很难使人能够从整体上来把握这种因果关系，也很难从一些故事的叙述中获得确定的意义。因为，几乎所有的故事，听上去都非常零碎，缺乏起码的完整性，甚至是错误的。譬如作者讲中国的纸币制度，其大胆和随意都是令人吃惊的。居然三言两语，不到一百个字，也不是概括性语言，就把中国宋金元明时期的纸币给讲完了。然后就说：“中国只要再往前一步，即发行小额纸钞以取代硬币，就可以创造出我们今天所常见的货币体系。但中国没有再迈出这一步。”不幸的是，对中国的纸钞制度稍有常识的人都知道，在明代确确实实就发行过这种小面额的纸钞。我以为，像这样的问题，绝不会是作者一时疏忽而造成的。

# 道不同，不相为谋

中国文化的核心是“道”。这个“道”，既是出世的，又是入世的。

“道”作为一种出世的人生哲学，强调的是“全性保真，不以物累形”。这样的人生哲学，据说是春秋时期的一些旧贵族，因不堪忍受剧烈的社会动荡，在遁迹山林之中体悟出来的。持有这样的人生哲学的人，当时就被称之为“道家”。

然而，道家者流，后来居然在与大自然的“合一”中，体悟到了“无为而无不为”的“天地之道”，便从此不甘寂寞，重返社会及政治舞台，本着“道法自然”的精神，立志要在现实政治中，推衍它的“无为而无不为”的自然之道；反正只要恪守“无为而无不为”，“全性保真”就不一定要在遁迹山林中来实现。

但是，道家者流并没有什么政治资本可以凭藉，便只得把他们那套“无为而无不为”的方法，传授给“时君世主”。张舜徽先生的《周秦道论发微》（以下称《道论》），专就“道”为“君人南面之术”立论，论说备至。所谓“南面术”，就是帝王的统治术，以“无为”为宗旨。

“无为”就是道家“以卑弱自处的理论”。帝王为什么要“以卑弱自处”呢？这是因为，卑而后能上，弱而后能强。《老子》曰：“江海所以能为百谷王者，以其善下（卑）之，故能为百谷王。”又曰：“天下莫柔弱于水，而攻坚者莫之能先，以其无以易也。”凡此，皆取譬于水。但是，帝王如何才能做到卑弱呢？据张先生说，就是要“装糊涂”。《老子》曰：“众人昭昭，我独昏昏；众人察察，我独闷闷。”这里，“昭昭”和“察察”，都是精明态；而“昏昏”和“闷闷”，都是糊涂相。

我们知道，常人最大的弱点，就是喜欢自作聪明。这一点，古今相当一致。一般的人，但凡听到人家说他聪明，总会暗自高兴，甚至得意忘形；但如果听到人家说他笨，就会感到受了莫大的侮辱，忍不住要火冒三丈。正因为常人有这样的弱点，真正聪明的人就要装糊涂了，所谓“大智若愚”。其实，不过就是“以其昏昏，使人昭昭”，设了圈套让人往里钻。

“主道的实质，便不外一个‘装’字。”自然的“无为”，是无所谓装不装的，但道家的“无为”，因取“道法自然”之意，便不能不装；装得像，就是圣人。“大直若曲，大巧若拙，大辩若讷”；“终不为大，故能成其大”；“夫唯不争，故天下莫能与之争”。这些都是道家摹仿自然之“无为”的政治权术，时君世主只要装得像，自然界的“无为无不为”，确乎能造化为统治之功。

“道”一入世，就不再是道家的专利品。它的有用性决定了，当时的其他学派也纷纷拿它来学着做那些时君世主的老师。张先生说：“当百家争鸣之时，都离不了为当时的政治服务，虽各有一套议论主张，彼此有同有异；但他们的任务和目的，从总的方面来看，却是统一的。他们的目的，不外想拿各人自己的一套议论主张，游说诸侯，乘机爬上统治地位，成为最高统治者周围的显赫人物。他们的任务，不外想拿自己的一套议论主张，实行于当时，来巩固统治者的权位，维护统治与服从的社会秩序。”惟此，他们“虽所提供的作为统治人民的具体办法各有不同，但有关最基本的东西——‘南面术’，自不能置而不言”；且“莫不原于道德之意，万变而未离其宗”。这个“宗”，就是关于“无为”的种种方法，或曰“权术”。

这种关于“无为”的“权术”，即“君人南面之术”，在法家那里，更走了阴狠险恶一路。《韩非子·扬权》篇曰：“能象天地，是谓圣人。主失其神，虎随其后。主上不知，虎将为狗。”“不知”而为“神”，“神”即“圣”。“圣”主不知，是所谓装糊涂。其用则在于“虎将为狗”。如此阴狠险恶，故太史公谓法家“严而少恩”。然则，《史记》把老、庄、申、韩并为一路。盖法家专尚刑罚，亦有合于道者。道之助法为虐，于此甚明。

至于儒、墨，亦无外于此帝王之术。孔子曰：“无为而治者，其舜也欤！夫何为哉？恭己正南面而已矣。”荀子曰：“守至约而详，事至易而功。”墨家则称：“善为君者，劳于论人，而逸于治官。”凡此“约”“逸”之类，皆本于“无为无不为”之旨，是为道家“君人南面之术”的精义，取其“卑而上”“弱而强”之用。

秦于乱世之中而统一天下，始皇帝不得“无为而无不为”之旨趣，为政察察，专事刑罚；至二世而灭，因“有为”而亡。及汉之兴，重开“无为”之政，各派学者仍以“君人南面之术”教之启之。其后有《淮南子》一书，集道家“无为”之论，其《原道》篇曰：“圣人内修其本，而不外饰其末。保其精神，偃其智故，漠然无为而无不为也，淡然无治而无不治也。所谓无为者，不先物为也。所谓无不为者，因物之所为也。所谓无治者，不易自然也。所谓无不治者，因物之相然也。”其时，又有学者为《管子》一书，其《道术》上、下篇及《白心》、《内业》篇，俯拾道论之精华，甚得大体。而一时之间，“鸿生巨儒著书立论，发明斯理者，正复不少。”连独尊儒术的董仲舒，亦于道家的“南面术”多所发明。其“深居隐处，不见其体，所以为神”之语，“援道入儒，甚于孔、荀”。凡此，张先生之论，亦甚备矣。合而论之，入汉以后，道家的“君人南面之术”，又走出阴柔一路，以“无为”为要义，采诸家所长，用之于法而缘饰以儒，精深玄妙，变化万端。司马谈论曰：“道家使人精神专一，动合无形，赡足万物。其为术也，因阴阳之大顺，采儒、墨之善，撮名、法之要，与时迁移，应物变化，立俗施事，无所不宜，指约而易操，事少而功多。”又说：“道家无为，又曰无不为。其实易行，其辞难知。其术以虚无为本，以因循为用。无成势，无常形，故能究万物之情。不为物先，不为物后，故能为万物主。有法无法，因时为业。有度无度，因物与合。故曰：‘圣人不朽，时变是守’。”惟其如此，专制君主政治以术御天下，导演了一幕又一幕惊心动魄之惨剧。然此实有咎于那些援道入法，或援道入儒的士人，以“君人南面之术”对帝王的教之启之。他们以“南面术”为帝者师，却又每每为此“南面术”所戕害。所以，当东汉“党锢之祸”以后，“道”又成为知识分子的出世之具了。

出世的“道”，仍讲“无为”，当然也是要装糊涂的。装得像，就可以“全性保真”。其中一个诀窍，就是不说话，不发表对时事的意见。但这是很难装的，弄不好，会被指为“腹诽”，所以还要用一些道具。魏晋的时候，用来装糊涂的道具，一是药，一是酒，一是清谈。鲁迅先生曾为《魏晋风度及文章与药及酒之关系》之文，专论及此。其中说到当时人爱服一种叫作“五石散”的药，有人吃了这种药之后，“有苍蝇扰他，竟至拔剑追赶；就是说话，也要胡胡涂涂才好，有时简直近于发疯。但在晋朝更有以痴为好的，这大概也是服药的缘故”。药之外，还有酒。如阮籍，因为名气很大，“所以讲话就极难，只好多饮酒，少讲话，而且即使讲错了，也可以借醉得到人的原谅”。有一次，皇帝要和阮籍结亲，他一醉就是两个月，使皇帝无法开口。药、酒之外，当然就是“不做文章而流为清谈”，说些玄妙的话，把人搞得莫名其妙。有了这些道具，糊涂也就装得比较像了。

张先生说：“无为二字，本人君南面之术，窃其意而趋于旷达清逸，以任天率真为一己放浪之资者，其始于何、王乎！魏正始中，何晏、王弼，祖述老、庄立论，以为天地万物，皆以无为为本。……盖自曹氏父子，恣睢好杀，士大夫相率钳口，不敢言天下事。观所云‘贤者恃以成德，不肖恃以免身’，可知何、王附会无为，亦自有不得已之苦心。竹林诸贤，闻风继起。若嵇康喜愠不形于色，阮籍未尝臧否人物，刘伶携酒出游，阮籍弦歌酣饮，意存远祸，岂继然哉？于是老、庄遂为玄谈之宗，无为乃成遁世之具。名士达官，翕然倾向，遗落世事，祖尚浮虚。视夫道家所谓虚无、无为本为为主术而发者，不啻背道而驰矣。”此论至为精当。然“道可道，非常道”，用之教帝王，固可为“南面术”，而用之“全性保真”，亦不妨其为“遁世之具”，又何“背道”之有？

“道”之出世一面，终是不得已。陶渊明写《桃花源记》，一派出世之华韵，然而“他于世事也并没有遗忘和冷淡”。（鲁迅语）等到世道好些了，士人便要重新出来做官。尽管当时已有佛、道二教，或尽心于超度，或沉浸于自然旨趣，对士人的影响很大。士人的理想是修身、齐家、治国、平天下，所以并不以“南面术”为唯一的教帝王的功课。特别是经历了几个历史上的黑暗时期，他们更多的是要求帝王以“无为”而行仁义。于是，“无为”以仁义为本的思想，就在唐以后的政治中逐渐流行开来，“道”的最高原则就逐渐转变为“仁义”了。

唐朝的韩愈创“道统”，探寻儒学渊源，一以“兴起名教弘奖仁义”为事。宋之张载更提出：“为天地立心，为生民立命，为往圣继绝学，为万世开太平。”此所谓心、命、学、太平，都是为“仁义”二字所发。有宋诸儒，往往就“仁义”二字上，发为“天理”之弘论。他们所谓的“存天理，灭人欲”，不仅是针对士人修身立德的，而且还要用它来教皇帝。他们自负为帝者师，而首先要教帝王如何做人。这与先秦乃至汉代的士人往往以“南面术”与君论道，已是大异其趣了。

对于做人，宋明两代的士人，专门讲求“内圣”。“内圣”而后能“外王”。也就是说，必先做人，而后能为王。张先生指出：“内圣外王”一语，首发于《庄子·天下篇》，所谓“内圣”，即“君人者，掩其聪明，深藏而不可测”；所谓“外王”，即“显其度数，尊高而不可踰”。这是《庄子》“以明道术之本”，而对《老子》“绝圣”之意的引申。于此可见，宋明时的理学家们对“内圣外王”的解释，与其原意根本南辕北辙。至如所谓“道心惟微，人心惟危，惟精惟一，允执厥中”这十六字心传，其“微者，隐也，蔽也，周也，密也”；其“危者，高也，尊也，威也，势也”；“盖操之于己，则曰执中；施之于事，则曰用中；布之于民，则曰立中，其实一耳。由此观之，惟精惟一，谓用人也；允执厥中，谓听言也”。显然，这十六字心传，皆为帝王南面术而发，与宋明理学家对道心、人心的解释，又是南辕北辙了。盖“君人南面之术”，与理学家所强调的做人，根本就是两码事。但是，就学理而言，前者强调的是“君臣异道则治，同道则乱”（《淮南子·主术篇》），后者强调的是君臣同道乃至天下同道。而理学到了明代，又形成了“心学”一派。这一派反对把道心和人心割裂开来，认为人心就是道心；道就是仁义，就是善；只要是真心向仁义向善，那么这个仁义和善，也就自然自在了。这一派还讲求“百姓日用即道”，其论道的取向和入世的情怀，已深入于世俗的生活。

“道”作为一种出世的人生哲学，原是为“我”的；作为一种入世的“南面术”，原是为君的。在这一“出”

一“入”之间，中国传统士人的求“道”过程极为痛切。然而，儒家的求仁精神之中，本就有一种“知其不可为而为”的立于天地之间的强毅，有一种对于“仁义”和“仁政”的追求。故在这一“出”一“入”之间，儒者援道入儒，终不流于“为我”，论“生生不已”则归于“仁”，从而造化为一种合乎正义的政治理想和人生理念的“道”。

# 道德的“灾变”

明朝万历十五年，即公元1587年。其时，经过张居正变法，国家府库充实，武备重修，东南倭患已平，西北蒙古也向心归化，是一个中兴的局面，正等着“万历之治”的出现。然而，年轻的万历皇帝，却在这一年明显地表现出对治理国家的厌烦和无可奈何。这与四年前，他开始清算张居正案时的心情，真是不可同日而语。从九岁登基起，万历皇帝一直由张居正替他当家，称张居正为“先生”，心里却渐渐恨起这位先生掩蔽了自己的聪明。张居正故去后，皇帝开始进行清算，就是想从此有一番大的作为。始料不及的是，自张案于两年前结束之后，皇帝自己却被拖入一场臣僚们关于道德的无休止的争论，还常常成为被攻击的目标。

明朝以“道德立国”为最高原则，故清算张居正时，对他所有的变更“祖宗法制”的罪行，无一不上升到道德的高度来定性；而实际的清算过程，又是一个重新分配利益的过程，为了私人的利益，任何一件小事都必须做成有关道德的大文章。此风一开，在道德的名义下，一切争论都被合法化了，皇帝也无可奈何。这时，皇帝的个人生活，也受到了严重的道德干涉，以至于他想把自己唯一钟爱的女人立为皇后也无可能。后来的历史证明，他一生都爱着这个女人。当“对生活的厌倦已越出了内心世界而要开始见诸行动时”，万历皇帝终于在他在位的第十五年，开始疏远他的臣僚，以消极怠工的方式来表示他的厌烦与无可奈何，以及对种种关于道德的争论的一概轻蔑。这无疑给了明朝的“道德立国”以最有力的一击。皇帝本人既然对道德问题缺乏起码的诚意，那种极不道德的道德争论就要泛滥成灾了。万历皇帝活得很久，在以后的三十多年中，他几乎不闻朝政，许多重要职位宁可空着，也不补缺。他以自己对“无为而治”的独特理解，听任一切都坏下去。

在这期间，先还有个叫申时行的首辅，想尽量弥补皇帝和他的臣僚间的这种裂痕，并尽力调和各种人事关系。这是一个精明而又宽和的人，为人处世和他的前任张居正的专断作风完全两样，是位真正的道德君子。但是，他却因此而被目为毫无原则、“首尾两端”的小人。在几乎所有的人都已对道德缺乏诚意的情况下，他终于被迫卸职还乡。

另一位值得重视的人是海瑞。这是一个公认的道德君子，一生廉洁奉公、刚直不阿，罢过官，坐过牢。他对“祖宗法制”是绝对真诚和刻意维护的，因此，在清算张居正时得到了重新任用，不过只担任了一个可有可无的职务，被“挂”了起来，以示朝廷有向风化。他当然明白个中奥妙，一连七次提交辞呈，可每一次都被挽留，充当一个道德的象征。暗地里，他被人指斥为“迂腐”，“一言一行无不为士论所笑”。这可以看作是人杀道德。

海瑞在1587年死去。凑巧的是，一个名叫李贽的“异端”在这一年遁入空门做了和尚。李贽对海瑞很尊重，但批评他过于拘泥道德，好像是“万年青草”，可以傲霜雪，却不能任栋梁。他佩服的是张居正，说他是“宰相之杰”“胆大如天”。显然，李贽也是主张变更“祖宗法制”的。在骨子里，李贽仍是一个儒者，对世事看得很重，所以专门攻击那些“阳为道德，阴为富贵”的“道德君子”。这种“邪说”当然危害极大，李贽最后被当作“异端”抓起来下到牢里。在接受审讯时，他强调自己写的书“于圣教有益无损”，不服气但也知道自己终不能见容于世，不久就在狱中自杀了。这可以看作是道德杀人。

明朝就是在这种人杀道德和道德杀人中慢慢地自杀的。中兴的局面转瞬即逝，即使是少数真正的正人君子，到后来也是只知有道德，而不知有国家、有天下，陷入了无休无止的道德之争。此后，当大顺起义军和崛起于白山黑水之间的满族八旗覆灭明朝时，明朝实际上只剩一具躯壳。一场道德的“灾变”早已销蚀了明朝统治阶级对内乱外患的所有感应能力。

美籍华人学者黄仁宇先生历时七年，写就了《万历十五年》一书，对明朝历史作了一个横面的解剖，称它为“历史上一部失败的总记录”。此书的中译本（中华书局本）出版至今正好十年。

# 一个书生的历史视界

黄仁宇先生在《放宽历史的视界》一书中，对中外历史学者不遗余力地翻检各个历史角落，到处寻找资本主义在中国历史中的萌芽，非常不以为然。于是，他从《三言》这样的中国古典小说入手，分析中国晚明时代的商人和商业，指出它们受“中国传统政治制度及社会风气所拘束。其最大障碍为否定私人财产之绝对性。……”“缺乏资本主义之性格”。并由此批评道：“今日之言中国哲学史者，必称中国哲学家与西洋哲学家构思不同之处。言中国社会史者，亦着重于中国社会之特质。独研究中国经济史者，仍不能脱离欧洲经济史之范畴，袭用其名词，殊不可解。”在同书的另一篇章中，先生还说：“没有时间上汇集的话，则零星资本主义的因素和抽象资本主义的观念，都不能构成一个言之有物，在历史上站得住脚的资本主义。”类似的精彩之论，此书中比比皆是，有兴趣的读者可以自己去读，一定会大有收获的。

但是，作者认为，中国历史上最严重的问题，就是不能进行“数目字管理”；而之所以如此，乃在于中国历史上，还从未建立过一种可以用数目字来管理的国家与社会；而比照欧洲的历史，从威尼斯到尼德兰再到英国，是经历过一个逐渐使国家和社会可以用数目字来管理的过程的。如此立论，却又大错特错了。这是本文所要讲的主要方面。

我们都知道，国家与社会的问题，其复杂的程度，要想进行数目字管理，并建立一套符合数目字管理的制度，成本会是很高的。古代中国幅员辽阔得惊人，而作为一个农业社会，它的生产力水平即便是当时世界上最高的，却无论如何承受不起“数目字管理”所必需的巨额成本。所以，在中国古代，国家和社会的数目字管理实际上是要尽量避免的。秦始皇统一中国，在全国设立郡县，修了许多路，还搞了车同轨、书同文，又叫百姓向官府申报占种的土地。他做这些事，当然是想为数目字管理建立完整的制度。其实，就是修筑长城，也未尝不可视为是进行数目字管理的某种需要。可是，秦朝短命而亡，正是因为追求数目字管理，而支付了太高的制度费用。

有秦亡的教训，以后中国历朝的制度，除了个别时期，一般总是尽量避免数目字管理。中国古代的官僚政治，之所以十分看重道德，其最主要的原因，恐怕就在于可以用道德来弥补制度上的疏漏。道德是国家和社会管理的节约机制。惟其如此，从秦汉到明清，中国的大一统在传统农业社会的基础之上，能断断续续地维持两千年之久，以道德取代数目字管理绝对是个关键。

然而，中国历史上的几乎每一个朝代，当它刚刚建立的时候，因为国家与社会及其相互间的关系都比较简单，制度虽然粗疏也已经够用。这种时候，以道德来取代数目字管理，总是要容易些的，可经过一段时间的发展，各种关系就复杂了。原有制度破绽百出，难以用道德来弥补。官僚集团的道德水平，往往也正是在这种时候开始急剧下降。于是道德对数目字管理的取代，就逐渐地失效了。像这样一些道理，黄仁宇先生也都反复说过。问题是在这种情况下，对原有制度的修补，以及创设新的制度，都是以实现数目字管理为目标的，并导致制度成本的成倍增加。关于这一点，只要看看北宋的王安石变法就可以了然。数目字管理，会因成本过高而导致社会不能承受，国家亦随之衰弱，甚而至于土崩瓦解。

以上所说，一是要清楚地表明，数目字管理与资本主义，并不就是一个东西；同时也指出，所谓数目字管理，并不一定就是好东西。作为将资本大规模运用的资本主义，绝对是需要高度的数目字管理的。而与之相反，国家和社会对数目字管理需求，却必须受到尽可能的限制。这一方面固然是为了减少制度成本，更重要的却在于，国家和社会的管理一旦以数目字管理为追求，一定会具有削足适履的倾向。黄仁宇先生在自己的这本书中，屡屡谈及明清两代延续了五百年的“洪武型”财政。其实，这“洪武型”财政，就是以国家和社会的削足适履为前提的，与洪武皇帝要对国家和社会实现数目字管理关系重大。

“凡事都能在数目字上进行管理”，是黄仁宇先生的制度理念。从这一理念出发，他提出了中国历史的“长时段的合理性”和“中国大历史”的概念，希望能从中国近百年的历史进程中，看到数目字管理正在制度的演进上成为可能。他强调“放宽历史的视界”，不断地提醒人们不要忽视百年来（尤其是在最近）中国在制度上的进步。可惜的是，把诸多复杂的问题局限在“数目字管理”的范围内，本身就限制了作者的历史视界，更何况他对“数目字管理”的解释同样是非常局限的。

尽管如此，我还是非常喜欢这本《放宽历史的视界》。因为作者对历史的关注是真诚的，并且始终保持着善意。惟此，在他的笔下，绝没有那种自以为世事洞明的狡猾之论，也没有丝毫的老气横秋，更不炫耀博学。作者显然也不是那种专门用些小智小慧去随意敲打历史的人。同时，他也不设计去迎合谁，或存心让别人来迎合自己，而仅仅是要向他的读者，敞露一个历史学家的心扉，使人感到他的书生本色。

# 激动人心的人生片断

一本经济学著作，印了一千册，在四分之一个世纪里，真正在市场上售出的，不到两百册。其他买者，或是世界各大学图书馆，或是作者自己，还有他的学生和朋友。而当它的版权最终交还作者时，作者同时还得到了二十余册没有售出的“余货”。可就是这样一本“滞销可能破了世界纪录”的书，在它出版后的三十年里，每年被引用大约二十次，并被好些同行认为是时下流行的合约理论的“始作俑者”。如今，这本当初用英文写成的著作，终于译成中文出版。它就是《佃农理论》，作者是大名鼎鼎的张五常。

《佃农理论》的中译本，真正读得懂的人大概也是很少的。而就凭它还是关于佃农的理论，一些自以为看得懂的人，也未必有兴趣看它。只是这中译本序言中讲了很多关于《佃农理论》的往事，那一定会吸引很多的读者，尽管他们中的大多数人对经济学可能一窍不通。

三十多年前，在洛杉矶加州大学，作为一名经济学博士生，张五常先生因为这本《佃农理论》的写作，曾有过在我们看来是非凡的经历。当时，他提交了一个十一页纸的论文大纲。但是，因为他的论点与二百年来的租佃理论不合，在一个大约四十个人的研讨会上，他受到了非常严重的非难。当时，教授们只看了他的论文大纲第一页的六个结论，就认为他肯定错了。在大约两个小时的争论之后，有位教授提出，自己教过张五常，知道他绝不会“错得那样容易”。而另一位名叫赫舒拉发的教授，则建议大家：“不要管第一页的六个结论，我们要从第二页的分析开始。”然后，他就张五常的具体分析不断提问。可是，当教授们看到论文大纲的第四页时，又纷纷与张五常争论起来。研讨会持续了五个小时，教授们才纷纷散去；但也还有教授，要继续与张五常争个明白。当晚十一点多，心情不好的张五常给赫舒拉发教授挂了个电话，说自己感到很失望。教授告诉他：“其他人怎样想我不知道，但我就没有见过自己的学生有这么精彩的论文。”这以后，张五常的导师阿尔奇安把张的论文大纲拿到课堂上跟学生们讨论。一个月后，导师通知张五常，说论文可以动笔了。

《佃农理论》初稿写出后，有一件令张五常一生都受益的事，就是阿尔奇安教授将他的文稿“改得面目全非，用铅笔写得密密麻麻，没有一句完整无改的”。当时，他真要哭出来了。回到家中，他惘然若失。但晚饭后当他细读阿尔奇安教授在他的文稿上的修改和质疑时，“越看越心惊，越看越佩服”。一直看到第二天上午11点钟，他已完全消化了教授的评语。“就这样，一夜之间我判若两人。”张五常为此激动不已。他声称自己是在看了阿尔奇安的评语后，才恍然大悟，“知道舞文弄墨是大忌！模棱两可的字一概不能用，术语一定要有所解，思维要连贯，文字要简单，也要直写。”后来，他的这篇论文写得“手起刀落、开门见山”。他把这归功于阿尔奇安教授的教诲。令他非常得意的，是当他论文的第一章第二稿完成时，阿尔奇安曾经告诉他：“将来替你写推荐信时，我会说你懂得写明朗的文章。”

1967年3月，张五常获得了芝加哥大学每年一个的博士后奖金。后来有人告诉他，芝大的D.J约翰逊教授在看了他的论文第一章后，就不考虑其他的申请人，只等着他的申请信。这位约翰逊教授，是当代的农业经济大师，而他的佃农理论，正是张五常全盘否定的，而且“下笔甚重”。对此，张五常说道：“胸襟如此，使我肃然起敬。”

张五常的佃农理论，其实并不仅仅是关于佃农的理论。这个理论所强调的是：“只要合约安排本身是私人产权的不同表现形式，不同的合约安排并不意味着资源使用的不同效率。”他对于这个问题的论证，当时就有学者预言，它“可能把经济学改变些什么”。事实证明，这位学者的预见是对的。但是张五常也告诉读者，自己当时的这一研究，所涉及的“风险”问题虽有“含义”，却“不能被验证，理论的解释力是零”；而所涉及的“卸责”问题，其实“是在有交易费用的局限下，大家要争取个人最大利益的结果”；只不过“如果我们知道真实世界的局限转变，就不用谈什么卸责了”。在张五常看来，他当年关于卸责问题的讨论，成为今日经济学中博弈理论的“导火线”，但这个“博弈理论漠视了真实世界的交易费用的调查，误入歧途，也行不通”。

张五常非常引为得意的是，他求学时，洛杉矶加州大学经济系虽然还籍籍无名，但当时他有七八个同学都是上上之选，大家终日在一起研讨，“功力也差不到哪里去”。而当时加大的阿尔奇安、赫舒拉发和布伦纳，后来都“变得举世知名”。特别是阿尔奇安和赫舒拉发的“合并教导”，“纯从经济学上最重要的价格理论方面看”，是非常难得的。回忆《佃农理论》的写作，张五常说，真正困难的，是怎样去验证自己提出的佃农理论，“要是理论的主要含义被事实推翻了，理论怎样精彩也无补于事”。而这一点，正是阿尔奇安和赫舒拉发两位教授对他的严格要求。至于在他后来的研究历程中，“弗里德曼如神似鬼”般的向“浅中求”的“思想法门”，对他也有“排山倒海而来的”影响。而对科斯，他同样注意“去学他的思想方法”。他宣称：“科斯和我的文章，没有一篇是空空如也的。走这路的人很不幸，是到退休之际世事知得最多，以至数之不尽的文章没有机会写出来。”

……

以上所说，都取自张五常对《佃农经济》的回顾。这篇中译版的序，张五常在无意识中，把它写成了自传的“一个片段”。他说：“这片段是我平生最愉快的时刻，动起笔来如长江大河，滔滔不绝。”

## 阳明为什么要说“心即理”

日人冈田武彦在他的《王阳明大传》中指出，阳明学传到日本之后，“日本人对阳明学的吸收是积极和稳健的”。冈田说，阳明“‘求道’的方式是整体性的”，与日本人在探究事物时的“整体性地去理解”，即“将事物和自己的内心合为一体之后再去理解，而不是把事物对象化，然后通过思辨的态度去理解”的方式是一致的。冈田认为，阳明的“良知”说“振奋了弱者的心灵，给那些深陷权势和名利的旋涡而不能自拔，遭受现世重压而不能逃脱的世俗中人指出了一条正大光明、强而有力的快乐生存之路”；而由于幕府末期，那些具有经国之略的政治人物本身就是阳明学者，以至于“日本民众对阳明学已经形成一种共识，即如果不经世致用，不具体实践，那就不能称之为阳明学”。显然，在冈田心目中，日本人对阳明学的理解，与日本民族的精神气质相关，也与日本民众对日本幕府时期阳明学者政治实践的认知相关。

真是墙内开花墙外香！在中国，阳明学所产生的作用远不如日本，并且随着明亡清兴而偃旗息鼓。而它留给人们的印象，只是关于王学末流“束书不读，游谈无根”的批评和讥讽。这，究竟又是怎么回事呢？

中国思想的源头，在夏、商、周之世。春秋战国时期的百家争鸣，不过是其丰富蕴藉偶尔逸出的一些光华。随着东周策士的兴起，为统治者出谋划策遂成为当时的思想主流，而且越来越流于权谋。秦朝大一统之后，其统治集团总结诸子百家的作用，基本上就是八个字：“入则心非，出则巷议。”评价完全是负面的，只允许人民“以吏为师”。所以，虽说那时也还有读书人，朝廷中也还设有博士官，但是这些人即便是在政治上也没有思想，甚至害怕思想。以吏为师和读书人没有思想、害怕思想，是汉初无为政治的两大背景，也顺理成章地造成了日后两大政治上的恶果：一是政治上没有远虑，任由豪强违法乱纪侵凌小民，而疏于对他们的法律监督，所谓“网漏吞舟之鱼”；二是注重“君尊臣卑”的宫廷礼仪的制定，而忽视在制度上求国家与社会的治理，所谓于“几席之上、户庭之间”求治。而到了汉武帝时，为纠正长期放任（不作为）的积弊，国家采取了一系列政治和经济上的集权措施，并且以“罢黜百家，表章六经”为旗帜，定儒学于一尊。从此，儒学虽然表面上居于统治地位，却不再真正具有思想的意义，完全变得教条化了。

汉宣帝在总结汉朝政治时说，汉朝制度的本质，就是“王霸道杂之”。揆诸西汉政治的实际，所谓“王霸道杂之”，用今人的话来说，就是“儒表法里”。《史记》上说公孙弘“习文法吏事，而缘饰以儒术”，可以视之为对这种“儒表法里”的具体描述。那时，即便是酷吏断案，也都要牵强附会地从儒家经典里找出些根据。另一方面，因为朝廷的提倡，儒学作为读书人的“禄利之路”，往往“一经说至百余万言”。这样的为学风气，配合着政治上所谓的儒表法里，亦足以想见当时学者在思想上所受的限制。他们在思想上，不仅没有任何自由可言，而且还要主动地将自己束缚起来。好比是旧时女子裹小脚，开始是别人强加的，之后日复一日、年复一年，就是自己给自己裹了。

儒学最根本的特点是讲道德。但是，在一个儒表法理、把儒学作为“禄利之路”的环境中，人们对实际的道德问题在很大程度上必然是缺乏诚意的，说一套做一套成为实际的政治选择。所以，在西汉政治上，就出现了一种引人注目的、普遍的对于虚伪的容忍和欣赏。如汲黯当面揭露公孙弘这个人很虚伪，面对事实公孙弘不得不承认了，而汉武帝却觉得这是公孙弘的宽厚，反而是汲黯不近人情。显然，在当时的政治上，实际的道德问题是受到轻视的。辗转至于东汉，由于地方宗族势力的发展，儒学所提倡的道德在社会上普遍受到了重视。东汉在政治上是外戚、宦官交替专政，“朝政日非，而风俗颇美，天下的士流大都崇尚气节”（吕思勉）。这种政治与社会的强烈反差，最终导致了两次党锢之祸，而使相当一部分读书人对儒家政治理想失去信心，从而对儒学经典和礼教产生怀疑，转而去谈一些玄远的东西，思想由此获得了一些自由的空间。

隋、唐以科举取士，儒学作为“禄利之路”，对天下读书人表面上甚至显得比以往更具有吸引力了。但随着地方宗族势力的衰落，儒家道德在社会上的实际影响力，却远较东汉魏晋时期大大减弱了。只需比较一下北朝时期的坞壁，与五代时期藩镇的不同性质和作用，自不难理解其中的原因。南北朝时期，遍布于中国北方的坞壁，集政治、经济和军事功能于一体，在外族政权的统治下仍能保持半独立的状态。其中最重要的原因，就在于坞壁以地方宗族与儒家文化的结合为基础，社会组织的凝聚程度很高。而五代时期中国北方在藩镇割据之下，“国擅于将，将擅于兵”，皇帝、镇帅不过由一帮骄兵悍将予废予立。赵匡胤做了皇帝之后，能够将藩镇的军权、财权、政权一举收归朝廷，关键就在于藩镇纯粹是军事性质的，缺乏地方基础和文化上的凝聚力，一旦失去军事上的优势便无可作为。坞壁和藩镇，作为所处时代的主角，各自的基础、性质完全不同，作用也完全不一样，一方面反映了由东汉到隋唐之间社会组织的变化，另一方面反映了儒家文化在社会上势力的消长。

秦汉以下，儒学所崇尚的道德，在实际的政治运作中，是不起作用的。从秦汉魏晋南北朝到隋唐五代，基本的情况就是如此。而当宗族势力在社会上普遍衰落之后，儒学的道德原则就只能落实于个人的道德自觉上了。隋唐五代之后，宋代理学家把文章都做在个人的道德修为上，强调个人通过自我修为达到“内圣”，这是一个重要的历史原因。

对于个人的道德修为，宋代理学家提出了“存天理，灭人欲”。天理，是宋代理学家对儒家道德原则的总概括。在他们看来，存天理的功夫，就是“格物致知”，即探寻事物的原理而获得关于天理的知识。他们认为，只要用足了格物致知的功夫，越来越多地懂得天理，并由衷地信奉它（诚意），去除心中私欲（正心），进而就能“修、齐、治、平”了。在研究学问的态度和方法上，理学家格物致知的方法无疑是有进步意义的。但是，这样的一套方法，也导致了“专去知识才能上求圣人”的问题。

我们知道，自汉代以来，儒者都喜欢从天道上发为高论。宋儒凡事要在天理上立论，显然是受了此等风气的影响。惟所言天理愈高，则视人心愈卑，从而否认了人的道德自觉的主体性。另一方面，出于对“格物致知”能获致天理的深信不疑，宋代理学家追求博学的学问风气，无非就是在“在知识才能上求圣人”。其结果，则是把知识与道德混为一谈。而自从实行科举选官以来，读书人大都在仕途上、或向着仕途奔竞。那种“今日格一物，明日又格一物；今日穷一理，明日又穷一理”，凡饾饤琐屑无不牵强附会于“义理”的“我注六经”的方式，其中本就隐藏着很强的功利心。“所谓道德，功名而已；所谓功名，富贵而已”。结果，说是“存天理，去人欲”，实际上是“空谈心性”“空空穷理”。这样做学问，不仅学问的局面越做越小，学者的人格也变得越来越卑微，与理学家道德修为的初衷，只能是谬以千里。

宋人自己就已看到了这样的问题。陆九渊曾以“心即理”说，与朱熹就怎样认识天理的问题发生过激烈的争论。陆九渊根据儒家人性善的理论，认为人只要能“复其本心”，天理就自然呈现了。就与人伦相关的知识而言，陆九渊的这个“心即理”说是有道理的。但是，他的缺点在于不否认外在天理的存在，只是反对一味向外去寻求天理。惟此，他还难以否认“格物穷理”的必要性。有人问陆九渊为什么不写书。他只是反问：是“六经注我，我注六经”？意思是说，是让儒学经典来印证自己思想呢，还是让它来束缚自己的思想。问题的立意虽高，却也无法回避儒学经典中蕴含着的许多道理确乎符合人的本能（本然之性）。而且，按照常识，只有圣人是“生而知之”的，常人只能是“学而知之”。自以为“生而知之”者，在儒者眼里都是妄人。儒家学者对此从来都是十分警惕和排斥的。

然而，到了明朝正德、嘉靖之际，又有王阳明站出来，举起了“心即理”的旗帜。阳明说：“后世不知作圣之本是纯乎天理，却专去知识才能上求圣人。以为圣人无所不知无所不能，我须是将圣人许多知识才能逐一理会始得，故不务去天理上着工夫，徒蔽精竭力，从册子上钻研，名物上考索，形迹上比拟。知识愈广而人欲愈滋，才力愈多而天理愈蔽。”这样的一番批评，针对的还只是儒学中人走错了求圣之路的问题。而阳明内心更为痛恨的，则是普遍地借着这门关于“天理”的学问，“射时罔利”“驾浮词以诬世惑众”的“假道学”。与陆九渊所不同的是，阳明的“心即理”主张，远较陆九渊来得彻底。他不仅主张“心即理”，而且还主张“心外无理”“心在物则为理”和“心外无物”。

阳明所谓“心外无理”，说的是只有人心才具有正确认识善恶对错的能力。即此一点就可以看出，这是要赋予人的道德追求以彻底的自由，以确立人在道德自觉上的主体性。阳明说，历史上“三王之所以不相袭礼”，无非是因为所处环境不同，面临的问题也不一样；所以，“五经亦史”，无非是圣人在不同时代环境中道德自觉的历史记录。而所谓“心在物则为理”，说的是具体的理总是体现在人心与外部世界的关系之中的。比如“忠”“孝”，是体现在心之事父、心之事君的关系之中的；离开了事君、事父这层关系，又何来“忠”“孝”的天理？同样，如果君不君、父不父，“仁”“慈”的天理又何在呢？总之，人处于怎样的关系之中，就应遵循怎样的道德原则。

强调现实的关系，而不是抽象的理，是阳明的一大特色。由此，阳明又说了个“心外无物”。从政治、社会与人伦的角度出发，阳明认为诸如君臣、父子、夫妇、兄弟、朋友都是关系之物（物即事）；如果各自不按照身份行事，这些关系就不存在了，各自的身份也不存在了。比如君不君、臣不臣，君臣关系就不存在了，那么君在哪里呢？臣又在哪里呢？对于“心外无物”，阳明当然还有更深一层的认识。阳明说：“今看死的人，他这些精灵游散了，他的天地万物鬼神尚在何处？”意思是说，是人感受到了天地万物的存在；也只有当人与天地万物相遇时才能道出它们的存在；人不可能道出比已知更多的存在。总之，阳明所谓的物，都与人的实践联系在一起。

“心外无理”“此心在物则为理”和“心外无物”，构成王阳明“心即理”说的基本内容。既表达了他不甘就范于宋儒所说的外在“天理”的强烈的主体意识，也强调了人与外部世界的关系对于人认识心中所具之理的重要性，从而避免了那种把认识的可能性当作现实性的妄自尊大。由此可知，阳明所谓的“人者，天地万物之心。心即天。言心则天地万物皆举之”的话头，实在是要求以现实的人为出发点来考察与人生、社会和政治的关系。这里并不存在所谓用主观并吞客观、用精神并吞物质的问题。

强调人的主体性，强调人与外部世界的关系，强调人的认识能力与认识的现实性，是王阳明“心即理”说的根本特点。正是在这样的认识基础上，阳明又提出了“致良知”。“人之所不学而能者，其良能也；所不虑而知者，其良知也。”这是孟子的话。阳明接过孟子的话，说：“致吾心良知之天理于事事物物，则事事物物皆得其理。”这里，“吾心良知”是主体，而“事事物物”是与人发生关系的关系之物，并非纯粹的客体。“致良知”就是将人之良知贯彻于这些关系之中。固所谓“致良知”，就是要求人们积极地进入这样一个关系世界中，并将人的良知赋予这样一个关系世界。

“致良知”的思想如此，而其精髓就是“知行合一”。“吾儒养心，未常离却事物”“须在事上磨练”“学问思辨亦便是行”。阳明的这些话头，讲的都是“知行合一”。阳明说：“知是行的主意，行是知的功夫；知是行之始，行是知之成。”意思是说“知行并进”，而不是在学问思辨之外另有一个行。离开了学问思辨的行，只能是“懵懵懂懂的任意去做”的“冥行妄作”。同样，离开了行的学问思辨，也只能是“茫茫荡荡悬空去思索”的“揣摸影响”。总之，人要实现其主体性，就必须将“知”与“行”“合一”。换句话说，真正的“知”与“行”，是在它们的“合一”中实现的。否则，所谓“知”，只不过是“用智自私”；而所谓“行”，也只是“造作安排”。

在“心即理”“致良知”的基础上，阳明又提出了他自己的“万物一体”说。宋儒也讲万物一体。但宋儒的万物一体，与他们通常所谓的天人合一，都是一个意思，即“天理”是宇宙万物的本源；宇宙万物各具天理；又在天理上统一起来。而阳明的万物一体，是万物统一于人。在阳明看来，人不是孤立存在着的，而处于众多关系之中：与自然相关联的人生（在这一问题上，阳明只是提到了某些表象），与社会相关联的人生，与政治相关联的人生；等等。而人赋予这种关系以良知，成为这种关系的中心，所谓“天地万物，俱在我发用流行中”。所以，阳明的万物一体，是一个心的世界，而不是外在天理的世界。更具颠覆性的是，阳明讲的这个心，是“自圣人以至于愚人”的人人之心。阳明说，“人胸中各有个圣人，只自信不及，都自埋倒了”，“圣人只是学知，众人亦只是生知”。他的意思是说，圣人与人人，重要的是同而不是异；知识、才能不是圣贤与否的标准；不自信可以为圣，一切都无从着手。阳明因而强调《大学》所谓的“明明德”而“亲民”，是儒学立足的根本。“明明德”就是“天地万物一体之仁”。而要达到这样的境界，则全在于“亲民”。阳明认为“亲民”的最根本道理，就是“与愚夫愚妇同的，是谓同德”。他这是在说，儒学的道德，绝对不应违背人之常情。所以，“与愚夫愚妇异的，是谓异端”。那么，圣贤与愚夫愚妇的区别又在哪里呢？阳明说：“孰无是良知乎！但不能致（良知）耳！”

阳明弟子王栋曾如此评说他的“亲民”说：“自古农工商贾，业虽不同，然人人皆可共学。孔门弟子三千，而身通六艺者才七十二，其余则皆无知鄙夫耳。至秦灭学，汉兴惟记诵古人遗经者起为经师，更相授受。于是，指此学独为经生文士之业。而千古圣人与人人共明共成之学，遂泯没而不传矣。天生我师，崛起海滨，慨然独悟，直宗孔孟，直指人心。然后愚夫俗子不识一字之人，皆知自性自灵，自完自足，不假闻见，不烦口耳，而二千年不传之消息一朝复明矣。”这正是阳明的意思！人人心中都有个圣人在；所以，圣人之学必定可以与人人之心沟通；圣人之学，亦即圣人与人人共明共成；圣人也就是人人。

儒学就孔、孟的原意来说，是用来规范统治者的。历来的统治者，却都致力于用它来要求治下的百姓。宋代的理学家，则把儒学转移为个人道德修为的学问。阳明把儒学由圣人之学，一变而为人人之学。表面上，他只是不承认有所谓外在天理。实际上，他是用心来否认天理，用人人之学来否认圣人之学。而他所强调的行（致良知），则把人在社会、政治实践中的主体性，也包括进了人在道德自觉上的主体性之中。这无疑是对儒学进行的一场革命。

这样的主体性，与专制的政治和思想体制，是不能相容的。阳明晚年曾对他的学生说，自己在五十一二岁之前，总还有些“乡愿的意思”，做事总要顾虑会不会得罪人；后来则一切“只依良知”行事，却导致了“谤议日炽”。他不无愤激地说：“三代以下，士之取盛名于时者，不过得乡愿之似而已。”他显然意识到，自己的“不与俗谐”，已开罪于人了。

事功掩护了阳明的离经叛道。阳明一生，曾三次为明朝出征，立下了重要的军功。第一次（1516－1518年），是以赣南为中心，跨江西、福建、广东和湖南四省，在广阔险峻的山陵地带剿灭长期为害的匪患；第二次（1519年），是在江西迅速平定宁王朱宸濠的叛乱，为正德一朝避免了一次严重的内部统治危机；第三次（1527年），是平定广西思恩、田州以及断藤峡、八寨的匪患。（冈田武彦的《王阳明大传》，对这三次战事，叙述得非常详细）在这三次战事中，阳明所具有高超的军事指挥艺术和战略把握能力，无疑得到了充分的发挥；然而，给人留下更为深刻印象的，是阳明在处理地方民政问题上的仁民爱物之心和讲求实际的风格。这些都足以证明阳明的忠诚。

阳明的故乡浙江余姚，地处江南。明朝江南的经济、思想、文化和社会生活，都极为活跃，而朝廷的“三尺之法”在这里“不行久矣”。黄宗羲讲，阳明去世之后，他的学问却因王畿、王艮而“风行天下”。这个“风行天下”，主要就是在江南。阳明在江南讲学，来听讲的也大多是江南士人。阳明的人人之学，在此地自有一股吸引人的力量。了不起的事功和思想的开创汇集在一起，也使阳明在江南地方具有很大的社会号召力。而王畿、王艮等人深得师门“知行合一”之旨，把“满街都是圣人”，“良知在人，百姓日用，同于圣人之成能”，“百姓日用条理处，即是圣人之条理处”这样的人人之学，讲得生动活泼。这样的道德自信一旦流行起来，读书人中间“专去知识才能上求圣人”的风气就淡薄了。于是，就有人跑出来，指责“王学末流”“束书不观，游谈无根”。然而，自宋至元一直到阳明以前，用所谓“束书不读”“束书不观”之类的语言批评读书人不读书的，本来就司空见惯，现在却独独成为“王学末流”的“罪名”。这样的攻击，其实反映了攻击者对阳明所说的“心即理”“致良知”和“知行合一”的不满和不懂，以及“专去知识才能上求圣人”的积习难改。而更为深刻的是，在当时的中国，一门学问如果不能成为“禄利之路”，慢慢地就无人理会了。本文一开始，曾提到冈田武彦所谓“日本人对阳明学的吸收是积极和稳健的”一语。冈田似乎也有些鄙薄所谓“王学末流”，也许还认为阳明学不适合中国。他显然忽视了阳明之后，许多信从阳明的学者，大批返回到理学老路上去的政治上的原因。

# 从《李自成》到《崇祯皇帝》

姚雪垠先生的《李自成》，因为把李自成写得像一个现代英烈，颇受人诟病。但人们忘记了现实生活中，从来就有那么一些人可以为了某种原则、观念或看法，牺牲个人利益甚至生命。这样的人，在中国的底层社会，也从来都是有的。姚雪垠笔下的李自成，其实就是中国底层社会中的这样一类人物。他们或许文化不高，但讲义气，急人所难，处事公道，慈悲为怀，而且很有能量，在群众中颇有威信，于平凡中透着性格上的魅力。

《李自成》沉寂多年，如果就因为它的主人公太像一个现代英烈，实在太让人遗憾了。这本大部头的文学作品，不仅把明末农民战争写得跌宕起伏，扣人心弦，而且也充分展现了崛起于白山黑水之间的关外满族的强悍及其统治者的足智多谋，以及明末崇祯皇帝空怀中兴壮志却无力回天的悲凉。时过境迁，农民造反的故事已不再能引起人们的关注，但帝王将相和才子佳人的故事仍具有吸引人的力量。于是乎姚雪垠先生的哲嗣姚海天，根据姚雪垠先生的遗愿，与王维玲女士，从大部头的《李自成》中，辑出上、中、下三卷的《崇祯皇帝》，以飨读者。这部《崇祯皇帝》，充分展示了明朝的这位亡国之君，苦苦支撑了十七年，却终于没有能够在明末的内忧外患中力挽狂澜，最终不得不吊死在煤山上的那段历史。这的确是姚雪垠先生创作《李自成》的一个很有历史意义的视角，可以比较全面地反映出明朝亡国的原因。

姚雪垠先生对崇祯皇帝的亡国，是抱有深刻同情的。当年，郭沫若写《甲申三百年祭》，认为崇祯皇帝“多疑而任察，好刚而尚气”，为政“刻薄寡恩”，“急剧失措”；“对于军国大事的处理，枢要人物的升降，时常是朝四暮三，轻信妄断”；看上去尽管像是想要有所作为的“明君”，会做些表面的仁义功夫，实际上却是“十分‘汲汲’的‘要誉’专家”，对种种积弊并不真心设法去解决。这样片面的议论，姚雪垠先生当然不会悉心赞同。在姚先生眼里，明朝当时的情况，处处限制着崇祯皇帝的行动，正有种种使他不能施展自己“中兴”抱负的约束。他要写出崇祯皇帝的“沽名、诿过、轻信、多疑、善变、专断、暴躁、狠毒、残酷的一面”（序者田永清所言），但是也写出崇祯皇帝的这种种方面与他所处环境的关系和不得已的苦衷。

首先，在无休止的党争之中，崇祯时代的臣子大多不过是只知有朋党，而不知有朝廷的利己者；整个官僚集团也已分裂成了一个个利益集团；因私而害公是官场的常态。正因为如此，当时没有一件事是崇祯皇帝想做就能够做得成的。出于朋党的利益，凡是敌对一派反对的另一派就一定拥护，凡是敌对一派拥护的另一派就一定反对，弄得崇祯皇帝里外不是人。至于是与非，根本就不重要；但表面上，却又是极其重要。那时，一个主张提出来，先要看看政治上的正确与否。而怎样才能解决实际问题，很少有人会真正关心。比如，崇祯皇帝想要集中力量平息陕西、河南方面的“匪患”，而试图与关外的满族政权议和。这本来是件无可厚非的事情，但它在政治上却是不正确的。因为，“东虏”与大明朝在政治上向来是不对等的；议和意味着明朝皇帝向蛮夷之人屈尊。惟其如此，关于议和的事，崇祯皇帝只敢暗地里与少数阁臣和亲信太监在非常秘密的状态下进行；秘密一旦泄漏，则必须由参预此事的大臣来承担“欺君之罪”，以保证皇帝本人政治正确，以免受到臣下的非议。

崇祯皇帝本人对臣下谏阻“议和”也非常讨厌，认为把这样的措辞强加于自己，不仅歪曲了自己的意思，也抬高了“东虏”，贬低了朝廷。所以，一旦有消息灵通的大臣上书反对“议和”，崇祯皇帝就会十分恼怒。他认为与“东虏”不是议和，而是“抚议”，符合“柔远能迩”的古义，也显示了朝廷对关外满族的政治优势。至于

“抚议”些什么，崇祯皇帝既不愿割地，也不愿赔款，幻想着能够不战而屈人之兵，一厢情愿得让人绝倒。结果，偷偷摸摸的“抚议”始终“抚”不出个结果，明朝因此而不能倾全力“剿匪”，眼看着各路起义军奄奄一息，又眼看它们死灰复燃。另一方面，崇祯皇帝既然意在“抚议”，对坚持要与满族军队作战的官员也就非常反感，觉得这些人不能理解自己的苦衷，并且疑心他们一定是在效忠朋党。于是乎这些主张与满族作战的官员不免处处受到掣肘，要么是战死，要么就是因战败而被处死。这又使得那些本来就不准备为朝廷尽忠的将军们，在面对强敌时变得更加贪生怕死。

崇祯皇帝面临的另外一个无奈，就是军费的入不敷出。明朝的军国用度浩繁，而百姓承受赋税的能力，在崇祯时期也已达到了极点。然而，无论剿匪，还是抵抗满族入侵，都需要不断地增加军费。为此，崇祯皇帝不得不寄望于皇亲国戚能带头捐献银两，帮助国家渡过难关。令他气愤的是，那些承平时享尽了皇家恩泽的朝廷亲贵，竟然都自私自利、鼠目寸光到极点，他们宁可与自家的窖藏金银同生共死，也不愿为大明皇朝的生存贡献财宝。无论皇帝再怎么称孤道寡，再怎么晓以大义，都于事无补。可见，家天下虽然有家天下的好处，但当人们效忠皇帝的心没有了，心里便再也容不下这个国家和天下。令人遗憾的是，姚雪垠先生在讲这个故事的时候，竟忽略了那时明朝内帑里还存放着几千万两白银和大量黄金；而臣下也一再要求动用内帑储积，但崇祯皇帝就是不予理睬。可见，崇祯皇帝同样是个要钱不要命、不要江山的主儿；而那些不肯捐献银两的皇亲国戚们，确实也有些讲不出口却说得通的道理。明朝皇帝对臣下请求动用内帑贮银，向来抱有敌意。万历的时候，朝廷还曾下令，大臣不得向皇帝请求动用内帑储积。姚雪垠先生只写明朝皇亲国戚的守财奴形象，而隐去了崇祯皇帝本人的守财奴形象，其实忽略了明朝历史的一个更深刻的问题，即当“家国一体”走到了极端，皇帝本人其实也是有家而无国无天下的。

大顺起义军死灰复燃而演为燎原之势，很快便攻陷了河南，然后向西夺取西安，之后便将进攻的矛头直指北京。眼看着李自成就要兵临城下，崇祯皇帝却对天下人心失去了起码的感应能力，只是幻想着军事上能有奇迹发生。他的这种幻想，总是以一厢情愿的“如果”开始。而随着幻想一次次地破灭，崇祯皇帝还是看不出自己众叛亲离的绝境。以至于唯一能使他死里逃生并重整旗鼓的迁都江南这一步，崇祯皇帝就是走不出。

说到迁都，又是明朝的一段痛史。明朝建都南京，但朱元璋一直认为，历史上在南京建都的王朝都很短命，几次动了迁都西安或开封的念头。可迁都西安后水陆运输要耗费大量民力，开封又是“四战之地”，所以朱元璋最终还是决定留在南京，并在家乡安徽凤阳兴建中都，作为调剂南北的枢纽。然而，明成祖夺取帝位后，就定下了以“燕邸”为北京的基本国策。为此，明朝大建北京城，疏通南北运河，不知耗费了多少人力物力。问题在于，蒙元虽然被逐回了大草原，可政治和军事上仍保有相当强的实力；朱棣迁都北京，使首都“孤悬绝北”，等于将蒙古的军事威胁放大了数倍。迁都之后，无论是北京城，还是北部和西北部边境，一切军国用度的成本都成倍地增长。所以，仁、宣之际，曾一度计划回迁南京。不巧的是，当时的南京正处于非常频繁的地震之中，从洪熙元年到宣德五年的六年之中震了五六十次，迁都的计划当然只得放弃。英宗兵败土木堡，蒙古瓦剌部兵临北京城下，于是迁都南京的舆论又起。惟瓦剌大兵压境，南迁走水路已无可能，走陆路则必为蒙古铁骑所追击，唯一可行的办法就是在于谦率领下固守北京，以待天下勤王。于谦在太监金英的支持下，誓言再有建议南迁者杀无赦。从此，迁都就成为明朝议政的禁区。

“神京北峙，而财赋全仰于东南之漕”，“江南之民命竭于输輓，大府之金钱靡于河道”。讲的是明朝迁都北京后，为通漕而耗尽国家的财政收入，以及财政上挹东南而注西北的情况。另一方面，那时无论是京师还是边境，物资和徭役需求也不免就地加强征发，以至于明朝北部和西北部，“丁（壮劳力）丁著役，年年当差”，留下他们的妻儿在家种地缴税。自古以来，明朝的北部和西北部的农业一直唯水利是赖。绵延不绝的黄土，从华北高原一直覆盖到东边的大海，其土质有着天然的肥力和良好的吸水性，只要有适当灌溉，即便一二年不施肥，也会有较好的收成。但是，经过唐末、五代，乃至金、元接二连三的战争破坏，这一地区的水利普遍废弛。由于自然地理和黄土土质的原因，这里的土地经过垦耕，如果没有水利排灌，必定是“旱则赤地千里，潦则洪流万顷”，雨水适中的年份少之又少。但是，壮劳力尽被征发，兴修水利就只能是纸上谈兵。有明一代，这里的人们甚至已经忘掉了还有水利这么一回事，农业生产年复一年地维持在一个很低的水平上，大片的土地荒着也没有人愿意耕种。说到底，京师不南迁，明朝北部和西北部的社会生产就难以恢复，而东南地区承受的重赋也不能减轻，整个国家的经济和财政就不会有转圜的余地。可惜的是，迁都之议既已成为政治上的禁区，明朝就只能守着北京，先后面对蒙古、满族的严重军事威胁，耗尽天下的人力和物力，成天担心着的就是亡国。崇祯年间，山西、陕西和河南地区的连年大旱，造成了大量的饥民，使得李自成起义军获得了大量兵源，从而形成推翻明朝的巨大力量。

崇祯皇帝并不是没有想到迁都南京是一条出路。但历史形成的惯性，却让他觉得这并不是一件理直气壮的事情。那些敢于公开建议皇帝迁都南京的大臣，在朝廷上遭到那些坚持政治正确的官僚们的抵制。这些反对迁都的人，似乎是被当年瓦剌兵临北京之际的于谦、金英等人附了体，慷慨激昂、义正辞严地重复着那些国家根本重地不可移易的老调。但他们真正惦记于心的，却是他们的田产和宅院不能随他们南迁；带着大量金银财宝和其他浮财南迁不仅露富，沿途也难免遭到兵匪的打劫。对于这些人各自心中的“小九九”，崇祯皇帝不会看不透，却也无可奈何。也有大臣折衷地提出，让皇太子先去南京，一旦北京失守，明朝仍可保有半壁江山。但这样的“折衷”，崇祯皇帝却无论如何接受不了。皇帝或者担心自己到时候会像唐玄宗那样，被太子遥尊为“太上皇”；或者担心自己会像徽、钦二宗那样，免不了从此把大好江山让给了同姓的其他子孙；或者担心皇太子日后竟成他人之傀儡。这些历史的教训，启示了南迁可能遇到的种种风险，使崇祯皇帝干脆放弃了南迁的念头。他仍旧沉湎于“如果”怎样，幻想奇迹的出现，这使他对固守北京，又有了些希望。此时，崇祯皇帝已失去了理智，以至于皇后提醒他“我们在江南还有一个家”时，他竟厌恶和警惕起后妃、外戚的“干政”。

总之，崇祯皇帝的心态，早已完全不正常了。因为对朋党的猜忌，他把一切逆耳忠言，都看作是出于不可告人的私心；而因为害怕风险，明明已身处绝境，他也绝不敢去冒哪怕是些微的风险，而一定要求万全之策。他总是向二祖列宗祈祷，觉得自己没有做过对不起祖宗的事，希望祖宗保佑自己不遭天谴。平心而论，明朝亡国的原因，是早在万历年间都已齐备了的。万历以后明朝国祚的延续，都是上天的眷顾，但崇祯皇帝却抓不住机会。按照黄仁宇先生的说法，明朝在万历十五年之后，因为“世间已无张居正”，已是颓势毕露。首先，首辅申时行为弥合文官集团之间因党争而造成分裂的努力失败了；由此，他企图消除万历皇帝与文官集团之间的不信任的努力也一概归于无效；明朝在政治上从此陷入了越来越白热化的党争和皇帝与文官集团的对立。其次，因为党争，像戚继光这样在张居正执政时得到重用的人在政治上的失势，也意味着明朝重振武备的努力的失败。再其次，海瑞这样的模范官僚，被视为迂腐的典型，仅仅摆在官场上做样子；李贽这样有新思想的人又被视为异端，为道德所不容，最终无可奈何地在狱中自杀；朝廷上所有的争论，也都以道德为名，成为朋党之间互相攻击倾轧的武器，成为一场“道德的灾变”。那时候，张居正改革的唯一遗产，就是对于全国田亩的清丈大致做到了对天下田亩的“履亩而税”；由此，明朝的赋役制度得到了有效的清理和整顿，赋税征收总体上比较平均了，国家始能通过大范围的平均起税来解决财政危机。问题在于，赋税征收基础的扩大，如果仅仅是方便增税，只能刺激国家对社会的压榨不断强化；而自以为府库充裕，一切问题就都不是问题，只能是于弊上加弊。这样几十年得过且过地下来，从万历末年开始，无论是东北方向的满族入侵，还是西北方向的饥民造反，对于明朝的统治阶层而言，就是征了“辽饷”征“剿饷”，征了“剿饷”再征“练饷”。这些累年加征的总和，最多时一年竟达一千六百七十万两白银。这都是正赋之外的额外加征，对于山西、陕西、河南地方连年大旱下的农民，除了逼他们起来造反，大概也没有什么其他可能求活的路了。

明亡的教训有很多，对于崇祯皇帝而言，历史上这样的教训也都是刻骨铭心的。但他怎样接受历史的教训，也是受到历史局限的。就当时的形势而言，未必没有“事在人为”的余地。但崇祯皇帝念兹在兹的是要一个“万全之策”，害怕风险，绝没有壮士断腕的决心，结果只能坐等亡国。姚雪垠先生是文学家，他所讲的故事虽说有许多的虚构，但他显然非常熟悉明末的史实，所以他把这样的故事讲得非常生动，故事的性质也是真实的。该书序者田永清在读完《崇祯皇帝》后，讲到李自成的兵败北京时，不禁想起毛泽东“决不当李自成”的话头。但他说，他心中更由远而近地响起：“切勿学朱由检！”这两种声音，其实是异曲同工的。历史是可供人反复嚼味的。从《李自成》中辑出三卷《崇祯皇帝》，可谓是苦心孤诣。也许，还确实值得回头去读读《李自成》。

# 传神才是史家的追求所在

太史公《史记》、王阳明《传习录》和英国历史学家爱德华·霍列特·卡尔的《历史是什么？》，这三本书对我的影响是持续不断的、终身的，不会因个人境遇和研究兴趣的改变而改变。

《史记》是从来不乏读者的。太史公的许多传神之笔，读之往往使我对《史记》中的人物，生出无以释怀的同情。如程婴隐匿赵氏孤儿的故事，又如苏秦被刺，临死前授计齐湣王，宣布他祸乱齐国，将他死后五马分尸，以诱捕刺客的故事，总使我于恍惚间忽如其境，对这些历史人物竟生出同呼吸共命运般的关切。写史如同画画，形似（真实性）固然重要，传神才是史家的追求所在。这个道理，正是我在读《史记》的过程中逐渐意识到的。

上述关于赵氏孤儿和苏秦的故事，太史公都得自传闻。传闻入史，至今使一些非常崇尚历史真实性的人瞧不起太史公。殊不知在太史公心目中，那些传闻正反映着那一时代的普遍情感和看法。赵氏孤儿的传闻，与古代社会贵族与其臣、仆之间的道义责任，臣、仆对于主人舍生忘死的忠诚，以及社会对于贵族血脉传承的看重有关。而有关苏秦的传闻，也恰恰反映了战国策士身上的那种老谋深算，充满血性的快意恩仇，以及凡事不择手段而无所不用其极的风格。

《史记》得自传闻的不少。许多看似荒诞不经的传闻，更反映着时代变迁的大关节。譬如关于汉高祖是为“龙种”的传闻，出现在那个“王侯将相宁有种乎”的新时代，反映的正是汉朝统治的合法性需要将旧血统改变为新天命。太史公的这一记录，正包含着“通古今之变”的一个大题目！古人惜墨如金，文字记录过简，隐没了许多的历史真消息。而口传没有字数方面的限制，自有许多传神的东西保留其中。这是太史公重视传闻的重要原因。

读《史记》，随着年龄、阅历的增长和时代的变化，总可以读出许多新东西，原以为不可信的东西慢慢地竟觉得可信了，对古今之变逐渐有了些认识。班固批评太史公“是非颇谬于圣人”，却还是由衷地称赞他“其文直，其事核，不虚美，不隐恶”。我们读《史记》，之所以时时有“横看成岭侧成峰”的丰富感，皆与班固称赞的这十二个字有关。太史公若一味以圣人事非为是非，可以用来写《史记》的材料，连做到“形似”都谈不上，更不要说“传神”了。

《传习录》是王阳明的讲学语录，集中体现了阳明的思想。阳明讲“致良知”和“心外无物”。所谓物，就是关系之物。不能“致良知”，这种关系之物便不存在，叫作“心外无物”。比如君臣各致其君君、臣臣的良知，君臣这一关系之物就存在了；反之则君不君，臣不臣，君臣关系既不存在，又哪里来的君臣呢？

阳明还强调“心即理”和“此心在物则为理”，而将“知行合一”作为“致良知”的方法。他其实是说，人不能离开具体的“知”与“行”讲“致良知”；“知”、“行”都是学、问、思、辨的过程；也是一个“在事上磨练”的过程。他因此反对理学家讲的“天理”，认为只有人心才是天理，即“心即理”。由此，他将人的自我认识和“致良知”的社会实践紧密地联系在一起。

自汉武帝独尊儒术，表彰六经，博士之学从“通古今”一变而为“作经师”，儒学发展的空间变得极其狭窄；无论是援道，还是援佛，只不过于“治人”之外，增加了些“修己”的内容；且造成了“从册子上钻研，名物上考索，行迹上比拟，知识愈广而人欲愈滋，才力愈多而天理欲蔽”的恶果，在学人的仕途上助长了媚君子又媚小人的“乡愿”风气。要而言之，经学和理学，无非是讲“圣人之学”。而阳明反其道行之，讲人人可以为圣，圣人就是人人，百姓日用就是圣人功业。这样的“人人之学”，不仅有利于儒学中人冲破思想的牢笼，去“乡愿意思”，获得广阔的思想空间，甚至还吸引了当时许多社会下层的人，来思考人之所以为人的问题。如心学家王襞的弟子韩贞，农工商贾追随者上千，农闲则聚集在一起，走村过镇，“前歌后答，弦诵之声洋洋然也”。韩贞是个陶匠，用当时的标准，不过粗通文字。他与人论学，不谈“世事”，却有这样的吸引力，可见他讲的都是活泼泼的与人亲切的东西。据说他曾穷得卖屋抵债，而云：“三间茅屋归新主，一片烟霞是故人。”有这样境界的人物，对讲求实际的农工商贾之人却能有如此吸引力，亦可见阳明所提倡的“人人之学”的魅力。

阳明之学的信奉者，后来分为两派，一派是浪漫主义的，出了不少必欲“徒手以搏龙蛇”，“复非名教所能羁络”的人物。他们被批评是“狂禅”，是“束书不观，游淡无根”，而且都归罪于阳明。一派是经典主义的，其实回到了体会、论证“圣人之学”的理学老路上去了，“徒拘泥于古，不得于心，而冥行焉”，一点生趣也没有，正是理学的死地。后来，清代考证之学的兴起，除“文字狱”之外，理学本身之垂垂尽矣的状况，也许是更重要的原因。

阳明心学对中国近代思想的影响很大。近代的民粹主义和毛泽东的实践理论，都深受阳明心学的影响。阳明对我的最大影响，就是要驱除心头的“乡愿意思”。

卡尔的《历史是什么？》是我学习历史的入门书，而且隔一段时间就会把它拿出来读一遍。在“历史是什么”这个问题上，我显然一点也不“后现代”，可见卡尔对我的影响之深。

历史是什么？卡尔对这个问题的回答是：“历史是历史学家跟他的事实之间相互作用的连续不断的过程，是现在跟过去之间永无止境的问答交谈。”具体而言，卡尔强调“过去的事实”并不全都具有“历史事实”的性质；历史“是关于从个人行动产生了结果的那些社会力量的事实”；“历史学家并不是对独特的东西真有兴趣，而是对独特之中的一般有兴趣”；历史学家与他的事实之间的相互作用，“并不是一些抽象的孤立的个人之间的对话，而是今天的社会跟昨天的社会之间的对话”。

卡尔还强调历史学家的工作，就是对历史进行概括，认为这是史料收集工作和历史研究的区别所在，是历史学家与事实之间相互作用、深化历史认识的关键。卡尔的这种对历史进行概括的思想，是基于他对历史事实的客观性的认识和肯定。他指出：历史的这种客观性，就是“主体与客体都属于同一范畴，而且彼此之间交相作用”。换言之，历史学家不是独立于历史之外来研究历史的；他的观察、判断和解释所依据的概念体系，本身就是历史所创造的。卡尔因此指出：“一个严肃认真的历史学家是这样一个人，他承认一切价值的受历史条件限制的性质，而不是那样一种人，他为自己的价值要求获得超历史的客观性。”

在肯定历史事实客观性的前提下，卡尔以这种客观性来说明偶然性事件并不足以改变由这种客观性而形成的历史因果关系，进而强调历史学家在探索这种因果关系的形成时，更重要的是关心历史“往何处去”的问题。毫无疑问，卡尔笃信历史的进步。他坚定地认为：“历史中的进步是通过事实跟价值的相互依赖和相互作用而获得的。”他相信，近代以来的人的“理智的扩展”，在造成“生产的合理化”的同时，也意味着“人的合理化”，人民由此而“真正进入了历史”，是历史进步的客观性所在。

正是基于这样的认识，卡尔所谓“只有当历史在过去与未来之间建立起有联贯的关系时，它才获得意义与客观性”，以及“理解过去的历史学家，只有当他朝理解将来的目标前进时，才能达到客观性”的讨论，使我们能清楚地理解卡尔关于“历史是什么”的提问的意义。卡尔忍不住提醒人们，“局限于追求点滴的改良”，“把理智从属于现存秩序”，而“变化不再被认为是成就、机会和进步，而是被认为恐惧的对象”，以至于拒绝“激进的和有深远影响的思想”，以及“任何带有革命气味的东西”，是当时英语世界中存在的“一种特别的愚昧”，而世界的其他地方，历史仍将持续不断地进步，就好像地球仍将运行一样。

# 读书人的胸襟

坊间一则戏说，谓汉唐读书人以天下为花园，明清读书人以花园为天下。戏说像漫画，能抓住对象的主要特征。大体上说，汉唐读书人的胸襟，确乎要比明清读书人开阔得多。读书人，有怎样的志向，就有怎样的胸襟。儒者以天下为己任，胸襟总是非常开阔。

读书人若以花园为天下，其实已容不得天下。说起来，明朝的读书人，虽有“文必秦汉”“诗必盛唐”的文学努力，却无论如何也弥补不了他们与汉唐读书人在胸襟上的差距。汉朝司马迁，受了宫刑，能忍辱含垢，以“究天人之际，通古今之变，成一家之言”的精神著作《史记》；唐朝李商隐，仕途困厄，却有着“永忆江湖归白发，欲回天地入扁舟”这样的超然豁达，都与当时读书人普遍以天下为己任的风气有关。这样的胸襟，又怎不令人景仰！

由读书人的胸襟所形成的风气，是很有影响力的。跟司马迁同时代的霍去病，虽说是皇亲国戚，打匈奴立了战功，汉武帝给他盖了很大的宅子，他也不肯去瞧一眼，说“匈奴未灭，何以家为”。他可不是什么读书人，但那个时代读书人以天下为花园的精神气质，显然也感染到他。

然而，较之先秦的读书人，汉唐读书人的胸襟，又有不如。《论语·川上》：“子在川上曰：‘逝者如斯夫，不舍昼夜’。”孔子具有丰富的古代文化知识，极高的艺术造诣和深邃的历史洞察力。面对浩荡水势，孔子的表达，是沉静而悠然的。所道出的，不仅仅是对自然力的感叹，更有对历史沧桑的感悟，有一种深刻、苍凉、雄浑而磅礴浩荡的力量。相比之下，唐人李白的“黄河之水天上来，奔流到海不复还”，写得声势浩荡，除了对于强大自然力的描绘之外，更多的寄托是个人的狂放和感伤，与孔子远不在同一境界上。所以，隔了一千几百年，就有诗人以“人定胜天”的信念，“喝令李白改诗句，黄河之水手中来”。在时代的变迁中，新时代的诗人显然觉得“手中来”比“天上来”更显得诗情、浪漫和有力量。艺术境界的高低，若非臻于极境，见仁见智的余地，可以是无边无涯的。然而，对于川上子曰，距孔子两千五百多年之后，即便如毛泽东这样的伟大诗人和领袖，在横渡长江，“极目楚天”，而抒发雄心壮志时，也还是要以闲笔大大地借重一番。这是大家所熟悉的。

与明清时代的读书人不同，宋代的读书人，立志要越过汉唐，直接回到遥远的古代，重新开出一个“内圣外王”的上古三代。所以，宋代是颇有一些精神气质上极具圣人气象的读书人的。如张载的“为天地立心，为生民立命，为往圣继绝学，为万世开太平”。真是胸襟浩荡啊！正是在这样的精神鼓励和引领下，宋代的读书人志在“新民”，教天下人去私，想在克制人的私欲方面找到一条通途，以达致“存天理，灭人欲”的理想世界。但是，“人欲横流”的世道之下，仅仅依靠思想上、精神上的说教，又如何能挽狂澜于既倒呢！

明朝的王阳明，批评宋儒专在知识才能上求圣人，却离圣人越来越远。但他也深知，“破山中贼易，破心中贼难”，破除“人欲横流”又谈何容易！所以，他提倡“亲民”，说是像普通百姓那样去正常生活，更符合人的本性，不会变得那么虚伪做作，反倒可以成为圣人了。阳明把努力做一个一般人，作为克服私欲膨胀的方便法门，与所谓“礼失而求诸野”的意思是相近的。

但是，阳明的努力，仍归于失败。不过，这绝不是思想、立场和方法上的失败。要改变“人欲横流”，首先要做到的，就是以相应的规矩、法制，限制和调节人与人之间的利益冲突。而在中国的传统社会中，由于长期缺乏规矩和法制，人与人、私与公之间，总是存在大片重合的地带。人们对利益的追求，首先就在这些重合地带互相激荡冲突。人欲横流而不可遏制，读书人自难免各以其政治地位和背景攫取利益。所谓“富者田连阡陌，贫者无立锥之地”，“朱门酒肉臭，路有冻死骨”，在绝大多数情况下总是变得越来越严重。正是在这样的过程中，读书人的天下意识，自然而然就越来越淡化了。

明朝成化年间，有位僧人曾说，那些读书人，享了多少富贵都不满足，都是到这个世上来讨债的冤孽。也有人总结说，那时读书人“宦趣太浓”“生趣太浓”；没了官做，就没得日子过；活得太滋润，就一味贪生怕死。说句实话，我们今天颇为欣赏的明清花园，不就是当时的那些宦趣、生趣太浓的读书人，“以花园为天下”而建的吗！

说到汉唐与明清读书人的天下和花园，就有人戏言当下的读书人，以三室一厅为天下。仔细想来，这实在是有点过于贬低了。今天的读书人，未必都以三室一厅为天下；即便在北京、上海这样的寸金之地，读书人拥有三室一厅的也已相当普遍，与几十年前一家四五口斗室难求的情况已大不相同。于是，有朋友笑言今天的读书人，是以课题为天下，而不是以天下为课题。这倒是眼前并不鲜见的事实。经这位朋友提醒，反而使我想起那些读书人以天下为课题的事例来。

较近的例子是，当初标点廿四史时负责《宋史》标点的张家驹先生，人在病榻之上，仍手不释卷，殚精竭虑，直至生命衰竭。可见，张先生把这种标标点点的事，是看得极重要的。廿四史标点的参加者，差不多都是“臭老九”，经历过各种“运动”，不仅年老体弱，有的还是戴罪之身。但他们视这一工作为国家的一项重要文化事业，做起来不仅任劳任怨，而且极其认真。今人很难理解，那些五六十岁，甚至六七十岁的老先生们，常常会为了一个字、一个标点的订正勘误，遍查群书，反复论辩。那时候，做这样的工作，不但没有名利，甚至还要被看作是“废物利用”。惟参加标点的人，一个个把学问看得比天大，生怕一字一句之失，或至于千里之谬。

把学问看得比天大，以天下为课题自是题中之义。反之，以学问为“禄利之途”，读书人难免以课题为天下，无实事求是之心，而有哗众取宠之意。胸襟本方寸之地，贪得无厌，则害人害己。古人云：“欲之为害大矣！自天子，至公卿、大夫、士、庶人，以欲丧身、亡家、失国，若出一辙！”世人以“人心不足蛇吞象”，来形容那些因私欲膨胀而自我毁灭的人，道理就在这儿。

那么，读书人怎样才能有胸襟呢？明清之际的大儒黄宗羲讲得最简明直接。即要在读书人心中，养成一种“诗书宽大之气”。《诗》和《书》，讲的都是古代的“治道”。其基本的精神，就是不以君王的是非为是非。在古代，读书人若能如此，必然是廓然大公的。

而如今，天下越来越大，越来越丰富，许许多多利国利民的事业都要读书人去做，早就不以科举为目的了。读书人若能将对真理的探求放在第一位，那无论做哪一种事业都必然是廓然大公的。以天下为课题，读书人胸襟中自有天下。若只是以课题为天下，求名求利，那无论怎样的课题都容不得天下，读书人又哪来的胸襟呢。